在冬天感谢夏天

(匈) 朱迪特·贝格 [著]　(匈) 蒂姆科·比伯 [绘]

胡敏 译

北京联合出版公司
Beijing United Publishing Co.,Ltd.

目录 CONTENTS

楔子 ·1

芦苇海的春天

风暴滑翔机 ·7
探察格林布伦德 ·14
牛蛙竞技比赛 ·22
营救小蝌蚪 ·29
跳跃的耶利米 ·37
绿头发的烦恼 ·43
芦苇节上的成年礼 ·50
蛛网送信 ·57
天鹅来袭 ·64

夏季大作战

威尔第城堡 ·77
摩托艇和水蛇 ·80
鱼雷游戏 ·88
水瓶船 ·98
威利见到了国王 ·108
格里姆人的阴谋 ·115
建造双体船 ·123
耶利米被俘 ·130
乔装潜入敌营 ·138
联络信被修改啦 ·145
和金工甲虫结盟 ·152
救援行动 ·159
战斗打响了 ·168
审问格里姆人 ·176

秋日里的守护

燕子回来了 · 187

救治生病的雏燕 · 195

向老苍鹭求助 · 203

蚊子大放送 · 210

为参赛做准备 · 219

第一次参赛 · 227

荣誉勋章 · 236

秋季大扫除 · 244

格里姆人和水鼠结盟 · 252

橡果大丰收 · 260

格里姆人占领了大柳树 · 268

战前部署 · 277

夺回大柳树 · 284

最后的秋天 · 293

在冬天感谢夏天

第一场雪 · 305

雪地上的足迹 · 313

骑着鹿去旅行 · 320

搭救迷路的女孩 · 327

摇摇欲坠的房子 · 335

回到威尔第城堡 · 342

这是一个秘密任务 · 350

好心医生 · 358

村民大会 · 366

野猪的承诺 · 375

威利的作战计划 · 383

大战水鼠 · 390

援助宿敌 · 398

签订和平条约 · 406

头发变成棕色了 · 414

后记 · 425

楔 子

在很远很远的地方，在巴布利湖两岸沙沙作响的森林深处，芦苇海泛起层层涟漪。春日里，吸饱了湖水的芦苇叶一片深绿，芦苇海很容易被人们错当成草甸。夏天来临时，芦苇长出褐色的花冠，远远望去，一簇簇赤褐色的花儿就像刚刚翻耕过的土壤。到了秋天，芦苇叶开始泛黄。冬天湖面结冰时，割芦苇的人会砍下干枯的茎秆，那片曾经迎风荡漾的郁郁葱葱的芦苇海就荡然无存了。不过，来年春回大地的时候，绿色的嫩芽又开始萌发，芦苇海重新焕发生机。

每年春天，湖边总是一派生机勃勃的景象。水鸟在芦苇丛中建造家园，他们将在那里产卵并孵化幼崽。比如苇莺，他们在纤细的茎秆上筑巢。青蛙从冬眠中醒来，爬出泥洞，用欢快的叫声迎接温暖的春风。水蛇在芦苇丛中滑行，成千上万的虫子扑棱着新长出的翅膀。

在芦苇海的众多居民中，最快乐的要数威尔第人，他们是芦苇海的守护者。

你从没听说过他们？这一点都不奇怪。生活在芦苇丛的其他居民都上过油画，被拍过照片，还被科学报告记录过。这些家伙都能在百科全书和博物馆中觅得踪迹，而且，你还可以通过图书馆或万维网搜寻到与他们相关的信息。可是，谁都没有见过威尔第人。只有芦苇海的居民才认识威尔第人，也只有他们才知道，威尔第人是巴布利湖畔的和平守护者，也是芦苇丛中所有生物的保护者。

威尔第人行事谨慎，时刻躲避着好奇心旺盛的科学家或好打听的过路人的窥视。其实，他们不需要刻意藏匿起来——他们只需要一动不动地坐在芦苇尖上，就完全不会被注意到。

威尔第人的身体比蒲公英的花大不了多少。他们的皮肤和芦苇一样是绿色的。他们蓬乱的棕色头发在风中飘动——更确切地说，应该是成年威尔第人的棕色头发，因为他们小时候脑袋上长出的是几绺绿色的毛发，这些毛发只有在他们成年后才会变成棕色。

威尔第人对自己的孩子看管严格，这让那些小威尔第人很是沮丧。一头绿发的小孩永远不能独自做任何事情，比如，不能用桨划船，不能骑在青蛙背上，也不能使用任何武器。最惨的是，他们还不能趴在苇莺的背上飞上天空。因此，毫不奇怪，威尔第人的小孩——不管是男孩还是女孩——都热切地等待着自己头顶上的毛发由绿变棕的那一天。

芦苇海的春天

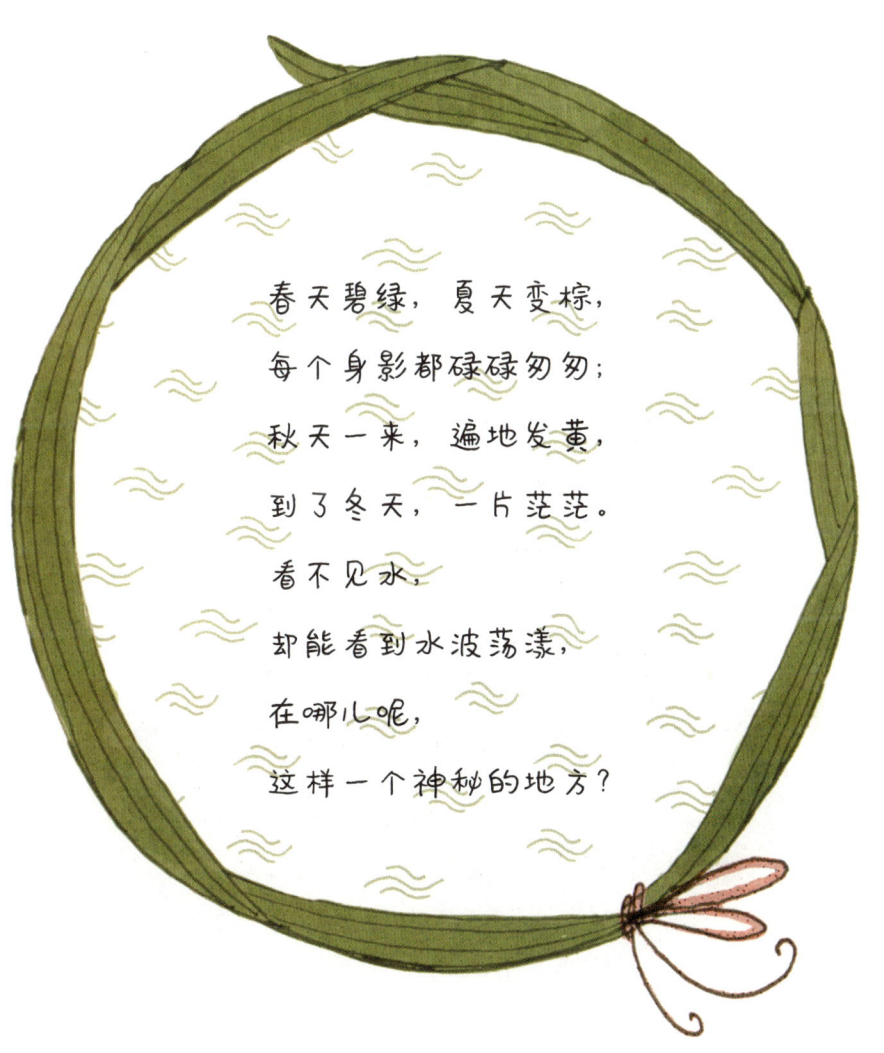

春天碧绿，夏天变棕，
每个身影都碌碌匆匆；
秋天一来，遍地发黄，
到了冬天，一片茫茫。
看不见水，
却能看到水波荡漾，
在哪儿呢，
这样一个神秘的地方？

风暴滑翔机

威廉·威斯尔（大家都叫他威利）正满怀期待地望着天空。这个威尔第的浑小子双目炯炯有神，右手握着一把木头雕刻的钥匙。他伸出左手的食指，捻着一绺绿色的头发，眼睛紧紧地盯着地平线。

一场暴风雨正在酝酿，天空暗了下来，狂风开始在湖面上空呼啸。强劲的阵风几乎要把芦苇丛夷平，使其与不平静的湖面相撞。芦苇海的居民早就躲避在某个安全的地方，有的潜入湖水深处，有的在泥里挖洞藏身。鸟儿们在最高大的芦苇底部找到了避难所。就连芦苇海的守护者也撤退到了他们的据点——威尔第城堡。在暴风雨过去之前，没有谁会站岗。当这样的风暴袭来时，即便是威尔第人也只能躲在城堡的墙后守护领地。

威利欢快地转动着手指上的木雕钥匙。几个星期以来，他一直在等着大伙儿躲避暴风雨的时刻，哪怕只是短短的一阵子也好。这样一来，他就可以试一试他的风暴滑翔机了！那是他在空闲的时候建造的，他小心

翼翼地把它藏了起来，以免被其他威尔第人窥见。只有他的两个朋友知道这架滑翔机的秘密，他们是米奇·马什和罗里·里德。此刻，他们都在他身边，尽管这两位看起来似乎都不太乐意站在那里。"威利，你想在这种刮风天起飞，真是疯了。"米奇·马什说。

"它是风暴滑翔机，"威利笑着说，"我就是要乘着它迎着风暴飞翔！"

"你最好还是和大伙儿一样，找个安全的地方等风暴过去！"罗里试图劝阻他，"这次的风暴看起来比以前那些都更厉害！"

"我才不呢！"威利不以为然地说，"这是我展翅高飞的机会！"

"这是撕碎机翼的机会！"米奇说，"要不了多久，我们的头发就会变成棕色，并且将在芦苇节上成为芦苇海的守护者。到那时候，我们想飞多久就能飞多久。你等得起的！"

"不，我等不起。"威利跺着脚回答，"再说了，我怎么确定到那时我的头发就会变成棕色？它现在和去年这个时候一样绿。"

米奇和罗里交换了一下眼神。他俩都明白，跟威利争论是没有意义的。

威尔第人有一个传承了无数世代的传统——在芦苇节上，长出棕色头发的年轻人会被任命为守护者，他们每一位都会被授予一根芦苇棒，以及一只苇莺坐骑，这样一来，他们就可以在高处守卫芦苇海了。不过，顶着一头绿发的小家伙是被禁止飞行的，他们出门只能靠步行。

威利等待飞翔的时间实在太久了，他终于决定不再等下去了。他的头发或许还是绿色的，可他是芦苇海所有的威尔第孩童中最具创造才能的。在思考了好几个星期之后，他想到了一个办法——用鸟的羽毛、树叶、一点泥巴和竹子来建造他的"风暴滑翔机"。他还用坚果壳做了一顶头盔。接下来他要做的,就是等待暴风雨大驾光临,把威尔第卫兵们都赶去避风。最后,他就可以展翅翱翔了!

"如果你被闪电击中,怎么办?"

"春天的暴风雨,从来就没有什么闪电。"威利傲慢地挥挥手,打发掉这个问题,"如果碰巧赶上闪电呢,那我就降落下来。说真的,我没有避雷针。"

就在这时,雨开始落下,一阵强风差点把这三个小子刮走。

"快躲起来!"米奇大喊道。

"去吧,你们两个,快跑。"威利轻笑着,把头盔扣系在下巴上。

米奇和罗里真的逃命去了。他们觉得，此刻就该撤退到威尔第城堡。威尔第城堡是由紧密交织的芦苇建成的，它在风中剧烈地摇晃着，但仍然是一个比老树的凹洞更安全、更可靠的藏身地。

　　其他威尔第人都在威尔第城堡里等待风暴过去，而威利却兴奋得两眼发光。他把滑翔机对准迎面而来的强风，把自己绑结实了，转动木雕钥匙，接着飞离地面。这架制作精巧的滑翔机立刻飞上了高空。狂风对着一个机翼猛吹，滑翔机不停地旋转起来，但威利只是拉了拉一根绳子，收紧一只胳膊，顷刻间就重新控制住了滑翔机。他的梦想终于实现了，他成了天空之王！

　　卫兵们在威尔第城堡里等待风暴结束，自然什么也没注意到。从远处看，风好像在玩弄一片绿叶，只不过这片绿叶会不时逆风而行，迎风翱翔。有时，旋风会困住它，把它吹得越来越高，但那片不服输的小叶子一次又一次地从风暴的魔爪中挣脱了出来。

　　突然，一道闪电呈"之"字形划过天空。尽管很喜欢乘风飞行，但威利心想，或许还是着陆更好。怎奈何，狂风把岸边一棵柳树上的一个鸟巢掀了下来，正好和风暴滑翔机撞了个满怀。伴随着刺耳的木头碎裂声，滑翔机断成了两半，勇敢的飞行员朝芦苇海猛冲下去。虽然芦苇起到了一些缓冲作用，但威利还是摔得不轻。更要命的是，一个威尔第卫兵看到了他，还有两位也正赶来救援。威利在最后一刻把头盔挂在了一根芦苇上，以免被救援人员发现，接着便耐着性子忍气吞声，任由他们把自己拖到安全的地方。

米奇和罗里抢先冲到他身边。

"你没事吧?"米奇小声问道。

"我打破了翻筋斗的纪录,"威利耸耸肩膀说,"总共转了十二圈,一根骨头都没断。我要出名了。"

"你要摔成全世界最跛的了!"罗里冷笑道,不过他还是对威利微微一笑。他很庆幸自己的朋友在这种疯狂的举动中活了下来。

所幸,别的威尔第人没有注意到威利是从天上掉下来的。卫兵们很清楚,这个渴望冒险的小子有时候会违反规定,所以,他们都以为他只是想待在外面,考验一下自己能否抵挡得住暴风雨的侵袭。当然,即便如此,他们还是狠狠地训斥了他一顿。

卫兵队长巴里·布莱德沃特非常恼火。

"你这个蠢得要命的绿毛小鬼!你知不知道暴风雨有多危险!"他低吼着。

"一点也不危险,"威利心想,"我还乘着我的风暴滑翔机迎风飞翔呢!"

当然，威利一句话也没说。巴里严肃地通知他，从现在起，他会对他严加看管。威利顺从地点了点头，但他满脑子想的都是如何把滑翔机散落的碎片拾掇起来，并尽快组装起来。

大人们终于走开后，米奇和罗里挨着威利坐下。

"没摔断脖子，算你走运！"米奇说。

"你再也不会做那种傻事了，对吧？"罗里问道。

"对，"威利回答，"没错，我不会了。在给滑翔机安上避雷针和防风袋之前，我是不会驾驶它的。"

探察格林布伦德

　　威尔第卫兵最重要的职责是识别和避免所有威胁芦苇海的危险。威廉·威斯尔一直梦想着从一个徒步传递信息的信使变成一名全副武装骑在苇莺背上、履行岗哨职责的卫兵。威尔第孩童们看到卫兵们的芦苇棒和芦苇弓时，都会感到又惊奇又羡慕。更让威利心向往之的是有朝一日能骑在苇莺的背上飞行。卫兵们无论是在空中还是在水面上的行动都非常隐秘，只要他们愿意，就能做到神不知鬼不觉。他们总能保持清醒、时刻警惕，因为他们必须保护芦苇海免遭风暴和猛兽的袭击，有时甚至要提防那些碰巧离芦苇海太近的人类。

　　不过，对芦苇海的居民来说，最大的威胁是住在湖对岸的格里姆人。

　　威尔第人以愉快的心态看待世界，他们的行动安静而灵动，几乎融于芦苇海浓郁的绿色之中；而格里姆人却脾气暴躁，他们咆哮着、号叫着、闹腾着，红彤彤的脸上布满了皱纹。当他们爬上停靠在格林布伦德码头的小船时，看起来就像是熟透的草莓被塞进盒子里，随着风浪飘摇。

格里姆人的个头只比威尔第人大一点点,个头小这一点是他们之间唯一的相似之处。

威尔第人和格里姆人自古以来就是宿敌。格里姆人把巴布利湖及其沿岸地区视为自己的帝国,而且是只属于他们的帝国。对他们而言,芦苇海的居民就是入侵者。为了不断扩大滨水城镇的地盘,他们需要建筑材料和新的土地。当然,那些又矮又胖的格林布伦德居民也需要食物。因此,他们经常突然闯进芦苇丛偷鸟巢里的蛋,为建房子砍下芦苇,或者

干脆朝威尔第城堡的围墙扔石头。

威尔第人自然是毫不畏惧。他们骑在苇莺的背上,在芦苇海上空盘旋,不时沿着湖岸飞行,密切关注格林布伦德正在进行的建设。看到在头顶上飞行的威尔第人,格里姆人的红脸变得更红了。他们隔空对着这些爱管闲事的入侵者挥舞拳头,还捡起用来武装城镇的弹射器,向他们投掷大量的鹅卵石。但威尔第人只是轻声笑着,用马刺轻轻戳一下苇莺,便飞回了芦苇海。

到了晚上,卫兵们会谈起很久以前和格里姆人的大战,讲起著名的睡莲之战,还会聊到芦苇海的红脸敌人策划的阴谋诡计。孩子们惊奇地睁大眼睛,听着往昔的故事,梦想有一天自己也能成为卫兵。他们怀着好奇和恐惧的心情想着格林布伦德,在入睡前,他们在厚厚的被子下窃窃私语,都想知道有一天自己第一次看到敌人的城镇时会是什么样子。

威廉·威斯尔在很久以前就下定了决心,有一天,他会趁大家不注意的时候驾驶他的风暴滑翔机飞上天空,将格林布伦德打量个遍。但他也很清楚,这样做会触犯一条最基本的威尔第法律。如果他鲁莽行事,而且被威尔第卫兵发现的话,他们就会严厉地惩罚他,甚至有可能将他赶出威尔第城堡。可威利的好奇心实在是太过旺盛了,他迫不及待地想被大人们宣布成年。他想去看看格林布伦德,尽管他的风暴滑翔机已经断成了两截,但他还是决定出发。在他看来,一艘巧妙伪装过的小船肯定不会引起注意,就算是眼尖的卫兵也发现不了。

于是,他用树皮做了一艘小船,刻了两支桨,然后又折下一片睡莲叶子做了一个盖子遮住小船。从上往下看,就像一片圆形的绿色叶子卡在了一块小木头上。躲在莲叶下划船并不容易,但威利不会因为这样的困难而打退堂鼓。他在两边开了洞,用来装船桨,还在眼睛对着的位置开了几条缝,以确保能看到各个方向。一切准备就绪后,他出发了。

　　他耐着性子划了好长一段时间,终于来到了巴布利湖的对岸,这里离格林布伦德不远。他把船系在一簇草上,朝四周环顾了一番。从他的藏身之处,可以清楚地看到格林布伦德的建筑。岸边到处都是破旧的棚屋和茅舍。很明显,格里姆人并不擅长盖房子。在威利看来,格林布伦德是一座丑陋不堪、不招人喜欢的城镇,但它也并不像卫兵们在睡前故事里讲的那样,是个不祥之地,或暗藏危机。

岸边的格里姆人正在拼命干活儿，他们一边喘着粗气，一边把石头和柳条拖到水里，看起来像是要在水里筑起堤坝。

"他们在干什么？"威利觉得好奇，"看上去像是在建造小水池或某种水下笼子。"

他不敢再靠近，因为他知道站岗的格里姆哨兵会发现他的。但是，隔得这么远，又不可能看清楚格里姆人到底在建造什么。威利在原地停留了片刻，远远地望着格里姆人干活儿，最后还是决定划船回到芦苇海，免得被威尔第卫兵发现他失踪了。

他划得很快，但悄无声息，小船静静地在水面上滑行。就在他快要划进茂密的芦苇丛时，头顶上突然传来警报声，一只鸟向他俯冲下来。起初，他以为是一只老鹰发现了他，想把他当午餐，于于是他把一支船桨高高举起,保护自己免受这只猛禽的侵害,不被它那锋利的喙啄伤。但下一刻,他就意识到自己面临的危险远比遭遇一只老鹰大得多。

威尔第卫兵们一看到这艘经过伪装的船朝芦苇丛驶来,

便立即发动了攻击。他们以为格里姆士兵就藏在莲叶下面,于是拉响了警报。短暂的攻击结束后,卫兵们带上来的不是一个红脸的格里姆人,而是那个顶着一头绿毛、冲动任性的威廉·威斯尔。这可把巴里气坏了。

"又是你小子!你违法了!"巴里咆哮道,"我猜,你不知道像你这样的小屁孩是不允许乘船到湖里去的吧?除非你的头发变成棕色,否则不准飞行,不准乘船,不准使用任何武器!"

"格里姆人正在建造水下笼子。"威利壮起胆子爆料。

"我不需要你告诉我格里姆人在做什么。"巴里吼道,"相信我,没有你的帮忙,我们也能监视他们!他们的每一步行动都在我们的掌握中。"

威利低头站着。他知道,这一次,他们不会轻易放过自己,他会受到惩罚。巴里抱怨了一会儿,便宣布了判决。

"因为违反了一条最基本的威尔第法律,所以你被禁止观看明天的牛蛙竞技比赛!"

"可是,明天克里斯托·维斯普和罗纳尔多·拉纳会争夺冠军!我得去看!"威利惊慌地叫了起来,因为他一直热切地等待着这场比赛的到来。确切地说,几个星期以来,芦苇海的所有居民都在狂热地等待着威尔第人和牛蛙之间的比赛。

"你看不到那场比赛了,也许到那时你就会明白,每个年轻人都必须遵守纪律!"巴里的语气很严厉。说完,他转身大步走开了。

桀骜不驯的威尔第男孩看着巴里离去的背影,嘴唇抿得紧紧的。随后,他默默地走回家。他开始觉得这次探险根本得不偿失。

牛蛙竞技比赛

威尔第人是芦苇海最棒的运动员。他们精力充沛，行动敏捷，跑起来像风一般快。他们也是娴熟的铁饼投手和弓箭手，还有无与伦比的骑行苇莺的技能。但只有最优秀的威尔第运动员才能应对最大的挑战，没几个威尔第人真的拥有钢铁般的肌肉和神经，能在野牛蛙背上骑个几秒钟。威尔第城堡的居民最喜爱的消遣活动便是骑牛蛙，芦苇海敏捷的守护者和大嗓门儿的牛蛙之间确实存在着激烈的竞争。最厉害的牛蛙和最强壮的卫兵每年都要聚首两次，比拼技术。威尔第卫兵设法在牛蛙背上骑行三分钟，而牛蛙则在这个过程中极尽狂蹦乱跳之能，尽最大的努力把威尔第人从背上甩下去。

牛蛙队和威尔第队都有各自的冠军。擅长跳远的罗纳尔多·拉纳是牛蛙的骄傲，从来没有对手能在他背上停留超过一分钟。只有身材魁梧的克里斯托·维斯普还有一线希望。克里斯托骑过芦苇海的每一只牛蛙，他在蹦蹦跳跳的牛蛙的背上坐着，就像舒坦地靠在扶手椅上一样。难怪克里斯托和罗纳尔多之间的比赛是即将到来的竞技比赛的重头戏,被大伙儿津津乐道了几个星期,每个人都给这场比赛下了赌注。

巴布利湖的中央有一座小岛,竞技比赛通常就在岛上的岸边举行。威尔第人和牛蛙齐心协力搭建看台,到时候双方就可以坐在看台上,为下面的参赛者欢呼喝彩。商贩们在拥挤的过道上慢悠悠地走过,兜售烤浮萍、干睡莲花蕾和薄荷柠檬水。

威廉·威斯尔、米奇·马什和罗里·里德站在体育馆前。卫兵们接到巴里·布莱德沃特的命令，不许威利进去。三个小家伙绕着体育馆走了三圈，希望能找到一个无人看守的入口，哪怕有个能让他们在墙角挖洞的地方也好，可是他们什么都没找到。威利甚至想过乔装打扮，试图偷偷溜进去，但他发现这招也行不通——威尔第都是熟人，他很快就会被发现的。他只能心不甘情不愿地接受看不了比赛的事实。

　　两个朋友答应在比赛开始前一直陪在他身边，等比赛结束后再把这场万众期待的比赛原原本本地说给他听。距离比赛开始还有十分钟，于是三个小家伙站在门口津津有味地嚼着烤浮萍，争论谁会获胜。米奇坚持认为罗纳尔多·拉纳会赢。的确，罗纳尔多不可能输。他已经学会了怎么做三次空翻，没有哪个威尔第人在他三次空翻后还能留在他背上。不过，罗里愤怒地挥舞着手臂，一副不理解的表情，坚持说克里斯托·维斯普会用胳膊和腿紧紧地缠绕在罗纳尔多的身上，就算罗纳尔多做八次空翻，他也绝不会掉下来。

　　威利只是耸了耸肩。如果可以的话，他会和克里斯托·维斯普交换位置，走上竞技台，为胜利者的奖杯而战。可威尔第人对自家孩子保护有加，一个头发还没有变成棕色的孩子不仅不准骑在苇莺背上或独自坐船旅行，而且只能作为观众参加牛蛙竞技比赛。然而，有多少绿头发的威尔第孩子梦想着有一天能成为远近驰名的竞技比赛冠军啊，而且这一天最好快点到来！

　　米奇和罗里吵得不可开交，这时，威利注意到，巴里和威尔第卫兵们正巧从侧面的大门走进体育馆。显然，为了这场万众期待的比赛，威尔第没有留下任何一名卫兵看守芦苇海。所有的东西都处于无人看守的状态，比如鸭子窝、睡莲养殖场和蝌蚪保育室。威利猛然想到，这将是格里姆人发起进攻的最佳时机。他们甚至不需要派出间谍，就能得知比赛的情报——整个芦苇海的居民好几个星期都在聊这场比赛。

威利决定，当其他人都在体育馆里为参赛者欢呼的时候，他将守卫芦苇海。虽然因为没有风，他没法儿使用风暴滑翔机，但在比赛进行期间，他会绕着芦苇海走上两圈，检查每一个重要场所。他叮嘱米奇和罗里好好看比赛，随后便动身了。第一站，他去检查了巢穴，那里是苇莺和鸭子孵蛋的地方。接着，他去确认有没有人来过浮萍养殖场。大家最不愿意看到的，就是让格里姆人偷走口粮！烤浮萍是每个威尔第孩子最喜欢的零食。之后，他检查了芦苇，看它们是否长势良好。他还顺道去了蜻蜓最喜欢晒日光浴的地方，确保一切都平静、安宁。最后一站，他去了蝌蚪保育室。

威利是芦苇海的跑步高手，他在芦苇丛中蜿蜒穿梭，从一片叶子跳到另一片叶子上，直到上气不接下气地跑到保育室，前后只用了两三分钟。他只看了一眼，就确定情况不对劲，因为厚厚的芦苇墙上有一道裂缝，而蝌蚪们也不见踪影。这显然是格里姆人干的好事！他知道，自己必须把这件事告诉威尔第人和牛蛙家族。比赛会不得不暂停，因为蝌蚪们被绑架了！

尽管威利跑得飞快，快得就要断气了，尽管他每次跳跃都越过了好几片睡莲叶子，可他还是耗费了好几分钟才回到体育馆。此时，他不必担心有人会阻止他进场，因为第一场比赛开始后，连卫兵都进去了，他们还在看台上找了位置坐下。威利进去的时候，罗纳尔多·拉纳和克里斯托·维斯普的比赛正好接近尾声。观众骚动起来，比赛以平局告终，因为双方在僵持的过程中都已经疲惫不堪。克里斯托在最后一分钟从罗纳尔多的背上滑了下来，罗纳尔多也没能完成决定胜利的最后一跳，因为他已经筋疲力尽地瘫倒在克里斯托的身边。看台上的牛蛙和威尔第人在大笑、起哄，为他们加油打气，竭力劝说各自的冠军不要放弃。

威利径直穿过一排卫兵跑到体育馆的正中央，用力吹响了哨子。观众都被他这个大胆的举动惊得说不出话来。巴里站了起来，脸上带着威胁的表情，可他还没来

得及说话，威利就大声叫了起来。

"蝌蚪被绑架了！"

大伙儿先是惊愕得哑然一片，接着便是一阵叫喊声。随后，威尔第人和牛蛙纷纷从座位上起身，一起冲向蝌蚪保育室，打算一探究竟。如果蝌蚪真的不见了，那就要去找绑架他们的人。

营救小蝌蚪

当威尔第人和牛蛙发现蝌蚪保育室被洗劫一空时,他们做的第一件事就是检查芦苇丛。水下的芦苇紧紧地围绕着从泥里长出来的芦苇茎秆编织成墙,足以确保蝌蚪的绝对安全。对方肯定目标明确,而且费了好大的力气,才突破了这道防线。牛蛙们立即潜入水底评估损失。令他们大为惊骇的是,他们看到芦苇墙上有一个巨大的洞,而且一只蝌蚪的影子都没见到。很明显,有人故意在墙上撕了个洞,诱使蝌蚪离开了安全的藏身地。牛蛙们愤怒地呱呱叫着,把他们看到的一切报告给巴里和他的卫队。

巴里和卫兵们吹响哨子,发出震耳欲聋的哨声,召唤他们可以信赖的苇莺。他们跳上苇莺的背,开始在巴布利湖及沿岸一带搜寻蝌蚪的下落。他们坐在苇莺的背上,很快就发现那些坏透了的格里姆人正带着他们的猎物逃跑。

威利猜得没错,是一伙格里姆人在保育室的芦苇墙上撕开了一个洞，绑架了蝌蚪。因为威利很早就发现了绑架的事——当时比赛还没有结束——所以格里姆人还没有逃回湖对岸。他们此时刚离开湖的正中央，正疯狂地划着船，但船还是慢悠悠地行进，因为船后面拖着一张巨大的网，网里兜着蝌蚪。威尔第卫兵准备好他们的芦苇棒和长矛，用马刺戳了戳苇莺坐骑，摆开阵势朝这伙盗贼猛扑过去。与此同时，牛蛙们已经出发去水下救小蝌蚪了。

格里姆人发现自己寡不敌众，于是很快解开大网，放走了猎物，并疯狂地划水，企图逃跑。但巴里并不打算轻易放过他们，他命令几个卫兵前去追赶。卫兵们追了上去，一直追到了对岸。他们射出的箭像雨点般落在那几个想行窃的小偷身上。他们还用芦苇棒击打他们，用长矛猛刺他们，以确保格里姆人再也不敢做这样的坏事。

营救行动还在进行的时候，威尔第的孩子们跑遍了芦苇海的每一个角落，把格里姆人偷袭的消息散布出去。芦苇丛的居民聚集到保育室前，等待被绑架的蝌蚪的消息。好在他们没有等太久，牛蛙们很快就找到了兜着蝌蚪的网。格里姆人在仓皇逃跑时割断了系在船上的大网。牛蛙们

心满意足地呱呱叫着，把蝌蚪赶回了家。等他们回到芦苇丛时，迎接他们的是大伙儿的欢呼声。蝌蚪游回芦苇丛的保育室后，就有手工娴熟的牛蛙着手修补墙上的洞。虽然有厚厚的芦苇编成的围墙为蝌蚪阻挡外界的危险，但牛蛙们还是决定从现在开始派卫兵来照看他们的幼崽。

威廉·威斯尔笃定自己看到的水下笼子是格里姆人为俘虏蝌蚪建造的。突然，他听到身后传来一阵轻轻的抽泣声。现场乱成一团，没有人留意到莉莉。她一头绿发，是个声音温柔、笑容温暖的威尔第女孩。此刻，她正坐在一片芦苇叶上抽泣。

"你哭什么呀？"威利问。

"蒂尼不见了，"莉莉呜咽着说，"就是那只最小的蝌蚪。我一直在喊他的名字，可他没有回应。他没有和其他蝌蚪一起回来，我担心他发生了什么可怕的事情。"

"你确定他没回来吗？"

莉莉点点头。不知怎的，她笃定蒂尼正在某个地方等待他们的帮助。

"那我们走吧，我们会找到他的！"说完，没等莉莉回答，威利就抓起她的胳膊上路了。

小船在不远处候着，就是威利用树皮做的用来侦察格林布伦德的那艘小船。威利小心翼翼地把

它藏在芦苇丛里，这样就不会被威尔第卫兵们找到了。他担心，如果他们发现了小船，就会把它没收，再也不会还给他了。而此刻，每个人都忙着修补蝌蚪保育室的破洞，巴里和他的卫兵们还在紧追逃跑的格里姆人，所以威利不用担心被人看见。他拿出船桨，让莉莉坐在船头。他在后面找了个座位坐下，拿起桨，开始疯狂地朝湖中央划去。莉莉紧紧地盯着湖面，有时会把手伸进浮萍，在水下打着响指。

没过多久，她就高兴地喊了一声。迷路的小蝌蚪蒂尼听到了信号，游向她的手指。莉莉轻轻地将他托出水面，却被眼前的一幕吓坏了：蒂尼身体的一侧受了重伤，而且脑袋下面的皮肤擦伤得很严重。

"现在我们该怎么办？"说着，莉莉的泪水从眼睛里流了下来，"我们不能就这样把他送回保育室。规则在那儿写着呢，受伤的动物必须和其他动物分开。可是，不和别的蝌蚪待在一起，可怜的蒂尼会死掉的！"

"他不会死掉，"威利说，"他会没事的。如果我们不能让他归队，我们就把他安全地放在别的地方。我知道有个地方很安全，那里风平浪静，没有人会打扰他。我会照顾他，直到他痊愈。"

莉莉点点头，她的眼睛又恢复了光彩。她把蒂尼放进了装满水的果壳。威利开始划船回家，急于把受伤的蝌蚪尽快送到安全的地方。他把小船划进一棵树倒下后伸出湖面的树影里。茂盛的芦苇长在爬满青苔的树干和枝条之间，枝条上挂满了水藻。这棵树显然是很久以前掉进泥里的。湖水闪烁着柔和的微光。威利用芦苇的茎秆做桩，编了一个笼子。他下水把每一个结都检查了两遍，然后向莉莉招招手，告诉她可以放了蒂尼。蒂尼在自己的新家快乐地游来游去，莉莉向他保证，她每天都会来看他。

　　道别的时候，威利坐在一片睡莲叶子上，向蒂尼招手示意。一个大胆计划的雏形开始浮现在他的脑海里，他想和蒂尼商讨一些细节。

　　"听我说，蒂尼，我有一个计划！如果成功了，我们就会让芦苇海的所有人都大吃一惊。我的想法是，你不需要回到保育室和其他蝌蚪待在一起。我和莉莉会照顾你，我们两个肯定能照顾好你！等到我们的头发变成棕色的时候，你也会变成大牛蛙。然后，咱俩可以展开训练，好参加下一次竞技比赛，到那时我们就是无敌二人组。你说好不好？"

　　蒂尼兴奋地来回甩着尾巴，显然很喜欢这个主意。此时，威利又开始琢磨起别的事情来。

　　"我们得给你起个好名字。你不可能当了冠军以后还叫蒂尼这样的名字。弗莱特拉普怎么样？桑德波特呢？或者叫霍帕隆？等一下，我想到了！跳跃的耶利米！从现在起，你就叫这个名字！"

　　蒂尼又欢快地摇起了尾巴。威利开始憧憬即将到来的夏天，到那时，顶着一头棕色头发的威廉·威斯尔携同腿又长又壮的"跳跃的耶利米"，将在竞技比赛场上击败每一个挑战者。

·跳跃的耶利米·

随着夏天的临近，芦苇海变得热闹起来。风中芦苇的低语声、树叶的沙沙声、睡莲叶子周围的水花声，夹杂着越来越多的叽叽啾啾声。巢里的小蛋已经孵出来了，芦苇丛里满是绒鸭、小鹅和雏莺的叽叽喳喳声。与此同时，蝌蚪已经长成了牛蛙，而且每天都会多出很多在芦苇间嗡嗡叫的小虫子。

威尔第孩童们总是不厌其烦地跑到水边，凝视自己的倒影，确认头发的颜色。米奇已经有了一绺棕色的头发，罗里也长出了几根浅棕色的卷发，而莉莉的长辫子在晚春的阳光下闪耀着越来越深的色调。

可威利的一头乱发还是绿色的。他盯着自己在碧波荡漾的湖水中的样子，甚是绝望。有一点他很笃定，等他的最后一个朋友也在芦苇节上被郑重宣布成年时，他一定会被全世界的人嘲笑。他，威廉·威斯尔，芦苇海跑得最快的人，威尔第最聪明的小孩，竟然还没长大，真是太令人气愤了！

不过，威利心想，与其闷闷不乐，不如跑回家去看看他的朋友——跳跃的耶利米，因为小蝌蚪也开始长大了。天晓得，也许就在某一刻，他正巧长出了日后用来大跳跃的腿呢！

威利穿过芦苇海奔回家去。当他跑到自己用芦苇为蝌蚪朋友编织的小栅栏旁时，他突然有了一种不祥的预感。耶利米没有像往常一样把头钻出水面来迎接他，也没有拼命甩尾巴溅他一身水。他藏起来了吗？他失踪了吗？出什么事了？威利很担心。他试图为这种不寻常的寂静想出合理的解释，可他想不出来。他从内心深处感觉到，这不是耶利米在闹着玩，一定是出事了。

"耶利米，你在吗？"威利喊道。

没有应答，但一个浮上水面的小气泡清楚地表明有人藏在水下。威利深吸一口气，跳进了水里。他能在水下睁着眼睛，而且游得很好。他使劲蹬着腿，往下游去，最后发现耶利米蹲伏在泥里。小耶利米

已经长得很大了，尽管还算不上完全成年的牛蛙，但是已经不能再称为蝌蚪了。威利拍拍他的脑袋，挥手示意他浮上水面，但耶利米只是摇了摇头。威利用胳膊搂住耶利米的脖子，试图把他从泥里拉出来。耶利米起初很抗拒，但当威利不得不游回水面呼吸新鲜空气时，他也跟了上来。一游出水面，威利就抓住一片睡莲叶子，深吸了几口气。

"你疯了吗？"威利责备他的朋友，"你躲在下面干什么？不是在开玩笑吧？你吓死我了！"

耶利米什么也没说。

"出事了？"威利问道。

耶利米点点头。

"出什么事了？"

耶利米思忖片刻，然后垂下了脑袋。

"我要走了，"耶利米说，"我不再是你的朋友了。"

"为什么呀？"威利问道，对他的这番话感到很惊讶，"你生我的气了？我做了什么让你不开心的事吗？"

耶利米摇摇头。"我们不能做朋友。"他说。

威利一头雾水。"你为什么现在跟我说这个？你马上就成年了，很快你就会变成成年牛蛙，我们就可以开始为竞技比赛做准备了。我们一直在筹划这件事！"

耶利米哭了起来。"就是因为这个！我永远参加不了比赛，我也永远当不成冠军。你看，我有一条腿一直没长！"

耶利米爬上一片睡莲叶子，威利这才明白了他的意思。在耶利米身体的左侧，也就是被格里姆人抓伤的部位，有一条腿没有正常生长。另外三条腿都长出来了，而且发育得相当好，但在伤口处只有一个发育不良的小肿块。威利惊愕地盯着那个地方，不免忧心忡忡。随后，他跳上睡莲叶子，抱了抱耶利米。

"你看，"他说，"我的头发也没有变成棕色，和我小时候一样绿！也许你的腿只是需要时间。就算它长不出来，你也永远是我的朋友。不管怎样，我们都要一起去参加比赛！"

"真的吗？"耶利米呜咽着问道，"你真的这样想？"

"当然了，我说的都是真的。"威利说，"我们要向全世界展示我们的实力，我和你，威廉·威斯尔和跳跃的耶利米！"

耶利米想了一会儿，然后呱呱地大叫一声，纵身跳进水里，像往常一样甩着尾巴朝他的朋友威利泼水。

绿头发的烦恼

在芦苇节开幕的三天前，威廉·威斯尔顺道拜访了他的祖父。这位威尔第老人住在芦苇海最茂密的杂草丛生的角落里，过着平静的隐居生活。他会一整天凝视着天空，抽着烟斗，和偶然路过的蜻蜓聊天。他的皮肤苍白而布满皱纹，在日光下看起来就像一片被太阳晒得枯萎干瘪的芦苇叶一样。他卷曲的胡须缠成一团，里面开出了几朵小花，雪白的头发像羊毛一样披散在肩头。当他看见威利穿过芦苇丛跌跌撞撞地走来时，那双深蓝色的眼睛里闪烁着喜悦的光芒。

可是威利绷着脸，情绪低落。他是来寻求建议的。还有三天就是芦苇节了，可他的头发还是翠绿色的呢！爷爷专心地听威利讲着事情的原委。威利一口咬定自己和朋友们一样都成年了，而且他比那些长出棕色头发的威尔第男孩更大胆、更机敏。可是他还得静静地坐在看台上，看着其他人在芦苇节上被宣告成年。除非有奇迹出现。

"您没有可以把我的头发变成棕色的东西吗？"威利问道。

老人想了一下。他的小屋里有些许油脂和药膏,但他不确定它们是否能派上用场。

"爷爷,您知道我最想做的是什么吗?就是骑在苇莺的背上!"威利祖露了心声,"不过,我也不介意拿着芦苇棒和弓箭,苦练射击,在湖岸上巡逻!"

爷爷慢慢站起身来。"我看看我能做点什么。眼下有空,你何不在此

尝试打靶练习呢？不用弓箭，就用我的芦苇棒。"

威利顿时笑了起来。大人们总是说，每个人都是年纪越大越严肃，可爷爷显然不介意打破规矩——至少是不向规矩低头。毕竟，给绿头发的孩子芦苇棒是被严令禁止的！威利拿起武器，转来转去地端详了一番。然后，他选中了远处一根厚实的芦苇，它长在一片片睡莲叶子旁边。他把芦苇棒举过肩膀，仔细瞄准，扔了过去。芦苇棒在空中翻滚，正好砸中那根芦苇。

"扔得好！"爷爷说，"你的臂力不错。小娃娃第一次投掷就击中目标的情况可不多见！"

威利越过睡莲叶子去捡芦苇棒，他两眼放光，透着骄傲和喜悦。而爷爷则拖着脚步走进了他的小屋。爷爷出来的时候，手里握着一个小瓶子。此时，威利已经连续十次投出芦苇棒，并击中了另一边的芦苇。他不明白为什么每个人都说扔芦苇棒很难，他只需要认真瞄准，就能每次都

命中目标!

"给。"爷爷说着,把瓶子递给威利,"把这个擦到头发上。这玩意儿放了很久了,或许还管用。"

威利没有犹豫,他马上把瓶子里的东西擦在头发上。这玩意儿又黏又臭,但他并没有因此恼火。他愿意尝试任何可以让自己的头发变色的办法。随后,他坐在一片芦苇叶上,开始焦躁地来回晃动。

"您觉得,要等多久才会有效果?"他问道。

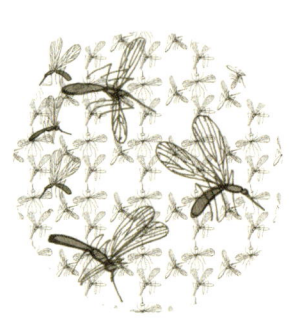

爷爷吸了几口烟,一脸神秘地望着威利。"谁知道呢!也许马上就见效,也许要等到后天。"

威利在芦苇叶上晃个不停。突然,他拿手拍了一下额头。

"爷爷,刚刚有只蚊子叮我!"

爷爷诧异地扬起眉毛。谁都知道,蚊子不喜欢威尔第人。它们宁可从花朵里吮吸花蜜,宁可围着步行穿过森林的人类嗡嗡叫,也不会想到去纠缠一个威尔第人。但是,忽然,一大群蚊子扑向威利。它们似乎都没有注意到爷爷,而是在威利头顶上方那片厚厚的云层里嗡嗡直叫。威利拼命地挥舞着双臂。

- 46 -

"爷爷，它们到底在干什么？难道它们看不出我是威尔第人吗？滚开，嘘，嘘！"

可蚊子根本不理会他的哀号声。它们继续围着他打转，叮咬着它们能找到的每一寸裸露的皮肤。

"它们一定是被药膏的气味吸引来的。"爷爷挠着头说。

"我还以为您给我的是能把头发染成棕色的东西。"威利恼火地说。

"可能是我拿错了瓶子。"爷爷咕哝道。他很困惑，还有点惭愧。"也许是放得太久，它的功效改变了。"

威利怒火中烧，但围攻他的蚊子越来越多，他压根儿没法儿说话。他跑也跑不掉，于是一头扎进水里。他游到湖底，把一条腿缠在从泥里长出来的一根芦苇茎秆上，拼命冲洗头发上的药膏。

等到无法屏住呼吸时，他就游回水面，快速地深吸一口气，然后又游到水底，努力冲洗头发上的药膏。就这样来来回回好几次，最后，他终于觉得自己已经洗掉了头上那黏糊糊、臭烘烘的东西。筋疲力尽的他爬上一片睡莲叶子，躺着晒太阳。爷爷给了他一点芦苇草沙拉，并告诉他，如果他乐意的话，还可以再扔几次芦苇棒。但威利一分钟也不想再待下去了。没错，蚊群是飞走了，可还有那么两三只讨人厌的吸血蚊子在他的头上盘旋。

威利向爷爷道别。爷爷一边努力抚平孙儿的绿头发，一边顽皮地咧嘴笑着："我很抱歉让你这么伤心，我的孩子。当然，一群蚊子没什么大不了的，幸亏不是一群黄蜂！"

"没错，那样的话，情况可能会更糟。"威利笑着说，"我倒是不怕黄蜂，但试想一下，如果我的头发变成粉红色，会发生什么事呢？我不知道那时我会怎么做。"

爷爷呵呵一笑。

"嗯，一个绿头发的小伙子能这么想，够聪慧！不过，你不用担心，你的头发会变成棕色的。耐心点。"

"耐心是最难做到的。"威利说，"不过我会努力的。再见，爷爷！"

说完，威利就跳上一片低垂的叶子，接着从这片叶子跳上另一片叶子，再跳到另一片上，很快就消失在芦苇丛中。

芦苇节上的成年礼

几天来，米奇和罗里一直在巴里及其卫兵巡逻队周围晃来晃去。他们留神观察卫兵的一举一动，特别是他们骑上苇莺的动作。他们还为是否允许使用马刺来驱赶苇莺而争论不休。起初，威利总是和他们一起讨论。随着芦苇节的临近，他就很少掺和了，只是听朋友们争论。只有在米奇和罗里想知道飞行中要躲过芦苇棒是否有危险时，他才插嘴说几句。米奇坚持认为，至少卫兵在一开始训练时是不允许从苇莺背上扔芦苇棒的，因为飞行和扔芦苇棒这两项技能各有其独特之处，都需要时间去学习。听到这里，威利厌倦了沉默。他大声说，扔芦苇棒容易得很。罗里摇了摇头。"威利，你从哪儿听来的这些胡话？"他问道，"大家都说这是个很难掌握的技能！"

"你就是忌妒我们！"米奇讥讽道，"你说胡话，是因为他们不会宣布你成年。"

威利站起来，转身离开了两个朋友。整整两天，他没有走近他们。他只是远远地看着他们争辩。不用说,话题肯定与芦苇节和仪式有关。他只愿意跟莉莉说话。莉莉每天都来看耶利米,就像她承诺过的那样。莉莉的棕色辫子在风中调皮地来回摇摆,她是唯一一个没有因为威利的绿头发而怜悯他的人。

　　隆重的日子终于到来了。芦苇海的所有居民都期盼着这个盛大的典礼。威尔第年轻人的成年礼是春季最为壮观的节日,这一天,威尔第城堡的卫兵们会和芦苇海的其他所有居民一起庆贺。按照长期以来的传统,芦苇节是在小岛上举行的,就在牛蛙竞技比赛的那个看台上。头发已经变成棕色的威尔第年轻人会穿着为典礼定制的服装在盛大的游行队伍中行进,玛洛国王会将标志成年的芦苇棒、弓箭以及缰绳授予他们,好让他们准备骑在苇莺背上的首次飞行。

威利决定在看台的最后一排座位上观看典礼。他不想在参加这种大型活动时皱眉蹙额，毁了别人的兴致，但他也不太想笑。他把自己的沮丧埋在心里，但他一直忍不住想，如果根据速度、敏捷度、胆量和力量来判断谁成年的话，那么他肯定会站在朋友们中间。

刚被宣布成年的威尔第年轻人首先开始芦苇棒的投掷练习。接着，他们在巴里的指导下尝试射箭，大家公认这项技能难度更大。观众为他们加油鼓劲，即使他们表现糟糕，也为他们欢呼。米奇·马什只击中目标一次，罗里·里德也只击中了两次。事实证明，莉莉是这群年轻人里表现最抢眼的。她虽然没有击中靶心，但一次也没有失手。

成年礼最激动人心的环节要数骑苇莺飞行。巴里的卫兵们把选中参加典礼的苇莺带了出来，并演示了如何把挽具套在鸟喙上。这些新晋的

威尔第战士必须在苇莺展翅起飞时骑上去,这是成年礼最难闯的一关。泰丝·泰戈威德是莉莉的朋友,轮到她的时候,她从头到脚都在发抖。其他人也是一副担心的表情。看台上,威利紧握着拳头坐着,发自内心地希望他们都能通过考验。

当然,那些苇莺都很谨慎,轻轻拍打着翅膀飞向天空。他们没有快速向左或向右转弯,也不想让没有经验的骑手尝试任何危险的动作,比如俯冲。威尔第的新卫兵们绕着体育馆飞了几圈,快结束的时候,几个胆子比较大的队员还挥舞着一只手,向看台上欢呼的人群致意。芦苇海的所有居民都非常喜欢这个庆典,等最后一只苇莺降落时,每个人的脸上都洋溢着喜悦的神情。

典礼在狂欢中落下帷幕,观众拥入竞技场,对这群骄傲的新晋卫兵大加称赞。接着,盛大的舞会开场,这场庆祝活动会一直持续到天亮。大家最喜爱的竹子乐队走上舞台,演奏了一首流行乐曲。

体育馆的四周设置了射击场、旋转木马和用莎草做成的蹦床城堡。在射击场上,参赛者向目标投掷小飞镖,击中靶心的人都会得到一份礼物作为奖励。因为绿头发的小孩子也可以掷飞镖,所以这里聚集了很多人,就连最年幼的孩子也想试一试。轮到自己时,威利连续三次正中靶心。

射击场的管理员赞许地点了点头。"要不要再试三次?"他问道,"如果你还能三次击中靶心,大奖就是你的!"

威利点点头,瞄准、投掷,一气呵成,连续三次击中靶心。他身边的孩子们都鼓掌欢呼起来。

"你是个出色的投手。"管理员说着,朝威利挤了挤眼睛,"下一次,我们也会让你加入卫队的!"他给了威利一个大奖,是一个木雕的小盒子。

"很漂亮,谢谢你。"威利说着,把盒子夹在腋下,走开了。

起初,他并没有太在意这个盒子。后来,他开始好奇起来,于是打开盒子,想看看里面是什么。让他大为惊讶的是,当他掀开盒盖时,他听到了鸟儿啁啾的声音。

"是个音乐盒!"他笑着想,"爷爷小时候也有一个。我记得,他对我说过好多次他是如何不小心把它弄坏的。"

他突然生出一个念头。爷爷曾多次提到音乐盒，可见他一定很喜欢。如果能得到一个新的音乐盒，他一定会喜出望外的！威利起身狂奔，一直跑到爷爷家。爷爷如往常一样，正坐在一片睡莲叶子上抽着烟斗。他觉得自己太老了，已经不适合参加芦苇节了。当威利把木雕音乐盒递给他时，有那么一两分钟，他激动得说不出话来。随后，他给了孙子一个大大的拥抱，抚摸着他那蓬乱的绿头发。

　　"有朝一日，你会成为一名闻名遐迩的威尔第战士，我的大孙子！每一个威尔第人都会自豪地提起你。你技艺娴熟，勇敢无畏，心地善良。你正是芦苇海居民所需要的守护者！"

蛛网送信

威廉·威斯尔坐在一小簇草上，闷闷不乐地往湖里扔着小石子。当第三块鹅卵石扑通一声进入水里时，一个好奇的小脑袋从芦苇丛里探了出来；当第二十块鹅卵石溅起水花时，这个好奇的小脑袋生气了；到了第三十块，他开始咕哝起来；等到了第四十块时，他开口说话了。

"你能不能别扔了？"

"不能！"威利怒气冲冲地回道，又扔了一块鹅卵石。

"如果我好声好气地求你呢？"那个小脑袋问道，"我还以为我抓到了什么，可惜我猜错了。一次又一次，一次又一次，你都扔了四十次了。"

"你想抓什么？"威利问道，手指紧紧捏着准备扔出去的鹅卵石。

"当然不是蚊子就是苍蝇了。"小脑袋充满渴望地叹了一口气，回答道，"我叫亚瑟，是一只蜘蛛。蚊子都躲着我。"

"你运气不错！"威利说，"它们可从来不放过我。"

亚瑟的八只眼睛一亮。"当真？那我可以在你的头发上织网吗？我能把每只蚊子都抓住!"

听了这话,威利气不打一处来。

"你也要拿我的头发开涮!"

"你说什么?不是的,我根本不是那个意思。"亚瑟断然否认,"你的头发绿得像春天的芦苇一样好看,这颜色真的很美!"

"这就是讨厌的地方。"威利心酸地说,"它早该变成棕色了。我不再是小屁孩了。我所有的朋友,他们的头发都变成了棕色,他们都被宣布成年了。他们得到了芦苇棒,得到了挽具,还有苇莺。而我,我还是威廉·威斯尔,只能在芦苇丛里奔跑。大家都笑话我。"

亚瑟同情地点点头。"我觉得,一直奔跑肯定不好玩。"他说。

"我才不需要你的怜悯。"威利厉声说道,"整天坐在蜘蛛网上,肯定是世界上最无聊的事了。"

亚瑟笑了。"无聊?我们蜘蛛整天都有聊不完的话!"

威利不解地望着他。"你从来都不离开你织的网,怎么聊天?"

"哦,你不知道蜘蛛网传播声音多厉害。"亚瑟解释

道,"如果我织出一根长丝线,并把它拉紧,我就可以在丝线的一头小声说话,而另一头的蜘蛛就能听到我说的每一个字!"

"你在说笑吧!"

"不,我说的是真的。蚊子很少的时候,我经常和一个住在蝌蚪保育室附近的朋友聊天,几乎一直都是这样。我们可以清楚地听到对方的声音,就像我们并排坐在一起一样。"

威利眼前一亮。想象一下,如果他们能织出一张网,覆盖芦苇海的每一个角落,那该多好啊!一个人对着一根丝线的末端说话,芦苇丛里最远处的人都可以听到!再不用整天跑来跑去报信了,每个人都可以在眨眼间得知所有的事情!

就在这时,两只苇莺从头顶飞过。是威利的老朋友米奇·马什和罗里·里德,他们俩在练习骑苇莺。他们看到威利在下面的芦苇丛里,便立刻飞了下来。

"你想象不到从空中看世界是什么感觉!"米奇说。

"即便是最快的短跑运动员也赶不上我们,苇莺飞得可真快!"罗里补充道。

威利只是耸了耸肩。"不错,你们有苇莺。那又怎样?我还是能比你们快一步把消息传递出去。"

米奇和罗里顿时大笑起来。威利确实跑得很快,有可能是芦苇海跑得最快的,但他在苇莺面前可毫无胜算!

"这个想法胆儿够大。"米奇说,"不如我们比试比试?"

"当然可以。"威利点点头,"明天我们举行一次送信比赛。谁先把信息从芦苇海的一头传递到另一头,就算谁赢。"

米奇和罗里互使眼色。如果威利坚持要输,那就随他吧。他们俩咯咯笑着,爬到苇莺背上飞走了。

"明天见!"他们喊道。

"亚瑟,你要帮我。"威利对新结交的蜘蛛朋友说,"我们必须赢这场比赛!作为交换,在我的头顶上嗡嗡叫的蚊子,你想抓多少就抓多少!"

亚瑟同意了,他们俩立刻忙活起来。他们必须得有一条一直通到芦苇海另一头的丝线。他们先是用亚瑟织的网作为起点,把丝线的一端系在网上。接着,威利把亚瑟放在自己的肩上,就这样出发了。威利在芦苇丛中奔跑,亚瑟则不断地吐出更多的丝线。他们会时不时地停下来,把丝

线缠绕在芦苇上,防止它被风吹走,然后继续前进。过了一会儿,威利停止奔跑,转而步行,为的是确保丝线不会断掉。等他们到达对岸的时候,已经是傍晚时分了。亚瑟又织了一张网,这样第二天他就有地方等威利的消息了。威利跑回第一张蜘蛛网所在的位置,测试了一下这个传声系统。

第二天一早,威尔第人都聚集在威利前一天扔石子的那簇草周围。比赛的消息已经传开了,大家都有点好奇,想看看绿头发的威廉·威斯尔如何跑赢他那两个骑在苇莺背上的朋友。

泰丝大声宣读比赛规则:"莉莉在芦苇海的另一头等候,第一个把信息传递给她的人获胜。"

米奇·马什和罗里·里德紧张且兴奋地抓着苇莺的缰绳,威廉·威斯尔则异常平静。此时,泰丝大声念道:"我给莉莉的信息如下:送给比赛的获胜者一朵睡莲作为礼物。"

米奇和罗里一听到消息,就用马刺戳了一下各自的苇莺,飞走了。威利却没有着急赶路,相反,他缓步走向蜘蛛网,悄悄地对着消失在芦苇丛中的那根丝线说话。亚瑟在远处的岸边等候着,他听到这个消息后,就立刻将它传给了莉莉。

待米奇和罗里赶到的时候,莉莉已经为获胜者威利摘下了睡莲。那两个男孩简直难以置信,他们神情不安地回到聚集在草丛旁的人群中。莉莉骑着自己的苇莺与他们同行,手里捧着睡莲。她落地后,笑着把睡莲递给了威利。威利红着脸谢谢她,然后高兴地和站在他身边欢呼的威尔第人握手。米奇和罗里也跟威利握了手,虽然可能有点不情愿。

　　威利梦想着打造一个覆盖整个芦苇海的蛛网网络。有了这个网络,他们就可以在几秒钟内将消息传遍芦苇海的每一个角落,就能够更容易地保护自己和芦苇海的其他居民免遭敌人的攻击。他决定第二天就行动起来,现在的首要任务是多抓一些蚊子。毕竟,这是他欠亚瑟的。

天鹅来袭

威廉·威斯尔花了好几天时间来规划他的蛛网网络。他得弄清楚在哪里放线最好，怎样才能最便捷地把芦苇海最重要的地方连接起来。爷爷帮他画了一张完整的芦苇海地图，并标出了几个主要的地点。巴里允许他在威尔第城堡和守卫塔之间铺设线路——只是试行。威利用了一整天的时间来回奔跑，把纤细的丝线系好。他还向亚瑟的朋友们解释了这个计划，甚至说服了其中的两个伙伴来帮忙。

用第一张蜘蛛网上的丝线铺设的线路很快就断了，于是威利想到了一个办法。他决定将三股丝线拧在一起，让它变得更结实、更具弹性。亚瑟和他的两个朋友坐在小岛的一棵柳树上织网。莉莉和泰丝帮忙把丝线拧在一起，让它变得更加结实。威尔第的其他孩子则忙着把丝线盘起来，并按照威利的指令，将它们带到地图上标注的地方。

最棘手的问题是如何找到一个安全固定蜘蛛网线的办法。芦苇海一年四季都热闹非凡。鸭子和鹅在水面上戏水，牛蛙在莲叶间跳来跳去，水蛇在芦苇丛里蜿蜒爬行，威尔第的孩子们从芦苇叶上滑下来，扑通一声跃入水中……威利尽量在人迹罕至的地方铺设线路，但有时还是不得不穿越那些熙来攘往的地方。他很快就发现，最简单也最安全的办法，就是把蜘蛛丝穿在干燥的芦苇茎秆里。芦苇是中空的，把丝线从芦苇的一端穿到另一端不难做到。这样一来，纤细的丝线不仅不会受到来来往往的居民的破坏，而且可以抵御大雨、强风暴等恶劣天气的影响。

"小岛上会有蛛网交换机吗？"爷爷问道，"我没办法总去看牛蛙竞技比赛，要是能在比赛结束后马上知道谁获胜就好了！"

威利挠了挠头。如果没有秆子支撑，他不可能把线拉到岛上去。怎么才能把秆子扎进湖底的泥里呢？他办不到。而且，如果有一排秆子露出水面，会非常难看。突然，他灵光一闪。为什么不把丝线穿过芦苇茎秆，然后铺进泥里呢？芦苇管可以保护丝线不被水浸湿。他决定找牛蛙谈谈，让他们帮忙把芦苇管埋在湖底的泥里。

大多数威尔第人都非常乐意帮忙，他们对搭建蛛网网络这件事既惊讶又热心。他们称赞威利有办法、有创意、有智谋。不过，也有少数人认为，整件事是在愚蠢地浪费时间，是在做无用功。

"瞧，那个绿毛小子想装大人！"他们说，还在背后窃笑。

就连威利的老朋友米奇·马什和罗里·里德也有点瞧不起他。

"威利总是想博人眼球。"米奇说。

"有时候他就是安静不下来。"罗里摇着头补充道。

威利没有理会他们，他把心思全放在自己的计划上，唯一关心的就是如何让蛛网网络尽可能地发挥作用。

四月底的一个清晨,突然响起了警报声。当时,在威利的细心指导下,蛛网网络的建设工作已经顺利展开了。

"两只天鹅正在逼近威尔第城堡!"米奇·马什骑在莺莺背上,大声呼喊。

威尔第的卫兵们立刻骑上苇莺,朝威尔第城堡飞去。天鹅在巴布利湖是不受欢迎的。乍一看,他们似乎是高贵优雅的鸟儿,实际上,他们曾数次给芦苇海的居民带来巨大的伤痛。有时,他们会成群结队地来到湖边,把鸭子赶到巢外,寻衅打架,吃掉一切他们能吃到的东西。威尔第的卫兵们面临的最艰巨、最危险的任务就是把入侵的天鹅赶回位于森

林边缘的格格利湖畔,那里栖息着不少天鹅家族。

巴里命令所有经验丰富的威尔第卫兵都去保护芦苇海免遭天鹅的侵袭,新入伍的年轻人紧随其后,一边飞行一边大喊战斗口号。威利和亚瑟以及牛蛙们则被留在爷爷那间不起眼的小屋附近。

"天鹅可吓不倒我。"威利耸耸肩说道,"我以前见得多了。"

他忙着布置蛛网网络,把丝线固定在倒下的树干上。接下来,他就不太确定下一步该走哪条路了。在他周围,芦苇海在微风中低语。要是能

从上面看到芦苇海的全貌，看看哪里的芦苇更茂盛，哪里有空地就好了。他想要爬到那棵倒树的一根树枝上，以便看得更清楚些。突然，他听到从开阔的水面上传来低沉的声音。他仔细听了一会儿，听到了从鸭子窝方向传来的低语声和轻柔的水花声。他悄悄踮起脚，蹑手蹑脚地朝着声音传来的方向走去。当他透过树叶的间隙偷窥时，有那么一会儿，他的心脏都停止了跳动。他看见三个全副武装的格里姆人蹲在一艘小船上，小船正从一个鸭子窝旁驶过。

"你确定威尔第人不会发现我们吗？"一个面颊红润的格里姆人不安地问道。

"别担心，米尼翁。"另一个格里姆人说，"天鹅就够他们忙活的了！抢劫的时间到了！我们想要什么就拿什么！"

"哼，你们不会得逞！"威利小声对自己说，"我得提醒大家！"

他轻轻地退回到亚瑟所在的蛛网旁边，动作轻得连脚下的树叶都一动不动。

"是时候检查蛛网网络是不是真的能用了。"他小声说道，"接通威尔第城堡的蛛网交换机！"

亚瑟抓住一根丝线，轻轻一拉，开始呼叫。在威尔第城堡守着丝线另一端的蜘蛛即刻应答。威利抓起那根线，快速汇报了他听到的情报。他说，天鹅的闯入是个圈套，是格里姆人准备偷袭时用来分散威尔第人注意力的诡计。

"通知卫兵！"威利结束了对话。

守在威尔第城堡的蜘蛛很清楚自己的任务,也明白任务的紧迫性。不到一分钟,苇莺的啭鸣声就响彻天空。米尼翁和他的同伴们完全被威尔第卫兵打得措手不及,他们吓得尖叫着逃到岸边,企图穿过一片空地,逃回格林布伦德的安全地带。要不是两只天鹅腾空而起,扇动翅膀制造气旋,减缓了威尔第卫兵的飞行速度,巴里肯定能抓住那伙强盗。

等这几个格里姆人和威尔第卫兵拉开了一段距离后,天鹅们就改变了方向,开始向格林布伦德飞去。巴里和他的卫队把他们赶到了湖边——那里是格里姆人的地盘——接着便掉头去搜查芦苇海,以确保没有别的格里姆人藏匿其中。当巴里确定自己确实没有什么好担心的了,就出发去找威廉·威斯尔,还和他握了握手。

"有一件事我可以肯定,我的孩子,"他对威利说,"不久的将来,你也会成为威尔第的卫兵。现在,我要向你表达最诚挚的谢意,感谢你在这么短的时间内提醒了我们格里姆人的偷袭!"

威尔第人都鼓掌欢呼起来,苇莺也发出啁啾声以示赞赏。现在,所有人都见识了威利打造的蛛网网络是如何巧妙绝伦。

然而,他们当中没有谁知道,等他们比想象中更需要威利的发明时,会面临怎样的危险。因为到目前为止,所有人都对格里姆人设计的彻底控制芦苇海的残酷计划一无所知。不过,他们很快就会在夏天知道一切。

芦苇轻摆，和风轻微。
芦苇编织的城墙
让戚尔第城堡坚不可摧。
芦苇海居民需要的，
是安全和庇护。
一座城堡，一个卫兵——
那里住着什么人，
谁能讲述？

威尔第城堡

威尔第城堡是世界上最奇怪的所在。城堡底下是水，上面是天，四周是无边无际的芦苇海。风起的时候，威尔第城堡随着芦苇摇摆，就像莎草做的巢穴。这也是住在那里的居民——绿皮肤的威尔第人——从不眩晕的原因。无论是骑在苇莺的羽背上飞翔，还是乘着树皮筏在水波上摇晃，还是在威尔第城堡随风摇摆时翻跟头，他们都不会头晕目眩。他们从不会觉得恶心，他们的心也从不因恐惧而颤抖。事实上，他们脚下的地面晃动得越频繁，他们就越觉得自在。你很快就会发现，有时候，这个特性有用得很。

威尔第人是芦苇海的守护者。他们谨慎地守卫着那些住在巴布利湖的居民的生活，守护水禽的幼鸟，保护生长在芦苇丛里的植物，看着蝌蚪成长，与生活在岸边鹅卵石地里的蜘蛛、蜻蜓、蝾螈、鱼，甚至水蜗牛和虾都保持着友好的关系。他们骑在被驯服的苇莺背上飞来飞去，监视着芦苇海和周边环境。他们会猛扑过去，抓住掠夺者和乱扔垃圾者。他们会特别关注格林布伦德,那是他们的宿敌居住的城市——懒惰成性的红脸格里姆人经常攻击芦苇海的居民。

性格活泼、身体强壮的威尔第卫兵守护着别人的安全,而脸蛋圆圆、脾气暴躁的格里姆人总是想办法偷鸟蛋、偷小鸭子,甚至连浮萍都偷。如果威尔第人对巴布利湖的警戒稍有松懈,格里姆人就会掠夺并破坏芦苇海。照目前的情形来看,他们经常在巴布利湖及其沿岸造成破坏,尤其

是在夏天，那个时候大家从黎明到黄昏都在忙碌。鸟爸爸、鸟妈妈们在教导自己的宝宝，轻轻推着他们往前飞；鱼和水蛇从水面掠过；到处都听得到蟋蟀等昆虫的叽叽声和嗡嗡声，还有牛蛙合唱团彻夜不眠不休的歌声。威尔第卫兵实在是公务繁忙，以至于有时候格里姆人的秘密计划会逃过他们的双眼。

好在威尔第卫队的队长巴里·布莱德沃特不仅治军严格，还以目光敏锐著称。到目前为止，他总能及时发现芦苇海的敌人在捣什么鬼。一群勇敢的威尔第人随时准备战斗，协助他保卫家园。威尔第战士的头发是棕色的，和芦花或老柳树皮的颜色一样。他们的绿色面孔和绿色的芦苇融为一体，乌黑的眼睛像金工甲虫的翅膀一样闪闪发亮。在埋伏以待的时候，他们几乎是隐形的。当他们发起怒来，就会像野蜂一样在巴布利湖上呼啸而过。

摩托艇和水蛇

小的时候，所有的威尔第人都顶着翠绿色的头发。他们的脑袋看起来像一簇簇小草，到了上学的年龄才会变成棕色。这是威尔第孩子人生中的一个里程碑，因为棕色头发的孩子会被宣告成年，他们会得到武器和属于自己的鸟儿——一只苇莺，这样他们也可以投身到艰苦的守卫工作中。难怪每一个威尔第少年每次望着自己在水中的倒影时，心都会为之悸动——他们想看看自己的一头绿发什么时候才会变色。

初夏的一个清晨，巴里·布莱德沃特正在为最新一批年轻卫兵举行军事演习。这一队年轻的卫兵正骑着苇莺在岛上飞来飞去。演习期间，威廉·威斯尔，一个聪明、勇敢的威尔第男孩坐在草丛上，咬紧牙关苦心研究。他的绿头发竖了起来，眼睛直直地盯着膝盖上的一个小玩意儿。虽然他看上去像是心无旁骛，其实思绪早就飘远了，这副目不转睛的样子根本是在骗人：他不由自主地被不远处的训练吸引着。巴里在岛中央大声指挥，而声音在水上传得很快，有时候，威利觉得这喊声就像是从他身旁的竹林里发出来的。威利的老朋友们骑着苇莺在空中四处乱窜,他们在练习俯冲、急转弯和打靶。

米奇·马什和罗里·里德过去总是得空便和威利聚在一起。他们由衷地钦佩威利的奇思妙想和发明才华,并梦想着他们三个人一起成为无敌的战士。可是,到了春天成年礼的时候,威利的头发还没有变成棕色,所以就没有像米奇和罗里那样得到第一只苇莺和芦苇棒。更糟糕的是,威利的女性朋友们也被宣布成年了,胆小鬼泰丝·泰戈威德和扎马尾辫的莉莉都在巴里·布莱德沃特的队伍里训练。

当队伍第三次从威利的头顶飞过时，这位威尔第少年觉得自己受够了打击。他跳起来，开始在芦苇茎秆里翻找。他放在腿上的小马达已经准备就绪，是时候把它装到船上了——威利的最新发明是一艘速度快、易于驾驶的摩托艇。由树皮制成的船体隐藏在芦苇丛中，等待发动机安装上去。威利手脚麻利但有些匆忙地工作着，因为他迫不及待了，想赶紧试一试不用桨就能像风一样飞快地乘风破浪是什么感觉。

军事演习来得正是时候。所有人都在关注训练，肯定没时间检查芦苇茎秆和湖面，所以，或许他们就不会注意到威利的摩托艇。毫无疑问，威利像往常一样在违反规定：绿头发的小孩子不允许独自乘船或坐车出行，尤其是不允许独自在芦苇海上航行。但和循规蹈矩相比，检验自己的发明成果更能让威廉·威斯尔兴奋。

他设法将船舵固定在船尾。就在这时，他突然觉得浑身刺痛，先是脖子发冷，接着后背开始发抖，随后这种奇怪的感觉传遍了四肢。当耳垂也开始灼热时，威利小心翼翼地转过身来，环顾四周。他会出现这种奇怪的感觉，通常是因为有人在偷窥他。他肯定还没被发现吧？巴里会不会在军事演习期间还一直盯着他呢？

幸好没有，那位队长正忙着训练年轻卫兵。睁着好奇的眼睛盯着威利的不是别人，正是沃尔特，他是一条浑身长满鳞片、背部肌肉发达的水蛇。他在水面上晒着日光浴，柔软的身子缠绕着芦苇，正懒洋洋地盯着威利的秘密活动，有时还顽皮地吐着舌头。

"那玩意儿是什么？"和威利目光相接后，沃尔特冲着摩托艇点了点头，问道。

"关你什么事！"威利对他哼了一声，"偷窥别人可不好。"

"我只是在老地方晒太阳。如果你要在这里瞎摆弄，我也没办法装看不见啊。"

"我要建造的东西是个秘密，懂吗？不能让任何人知道。"

"我已经看出来了。"沃尔特说着，甩了甩尾巴，"你造的是一艘没什么用的摩托艇，因为你想像我们水蛇一样劈波斩浪。"

"我才不想模仿你。"威利说，"不过，我确实是在造摩托艇。别告诉别人，行吗？"

"我能告诉谁啊？我们水蛇是不跟威尔第人说话的。"

"那倒是，只有你们水蛇没有向我们寻求庇护。"威利摇摇头说，"我真不知道这是为什么。毕竟，我们是芦苇海的守护者，我们也很乐意守护你们。"

"我们不需要守护。"水蛇高傲地咝咝叫道，"跟你们比起来，我们速度更快，力量更强。"

"要不要比试比试？"威利扬起眉毛问道，"我一定会驾驶着摩托艇打败你的。"

"你一点胜算都没有。"沃尔特轻声笑着，懒洋洋地松开了芦苇，"你速度慢，又容易受伤。我肯定会赢！"

威利拧紧最后一颗螺丝钉，双目炯炯有神。他热衷于比赛，总是乐于展示自己的技能和天赋。和水蛇比速度确实是一个严峻的挑战，但现在

他至少有机会可以证明,这艘摩托艇真的像他想的那样又快又安全。他把摩托艇推到水面上,开始转动曲柄。他必须给马达上紧发条,这样它才能撑得久一些。

"你准备好了吗?"水蛇不耐烦地问道。

威利点点头:"我们数到三就出发。"

他们说好了,比赛终点设在水塘。威利在船舵旁坐下,屏住呼吸,全神贯注地等待着信号。沃尔特数到三,然后兴致勃勃地跃入水中。威利二话没说,立刻追了上去。有那么一会儿,他们俩并驾齐驱地往水塘冲去,威尔第男孩很满意地看着自己的小摩托艇顺利地破水前进。

沃尔特不安地斜眼往旁边瞟了瞟。甩不掉那艘灵巧的小船,他有些恼火。最后,为了获胜,他忍不住想耍个花招。他突然潜入水中,翘起尾巴,使出全身力气击打小船。这艘树皮做的小船摇晃起来,沃尔特又打了一下。这一次,摩托艇翻倒了,威利跌入水中。水蛇又冲了出去,不到

半分钟就游到了终点。他扯下一根水塘草，衔着它游回威利身边。威利在翻倒的船边扑腾着，恼羞成怒，气喘吁吁。

"我赢了！"沃尔特扬扬得意地说，"这根水塘草就是凭证。"

"你作弊！"威利喘着气说，"你毁了我的船！"

"我没有作弊！我游泳的时候尾巴就是会四处摆动的，这次也不例外。如果你的船足够坚固，就不会翻了。"

"是你故意把它撞翻的！"威利吼道。

"你也可以把我撞翻呀！"水蛇笑着说，"不过，对付我们水蛇可不容易。下次，造一艘不会沉的船！到那时，我们又可以比赛了。"

"我不会再和你比赛了！现在别来烦我！别让我看见你！"

沃尔特轻声笑着，喜滋滋地游走了。他要去找一根舒适的芦苇茎秆，在那里晒晒太阳。此时，威利发现，单凭他一个人，根本没办法在水中将小船翻正过来。他没有绳索，没有吊车，也没有帮手。有那么一会儿，他想向沃尔特求援，可随后便打消了这个念头。他宁愿自己动手把船拖上岸，也不愿向那个骗子求助。他喘着粗气将船拖到最近的草丛里，一边拖一边暗暗下定决心。他要把这艘树皮船的马达和船舵都拆下来，造一艘真正的船，一艘不会被打翻也不会沉没的船。

鱼雷游戏

夏天是威尔第儿童和青少年最喜爱的季节。夏日时节，巴布利湖的水又干净又温暖。所有的巴布利湖居民都可以在温暖的湖水里畅游，在阳光明媚的沙滩上晒太阳，在老柳树的树荫下休憩。当然，任何人都不需要购买门票。附近芦苇丛里的牛蛙会举办小型音乐会，水鸟会像小船一样在游泳者身边游弋，而在岸边的凉亭里，戴着草帽的威尔第人则会出售草类零食、薯条结和水藻冰激凌。

在这个烈日炎炎的六月天，最年幼的威尔第小孩在岸边筑沙堡，大一点的孩子则在睡莲上举行跑步比赛。湖滨的另一头长满了睡莲，叶子圆圆的，花朵小小的，从远处望去，就像一片覆盖着湖面的鲜花圃。威尔第人轻如鸿毛，所以被他们踩在脚下的新鲜绿叶不会下沉——他们只有在保持平衡的时候才会轻微地晃动身体。他们必须动作敏捷，在莲叶铺成的晃晃荡荡的"毯子"上一路狂奔，才不会摔倒或撞到鼻子。

幸好今天巴里给年轻卫兵放了一天假，威廉·威斯尔才能再次和老朋友一起玩耍。一开始，他们自然是先跳进湖里，打闹戏水，让炎热的早晨变得稍许清凉。平静下来后，女孩们躺在芦苇叶上晒太阳，男孩们则去为睡莲跑步比赛做准备。米奇不是跑得最快的，而威利和罗里都以快如风闻名。汤米·特夫的腿长得很长了，就连他也有很大胜算。

听到莉莉用芦苇叶发出的信号，男孩们都向前冲去。小一点的绿头发威尔第小孩站在岸边为他们最喜欢的选手欢呼。米奇很快就落在了后面。汤米回头看了看他，可惜这是个错误，因为下一刻他就失足滑了一跤，脸

朝下摔了下去。威利和罗里一度齐头并进，最后威利以微弱的优势抢先到达了终点。他并没有就此止步，而是踏着最后一片莲叶，一头扎进水里。一秒之后，在一群孩子的欢呼声中，罗里跟在朋友后面跳了下去。

"我好久没练了。"罗里嘟囔着，"整天骑着苇莺飞来飞去，都让我变懒了。"

"你没有理由抱怨。"威利咧嘴笑着说，"这场比赛非常精彩。你想再

比一次吗？"

"现在不比。"

"没关系，我想到了别的！"威利兴奋地说，"咱们玩鱼雷的游戏吧！"

"怎么玩？"

"咱们准备两根芦竹，然后用它们当战舰。一根芦竹能载三个威尔第人。我们要尽力让对方的芦竹沉下去，或者把它打翻在水里！"

罗里喜欢这个提议。虽然他的头发早在春天就变成了棕色，但一场精彩的水战还是会让成年的卫兵兴奋不已。唯一的问题是，他们从哪儿才能弄到芦竹呢？去年的芦竹都破了，他们又不能折断新长出来的芦竹。自然，又是威利想出了办法。不久前，几个徒步旅行者来到贝壳湾，把芦竹撕扯得稀烂。最后，威尔第人设法把他们吓跑了，但是他们所到之处，很多芦竹都被拧断了一半。它们再也无法生长了，于是威尔第人可以开心地砍下芦竹。

　　罗里犹豫不决，他怕巴里发现了会不高兴。可是，谁也拦不住威利。

　　"有人要来帮忙吗？"威利的眼睛闪着光。

赶到终点的米奇和汤米有气无力地哼了一声，莉莉则从她的芦苇日光浴床上站了起来。"如果你需要的话，我去。"她说。

"也带上我吧，威利！"芦苇丛里传来一个男孩的声音，威尔第最聪明的少年肖恩急促地尖声喊道。他的个头还很小，要再过两个夏天头发才会变成棕色，但他看上去已经是一个机敏勇敢的小伙子了。他真心钦佩威利的发明才能，暗自希望有一天他们能成为朋友。此刻，他满怀期待地望着心目中的英雄，颤抖着等待他的回答。

"那就来吧！"威利向他打了个手势，"我们走！"

莉莉、威利，以及高兴得脸都红了的肖恩，三人一起往贝壳湾跑。他们从一根芦苇跳到另一根芦苇上，五分钟后就来到了四周长满芦竹的狭长陆地。这里的浅水区生活着大型贻贝。他们很快就找到了被扭断了一半的芦竹。威利掏出一把锋利的折刀，利落地砍下两根最粗壮的芦竹。稍作商议后，他们觉得最好是通过水路将芦竹鱼雷运送到战场。威利砍下三根干芦苇做桨，接着便跳上一艘"战舰"。他坐在上面，就像坐在一匹马上一样，不过他的双脚没有放在"马镫"上，而是在水里晃荡。莉莉和肖恩跳上了另一艘战舰。威利把桨分发给两个小伙伴，他们就准备出发了。

岸边的威尔第人正翘首期待战舰的到来。罗里、米奇和汤米在芦苇丛里望着湖面，当两艘战舰从睡莲后面出现时，他们兴奋地挥舞着双手。威利骄傲地把战舰开到岸边。

"准备开战吧！这是你们的鱼雷！"他厉声喊道，接着便跳进水里，把芦竹推到了罗里等人面前。

三个小伙伴很快跳上了芦竹,一边大声笑着,一边努力保持平衡。

"你们自己去找船桨!"威利提了个建议,"不过,你们可没有机会赢我们!"

听到打水仗的消息,在沙坑里玩的孩子们都聚到岸边。岸边的所有

人都很兴奋，想看看谁会赢得这场比赛。另一艘战舰上的成员在准备战斗时，威利和他的同伴则在尝试协同划桨、改变方向以及快速停船。肖恩虽然身材矮小，但非常强壮，他划桨的方式让任何一个年轻人都为他感到骄傲。

"开战咯！"罗里的声音从睡莲的另一头传来。

当威利那一队突然向对手发起进攻时，岸上的观众都欢呼起来。

"快，加油！"威利下达了命令，"一挨近他们，我就会发信号，之后咱们突然推他们一把，他们就会掉下水去！"

一场大战打响了。一开始，芦竹鱼雷看起来相当不稳当。先是威利那一队把罗里他们撞进了水里，不过，等反击来临时，他们也从自己的船上滑了下去。但很快，两队都学会了如何尽力保持平衡。他们需要想出更多的点子，施展更多的技巧把对手推到水里。

当巴里·布莱德沃特吹响号角的时候，比分定格在八比八。这并不是警报，他只是想阻止这场鱼雷大战。巴里的脸涨得通红，眼睛里闪烁着愤怒的光芒。两队成员气喘吁吁，浑身湿漉漉地盯着在岸边气得冒烟的队长。

"马上给我过来！"巴里厉声喝道，"你们怎么敢砍芦竹？"

"它们已经断了！我们没有伤害新长出的嫩枝！"威利解释道，但被巴里狠狠地瞪了一眼。

"你们还把睡莲叶全搅在了一起！"

这倒是真的。在激烈的战斗中，两枚鱼雷漂进了睡莲丛中，把平静漂浮着的绿叶搞得一团糟。

"这是谁出的馊主意?"

威利往前跨了一步。

"我早该知道!"巴里皱起了眉头,"你今天就别在湖边待着了!"

"可是我们没有造成什么损失啊!我们可以在五分钟之内把睡莲叶都放好!"威利提出了抗议,但巴里已经打定了主意。

莉莉试着帮威利解围："我们一起砍的芦竹,一起玩的游戏,所以你也应该禁止我们来湖边!"

"我要赶走的是那个想出整件事的臭小子!"队长跺了跺脚,转身气呼呼地走掉了。

威利不服气地耸耸肩,朝家里走去。莉莉和肖恩跟在他身后。

"我们跟你走!"莉莉坚定地说。小肖恩也认真地点点头。

米奇、罗里和汤米一句话也没说,他们盯着威利和两个小跟班看了一会儿后,便很快收拾好睡莲叶去游泳了。毕竟,即使不玩鱼雷游戏,在湖边也可以找到很多乐趣!

水瓶船

威利怒气冲冲地离开湖边。他很生气,但不是因为自己被打发走了,下午都不能回湖边玩。他甚至不介意受到惩罚,毕竟,他因为恶作剧或干些违规的事情而受罚早就不止一次两次了。但这一次,他觉得自己根本不应该被罚。让他恼火的是,被禁止去湖边的处罚太不公平了。更让他难过的是,那三个家伙作为他的朋友,竟然没有为他说话。罗里·里德、米奇·马什和汤米·特夫在队长惩罚他的时候什么也没说,甚至都没有想过要帮他。只有莉莉为他说了话。他停下来等了一会儿她和肖恩,俩人正急急忙忙地追赶他。

"谢谢你们来陪我!"威利嘟哝着,"不过,不用担心,你们可以回去了。"

"我不回去!"肖恩生气地跺着脚,"我要跟你走!"

"我也不想回去。"莉莉闷闷不乐地说,"我们是一个队的,不是吗?"

"可是现在你们也不能在湖边玩了。"威利说着挠了挠他的绿头发,心里却溢满了喜悦。

"谁在乎去湖边玩？"莉莉把手一挥，说道，"我们还是去鸭子窝吧！我答应过梅勒妮会去看她的小宝宝。"

三人都觉得这个主意不错，于是便出发朝芦苇床里一个遥远而静谧的地方走去，去看看野鸭孵化的地方。路上正巧经过威利的家，于是他们进门拿了一块柳絮巧克力，还拿了一个背包，里面装满了威尔第男孩可能用得上的东西。其中就有威利驾驶摩托艇和水蛇比赛后从小艇上拆

下来的马达,他决定把马达安装到一艘不会沉没的船上。虽然他还没有如愿,但他随时都有可能想到一个惊天动地的点子。所以,每次去陌生的地方,他总是把马达装在背包里带上。

要去鸭子窝,得走很远的一段路。一路上,他们大口嚼着柳絮巧克力,威利的怒火渐渐地平息了。他对羽翼未丰的野鸭越来越好奇,还向莉莉打听梅勒妮新窝的情况,以及那些小鸭子在做什么。当肖恩听到小鸭子从蛋壳里一孵出来就会游泳时,他彻底惊呆了。

"不用教他们吗?"他问道,一副瞠目结舌的表情。

"当然不用!"莉莉笑道,"他们会排成队跟在妈妈后面游水。"

"那他们敢把脑袋埋进水里吗?"

"要是不这么做,他们就找不到吃的了。"莉莉点点头。

最后,他们终于来到了鸭子窝所在的芦苇床。鸭子都不在家,他们在一个隐蔽的地方欢快地游来游去。鸭妈妈梅勒妮正骄傲地看着她那八只毛茸茸的小鸭在湖面上漂游。有时,这些小家伙会潜入水中,用他们的喙搜寻小螃蟹和藻类植物,只露出尾巴上的羽毛。因为鸭爸爸马拉德先生一大早就出去采购了,所以梅勒妮独自带着鸭宝宝。有客到访,梅勒妮非常高兴,她一直热切地期盼着向别人炫耀自家的小宝贝。肖恩立刻跳进水里,和小鸭子们一起嬉戏。

梅勒妮告诉莉莉和威利,鸭宝宝是如何孵化的,紧接着,她的神情突

然变得严肃起来。

"最近，我们听到了有关格林布伦德的一些奇闻怪事，那里冒出了一些奇奇怪怪的东西。"

"你怎么会这样想呢，梅勒妮？"莉莉皱着眉头说，"如果他们在策划什么阴谋，我们的卫兵会觉察到的。"

"是水蛇们在窃窃私语，我只是无意中听到的。"鸭妈妈解释道，"有一件事情很肯定：越来越多的垃圾往这边漂过来。每次风从格林布伦德吹来的时候，水浪总是带着一些讨厌的东西卡在芦苇丛里。看那边！"

威利和莉莉看到鸭子窝附近的芦苇丛里伸出来一个亮闪闪的东西。威利很好奇，便径直走了过去。他试着去移动那个东西——那玩意儿比他的个头大得多，又硬又滑。尽管那块垃圾至少比他大五倍，但他还是设法将它翻了过来。

"据水蛇说，这是一个水瓶。"梅勒妮解释说，"在格里姆人的村子里有很多这样的瓶子，他们是从人类那里得到的。"

"他们用瓶子做什么？"威利很纳闷。

"他们喝光了瓶子里的水，瓶子就空了。于是他们就把瓶子扔掉，风又把瓶子吹到了这里。阳光和雨水都不能把它们怎么样，但它们把芦苇床给堵住了。"

"它们为什么没沉下去呢？"莉莉惊讶地问道。

"水蛇说瓶子里面有空气。它就像一个巨大的漂浮物。"

"这是一艘永不沉没的船！"威利从背上取下背包，大声嚷嚷着，"只要在它的顶部开个口子，我就能钻进去。另外还需要一个舵。要是我能驾驶它，那就再好不过了！"

"威利，你在干什么？"

"我要做个实验！"

在莉莉和梅勒妮的帮助下，威利把瓶子从芦苇茎秆里拖了出来。小鸭子们和肖恩帮着洗刷掉瓶子上的芦苇叶和水塘草，之后威利把它拉到岸边。他从背包里取出工具，立即动手将马达安装在船体上。他在瓶子底部固定了一个小重物，防止瓶子翻倒，还通过把一片树皮固定在芦苇缆绳上的办法，解决了在船内驾驶的问题。改造工程进行得既顺利又轻松，他兴奋得几乎要跳起来了。很快，这艘大船就会完工。他只需要测试一下……

伴随着兴奋的嘎嘎声，这几个威尔第小伙伴和小鸭子们把水瓶船推到了水里。肖恩扶着船，威利则在里面就位。然后，威利打了个手势，肖恩后退一步，威利发动了马达。船马上就开了出去。威利抓住船舵，熟练地将船驶向开阔的水域。马达扑扑地转动着，船舵性能良好，他还能从瓶子里看到各个方向。真是太完美了！

梅勒妮惊讶地盯着这个新鲜玩意儿。小鸭子们玩得特别尽兴，他们像影子一样跟在水瓶船的后面，沿着弯弯扭扭的航线游走了。

就在这时，灾难降临了。一只大天鹅突然从芦苇丛里飞了出来，一

头扎进了小鸭们的中间。他用喙猛地去咬离自己最近的一只小鸭，但没咬中。下一刻，梅勒妮便扑向这个闯入者。她发了疯似的叫着，拼了老命去啄天鹅，以此来保护她那一窝小鸭子。可是，她单凭一己之力，根本对付不了天鹅。莉莉和肖恩从鸭子窝里拽出几根树枝当作武器前去支援，可他们还是没能占据上风，因为天鹅在水里，而他俩在芦苇上，还得保持平衡，根本没有机会靠近天鹅。绝望中，莉莉想起了她的苇莺——她给他放了一天假。也许手持芦苇棒骑在苇莺背上，她就能吓跑天鹅了。

就在这时，威利驾驶着水瓶船，朝他的朋友们疾驰而来。

"跳上来！"他喊道。

虽然瓶子比芦竹鱼雷大得多，也滑得多，但莉莉和肖恩稳稳当当地坐在了上面。威利驾船冲向天鹅。与此同时，小鸭们也游到了芦苇床上，在茂密的芦苇丛里躲了起来。天鹅恼怒地嘶叫着，企图找到他们。他把注意力全都放在了鸭子一家身上，几个威尔第人的攻击完全出乎他的意料。他转过身来，开始胡乱地扑扇着翅膀，但被莉莉用棍子狠狠地打了一下。接着轮到了肖恩，他虽然个子小，但抡起棍子来娴熟得很。威利迅速转身，躲开天鹅扑动的翅膀，给了莉莉和肖恩又一次进攻的机会。此时，梅勒妮也恢复了理智，开始从背后啄这个入侵的恶魔。

天鹅终于意识到了自己要对付的是谁，他也看得出自己正处于寡不敌众的劣势。他把梅勒妮往旁边一推，然后张开巨大的翅膀，把莉莉和肖恩从瓶子船上猛地推了下去。两个威尔第年轻人直接掉进了水里。眼看他们就要输掉这场战斗了，幸运的是，就在这时，鸭爸爸马拉德先生结束了一天的旅程，赶了回来。他凶猛地叫嚷着扑向天鹅。与此同时，梅勒妮也恢复了体力，两只鸭子一起攻向入侵者。天鹅决定还是逃跑为妙。于是，他用拱起的黑喙叼起威利的小船，以最快的速度腾空而起。

威利还没回过神来，就发现自己被带到了空中——那只大天鹅把瓶子船叼得牢牢的。他没有太多时间思考，他必须尽快离开，除非他想被威尔第人的宿敌抓住。天鹅显然是格里姆人的盟友，他可能是想把威利带到格林布伦德。威利没有耽搁，他从船边的出口爬了出来，跳了下去。

他往下掉的时候，巴布利湖在他身下闪着银光。他"啪"的一声摔进湖里，溅起巨大的水花。他用胳膊使劲划水，游出了水面。他朝四周望了望，想找出能最快游到岸边的方向。不过，他不必游过去了，因为一队卫兵骑着苇莺从上面飞下来，熟练地把他捞了起来。

威利见到了国王

天鹅的袭击彻底打破了芦苇海的宁静。以前从来没有哪只天鹅会偷偷地溜进芦苇床的中心地带，攻击爱好和平安宁的野鸭，而且事情发生的时候竟然没有一个卫兵前来救援。芦苇海的居民都在传言，威尔第人再也无法保证他们的安全了。黑鸭和野鸭决定组建自己的卫队，蜻蜓们惊恐地在湖面上飞来飞去，小麻鸭们在犹豫是否要飞到别的地方定居，而牛蛙们则在小岛上组织了一场声势浩大的游行示威。

威尔第人的统治者玛洛国王召见了巴里·布莱德沃特队长。芦苇海居民的不安并非空穴来风。不管怎么说，天鹅的袭击原本可能会让小鸭子集体完蛋。威尔第的卫兵怎么会没有发现敌人的计划呢？巴里承认，夏日炎炎，他就给年轻卫兵们放了一天假，所以卫兵人数远远不够用。更要命的是，由于天气炎热，大伙儿都精力不济，而值班卫兵也把更多的注意力放在了湖滨和柳树荫下的亭子上。

巴里羞愧地垂下了头，提出要辞去卫队队长的职务。玛洛国王气得直跺脚。

"我不是要你辞职!我要的是卫队加强警戒!要不是那几个威尔第小孩碰巧去了那儿,这些鸭子可能就会遭遇不测!"

"是的,陛下。不过,其中有个叫莉莉的孩子已经是成年卫队的一员了。她是我们最好的鸟背骑手之一。"

"是吗？那为什么她的苇莺没有跟她在一起呢？"玛洛国王气冲冲地问，"她和她的朋友出现在那里纯属巧合。顺带说一句，我要召见他们！我想见见那几个救了鸭子的小家伙。"

于是，莉莉、威利和肖恩出现在玛洛国王的莎草叶宝座前。这是莫大的荣耀，因为玛洛国王很少召见宾客。他只有在特殊场合才会出现在普通民众中间，也只在卫队纳新仪式上见过年轻人。莉莉一踏进这个阴暗的房间就浑身发抖，一左一右走在她身边的两个男孩也很尴尬。但玛洛国王并不是出于愤怒才召见他们的。恰恰相反，他要对他们的勇敢行为表示感谢。莉莉听到国王那温暖而洪亮的声音时，很快平静下来，身体不再发抖，而是郑重地凝视着老威尔第国王王冠下那双棕色的眼睛。

应玛洛国王的要求，他们讲述了天鹅袭击的每一个细节。国王对威利组装的船——就是那艘被天鹅劫走的船——很感兴趣。威利不太情愿。他知道自己不应该否认什么，但他真的不想让任何人知道自己偷偷造了一艘水瓶船。绿头发的年轻人是不允许做这种事的，国王甚至可能会因为他的违法行为而将他驱逐出芦苇海。最后，威利觉得，不能为了保全自己而对国王撒谎，还是坦白自己的计划为好。

"我尝试用一个瓶子做了一艘不会下沉的船。"他打开了话匣子。

巴里忍不住插嘴道："威利总是能想出一些新的发明。"

"小家伙，你姓什么呀？"国王和蔼地问道。

巴里又一次插嘴："他叫威廉·威斯尔，陛下，是有名的托比·威斯尔船长的儿子。"

"托比·威斯尔！是他没错了！"国王微笑着，更加亲切地看着威利，"你父亲是威尔第最出名的卫兵之一。遗憾的是，他在执行一次侦察任务时再也没归队。他的行为着实过分。他不喜欢守规矩。"

威利使劲咽了一口唾沫。父亲失踪的时候他还很小，从那以后，每次想起托比·威斯尔这个名字，他都会忧伤得说不出话来。但威利还是想知道更多关于父亲的事情。不过，现在他什么也问不出来，因为巴里似乎无法闭上自己的嘴。就算是当着国王的面，他也像个绿头发的威尔第女孩一样喋喋不休。

"没错，陛下，威利在许多方面都很像托比。和他父亲一样，他也喜欢无视规则。今天早上，我还曾禁止他再去湖滨，因为他把芦竹砍了当鱼雷用。"

"芦竹？这个想法不错！它们不容易下沉！"玛洛国王的眼睛闪闪发光。他的思绪从托比·威斯尔和威利身上转移到了芦苇海。

"从现在起，我们也要成立水上巡逻队。"他宣布道，"巴里，造几艘船。我不介意你使用芦竹！"

"尊敬的陛下，恕我直言，我们还可以用芦竹建造双体船！"威利高声说道，"芦竹本身并不稳当，当沙滩玩具比当战舰更合适。但是，如果我们把小树枝绑在两根芦竹上，船体就会非常稳定了。"

"真是个聪明的孩子！"国王惊叹道，"我很诧异你的头发怎么还这么绿！你是一块当卫兵的料！"

威利满怀希望地抬头望着国王。如果国王决定任命他为卫兵，他一生中最大的

- 112 -

梦想就会实现。最重要的是,他将是威尔第有史以来第一个绿发战士。只有国王才有权任命一个头发还是绿色的小子当卫兵。巴里替威利说话了,请求国王为他破例一次。

"这小子天赋异禀。多亏了他,我们才有了蛛网网络!"

玛洛国王点了点头。不久前,王宫里也安装了由三根蜘蛛网线缠绕而成的缆线,他们可以通过这些缆线与远在芦苇海对岸的将士联络。从那时起,国王就经常使用这个系统,用蛛网交换机召唤卫队队长或帕拉斯——他是一只上了年纪的很聪慧的苍鹭,就住在芦苇丛远处的角落里。

玛洛国王若有所思地盯着威利看了一会儿,最后摇了摇头。

"显然,你的头发还没有变成

- 113 -

棕色是有原因的。也许你还是太粗心、太草率了。如果你现在当了卫兵，或许会陷入太多的危险。你必须变得更加成熟稳重，这样才不会重蹈你父亲的覆辙。"

威利张开嘴想说话，但国王挥了挥手。

"不要再说了，小伙子。耐心等待，等待你的时机到来吧！不过，我允许你帮巴里队长建立一支舰队。我希望威尔第人能到处巡逻，不仅仅是在空中和芦苇丛里，也包括水上。我们必须保护芦苇海不受入侵者的攻击！现在就去吧！"

巴里突然敬了个礼，威利、莉莉和肖恩按照礼节跪拜在地。国王摆出王者的姿态，示意他们离开，两个强壮的卫兵在他们身后关上了用芦苇编织的大门。莉莉和肖恩在宫殿前与威利道别。召见结束后，他们感到很自豪，也很感动，想要赶忙回家，告诉父母和兄弟姐妹自己觐见国王的事。

巴里·布莱德沃特看着威廉·威斯尔，支支吾吾地说："明天拂晓时向我报到！我们要去泉水边的芦苇丛，为护卫船找到合适的芦竹。把你的想法整理好，小伙子，因为我们需要你帮忙建造新的舰队。我希望你没有江郎才尽。"

威利像士兵一样，脚后跟啪地一并。诚然，他内心很失望，因为国王没有为他破例，没有任命他当巴里的卫兵，但他接受了国王的解释。尽管他渴望成为一名卫兵，骑在苇莺背上飞翔，但或许那样的时刻真的还没有到来。不过，他很高兴自己能参与造船，而且不仅仅是参与，还要负责设计制造！

格里姆人的阴谋

在巴布利湖的东北角,在森林尽头一块空地的中央,坐落着芦苇海头号宿敌的老巢。格林布伦德满布着破烂不堪的房屋和东倒西歪的窝棚,称它为城镇未免有些夸张。那里所有的建筑和街道、所有的广场和商店,都是歪歪扭扭的,混乱得令人难以想象。但这没有影响到皮肤红润的圆脸格里姆人,他们心满意足地生活在肮脏——有些地方真的是臭气熏天——的村庄里。

他们甚至不介意村边的泉水已经发苦,从清澈变成了黄绿色。他们很欣喜地发现了几箱瓶装矿泉水,那是几个人类开车经过附近公路的拐弯处时,从卡车上掉落下来的。他们把这些瓶子一路滚到格林布伦德,需要的时候就用瓶子里干净的水。他们暂时还没有想到，有一天瓶子里的水会用完，然后村里就会缺水。

对他们来说，更大的问题是炎热。看起来，这是个既干燥又炎热的夏天，种在村边的土豆和豆子几乎都没长好，嫩芽发育不良，黄焦焦的。进入干旱的第一个星期，格里姆人的首领格里留斯召集了村里的长老开会，因为他知道，如果不给庄稼浇水，它们就会枯死。当他宣布必须要给菜地浇水时，格里姆人都一言不发。

"呃，我没带喷壶。"米尼翁咕哝道，他是个胖乎乎的格里姆人。

"我也没带！""我也没带！"其他人齐声附和。

格里留斯和格里姆管理委员会都无可奈何。威尔第人四处巡逻，这让他们最近的抢劫或偷窃行动更难得手了。如果庄稼歉收，格林布伦德迟早会闹饥荒。

"我们可以建一个灌溉系统。"村里的科学家阿斯皮克说，"到那时，我们就可以用湖里的水浇灌菜地了。"

可是，苗床在村口的斜坡上。要想把水从湖里输送到那里，少不了强劲有力的抽水机，而格里姆人连一台抽水机都没有。阿斯皮克已经搞懂了操作巨型抽水机的方法，但必须得有人来推动，而格里姆人是不会自愿去做这件事的。最后，格里留斯想到了一个好办法。

抽水机根本不需要格里姆人来推动，找野鸭、青蛙或水蛇去踩水车的轮子就行了。如果他们在芦苇丛的深处巧妙地设置几个陷阱，就能抓到俘虏，让他们在水车上干活儿。而且，有了天鹅的帮忙，他们或许还能抓到小鸭子，并把他们训练成劳工。

几个星期以来，格里姆人一直都在策划和设置陷阱。之后，在夜幕的掩护下，他们将陷阱安放到芦苇海里，这样一来，绿头鸭、黑鸭和牛蛙都会在无忧无虑地畅游时被缠住。当然，他们不敢驶离格林布伦德太远，因此，能否抓得到俘虏就很难说了，因为芦苇海的居民通常都对贪婪、好斗的格里姆人居住的村庄避之不及。格里姆人想找一个不会被发现的方法潜入芦苇海的中心，并在那里设下陷阱。但是，他们无法避开威尔第人警惕的目光。到目前为止，他们所有的企图都被发现了，均以失败告终。

最后，他们设法让天鹅为他们抓来了几个俘虏。天鹅西格蒙德特别出色，参与了第一次围捕俘虏的行动。他承诺要抓几只在芦苇海孵化的雏鸭，这样就可以训练他们来推动抽水机。

当西格蒙德从芦苇海返回，身影出现在天空中时，格里姆人都聚集到了港口摇摇晃晃的防波堤上。每个人都想见见今天的英雄，他已经顺利地飞了回来。即使隔得老远，人们也能看到他的嘴里叼着东西。天鹅优雅地降落在格里留斯的面前，接着把威利的小船抛到岸上。红脸小矮人们都困惑地盯着那个带切口的瓶子。瓶子里面有一根绳子，绳子的末端连着一支用树皮做的桨，最令人吃惊的是，瓶口上竟然装着马达。

"西格蒙德，你在拿我寻开心吗？"格里留斯扯着嗓子尖叫道，"你答应过我要抓小鸭来的！你要我拿这堆废物干什么？我自己能在垃圾堆里找到这些玩意儿。"

"也许你应该仔细瞧瞧！"西格蒙德轻蔑地说，"这可不仅仅是一堆垃圾。这是一艘真正的战舰！它能自动漂流。威尔第人是坐在瓶子里面驾驶的，而且，它绝对不会沉没。我想，你会感兴趣的。"

格里留斯惊愕地张大了嘴巴。格里姆人都挤上前去看那艘奇怪的船，阿斯皮克从围观者中间挤了过去。

"让我看看！我要检查一下！"他怒气冲冲地说着，推开了挡在前面的格里姆人。

当他终于挤到威利的小船前时，人群已经安静下来。他们满怀敬意地注视着知识渊博的阿斯皮克研究这台奇怪的机器。片刻之后，这个聪明的格里姆人开始啧啧称奇。

"这马达真是设计一流啊！船舵也很好操纵。能见度恰到好处。更厉害的是，它不会下沉！格里留斯，我知道了！"他说着，直起了身子，脸上洋溢着得意，"我终于知道该怎么处理这些垃圾了！"

"你说什么？你疯了吗？"格里姆人的首领盯着科学家说道。

"难道你还不明白吗？到现在为止，威尔第人都没有管过这些瓶子。他们甚至没有注意到，时不时有这些透明的垃圾漂浮在水面上。根据这个设计，我们可以造十五艘船。我们可以坐在船里，偷偷地潜入芦苇海放置陷阱。如果一切顺利的话，我们甚至可以直捣巴布利湖。"

"我当然明白。不过，你真以为那些从空中射箭的威尔第人会放任我们驾船捣乱吗？"

"首先，他们根本不会注意到我们。就算他们注意到了，也没什么大不了的。驾驶着这种船很容易逃脱。塑料材质可以保护我们不被箭射伤。而且，它们不会下沉！我们是不可战胜的！最终，我们能够掌控整个芦苇海！"

格里留斯的红脸慢慢地涨得绯红——不是因为愤怒，而是因为喜出望外。众人听着阿斯皮克讲述雄心勃勃的计划，都惊得张大了嘴巴。等他们明白过来这是个千载难逢的机会时，人群顿时欢呼起来。

"芦苇海是我们的！芦苇海将属于我们！"他们高呼着，声音越来越大。

"整个巴布利湖都要为我们服务！"格里留斯跺着脚，欢呼道。

"鸭蛋会源源不断地供应！"贪嘴的米尼翁喜滋滋地大叫，"我们每天

都能吃到煎蛋卷！"

"所有的浮萍都归我们了！"孩子们大喊着。

"我们会有自己的牛蛙合唱团！"年老的格里姆人欣喜地搓着手说道。

"我们要让苇莺给我们织房子！"女人们都松了一口气。

"你们可以信赖我们！"西格蒙德插嘴说，"如果你们答应把野鸭的筑巢地给我们，我们就能在芦苇海筑巢，整个天鹅家族都会联合起来对抗威尔第城堡。"

"好极了，好极了！"人群热情高涨。

之后，他们把威利的小船扛在肩上，带着凯旋的队伍来到最高的建筑——庄园，天鹅西格蒙德走在队伍最后面。在庄园前面的广场上，格里留斯和西格蒙德讨论了进攻的首要步骤，而阿斯皮克则着手实施造船计划。无敌舰队必须尽快建成，这样格里姆人才能在威尔第人起疑心之前占领整个巴布利湖。

建造双体船

　　巴布利湖的岸边有两处泉水，一处泉水紧挨着格林布伦德；另一处泉水紧挨着芦苇丛，离威尔第城堡不远——这是威尔第人寻找淡水的地方。除了保护芦苇海的动植物，他们还要确保泉水的纯净。清澈的泉水从地底下冒出，涓涓细流直入湖中。夏天，它能冷却澄净的温水，为鱼类提供新鲜的空气。冬天，泉水附近是最后才结冰的，所以芦苇海的居民都会去那里取暖。

　　在巴里的指挥下，威尔第卫兵在黎明时分就聚集到了泉水周围。空气还是凉飕飕的，露珠在岸边的草叶上熠熠生辉。鸟儿在附近的柳树上唱着歌，迎接美好一天的到来。巴里让卫兵们分头行动。他派了几个卫兵在芦苇海上空巡逻，吩咐一小队卫兵埋伏在芦苇床的外层叶子里，盯着格林布伦德。他还命令其余的卫兵做好造船的准备。

　　威廉·威斯尔已经到了，在等待指令的时候，他兴奋地把身体的重心从一条腿换到另一条腿，不停变化站姿。头一天晚上，他几乎没怎么睡，但他一点也不觉得累。一直到深夜，他都在脑海里设计船只，并且已经想到了最适合建造侦察舰队的材料。等他终于睡着了，又在睡梦中继续造船，并且用芦竹和芦苇组装了一艘巨型远洋游艇。现在到了真正开始造船的时候了。

威利的几个老朋友也在造船队，包括米奇·马什、罗里·里德和汤米·特夫。见到威利，他们颇为欣喜。他们很高兴能聚在一起造船。威利还带来了一个助手——小牛蛙"跳跃的耶利米"。耶利米还是小蝌蚪的时候就和威利一家住在一起，威利照顾他，把他养大，他们成了好朋友。威利的梦想是当头发变成棕色时，他能参加牛蛙竞技比赛，那是技术最娴熟的威尔第人和身体最强壮的牛蛙之间的比赛。他希望自己能和耶利米一起为比赛做准备，他们将成为不可战胜的冠军。

可是，耶利米的左半身在他还是蝌蚪的时候就受了伤，所以他的左前腿没有正常发育——特别短小，发育不良，而且力量太弱了，跳不了很远的距离。虽然耶利米非常强壮，另外那三条腿弥补了伤腿的缺憾，但他还是无法像其他牛蛙那样跳跃和游泳。正因为如此，他不怎么常去看其他牛蛙,更喜欢和威利、莉莉以及其他威尔第小孩待在一起。即便在今天,他也坚持要和威利同来。如果可能的话,他还愿意为造船出点力。

威利在一块树皮上画出了自己设计的船体,并解释了如何保证双体船不沉没、不翻。巴里拼命点头,随后让威利和他的朋友们挑选需要的芦竹。

"首先,我们要造个模型!"威利建议道,"我们得测试一下它是不是真的有用。"

正式工作开始了。威利和罗里开始动手锯断两根最大的芦竹,其他人到附近的柳树旁收集用来造双体船的细枝。耶利米跳到威利身边,帮他扶住芦竹。一群牛蛙聚在草丛和芦苇丛里,看着威尔第人卖命地干活

儿。吉迪恩·拉纳也在那儿,他是牛蛙竞技冠军罗纳尔多·拉纳的儿子。他是众多小牛蛙中最强壮的。芦苇海的居民都在传言,有一天,吉迪恩会追随父亲的脚步,成为新的竞技冠军。

　　造一艘双体船并不容易,威利和他的伙伴们费了好大的劲才把细枝固定在芦竹之间。威利还想到了用柳条编一道栅栏围在甲板上,这样巡逻队员就不会滑入水中了。罗里和米奇把柳条掰弯,汤米帮忙扶着细枝,可他没有抓牢那根长长的细枝,细枝从他的手中不停滑落。耶利米单腿跳过去想帮汤米,结果那根细枝弹了回来,正好打在他们俩身上。

　　汤米很生气。"哎呀,耶利米,你放开好吗?"他气呼呼地说。

　　草丛里传出吉迪恩·拉纳的笑声,这笑声汤米和耶利米都听到了。

"哈哈，说得好。放开！放开！听懂了吗？就算耶利米不放开，他的腿也会放开的，因为他少了一条腿。"

小牛蛙们哈哈大笑，吉迪恩·拉纳呱呱叫着："怎么样，耶利米？你打算在牛蛙竞技比赛上也放开你的腿吗？还是说你不敢？"

耶利米羞愧地看着那些窃笑的牛蛙。这已经不是他们第一次取笑他的瘸腿了。威利怒火中烧，他放下手中的锤子，气势汹汹地瞪着吉迪恩·拉纳。

"闭嘴！你觉得很好笑吗？"

"没错，我是觉得挺好笑的！"吉迪恩呱呱叫着，"每次看到他的腿，我都会忍不住笑出声来。"

耶利米扑通一声跳入水中，以最快的速度游走了。他想躲到湖底深处，那里听不到吉迪恩的嘲笑声。

威利向那群牛蛙投去愤怒的眼神。"如果再让我听到你们取笑我的朋友，我可要对你们不客气了！"他大声叫着。

吉迪恩·拉纳扑通一声跳进水里游走了，后面跟着他的小伙伴。几分钟后，他们的笑声随着他们的身影远去，只留下遥远的回声。威利往四下看了看。

"我必须找到耶利米！"他说。

"冷静，威利！"巴里命令道，"等第一艘船造好后，你就有时间去找他了。国王希望舰队尽快下水，这才是眼下最要紧的事。"

威利无奈之下停住了脚步。他知道自己不能丢下他们不管，他必须先完成已经启动的任务。但在内心深处，他很想赶快去安慰自己的朋友——此刻，他可能正独自待在某个地方郁郁寡欢。

"来吧，威利，我们赶紧造船吧！"米奇走过来说，"如果你愿意的话，完事之后我们会帮你找耶利米的。"

威利点点头，回去钉甲板，但他的好心情已经烟消云散了。他一边嘀咕着把细枝固定好，一边想着怎样才能教那个趾高气扬的吉迪恩·拉纳懂点礼貌。所幸，第一道工序很快就完成了，巴里允许孩子们午休。

威利拿了一块三明治，出发去找耶利米。同行的还有他的几个朋友。一路上，他们一边嚼着食物一边呼喊耶利米的名字，但没什么用。耶利米一定躲在很远的地方，因为他们没有发现他的踪影，也没有听到他的回答。整个午休时间，四个小伙伴都在找他，却没有找到。小牛蛙消失了。

事实上，耶利米后来也没有出现。那天晚上，他没有和威利一起回家。他没有坐在芦苇上呱呱叫，也没有捎信说不要担心他。威利一直在找他，到处打听他的下落，但是芦苇海没有一个居民见过他。威利直到半夜才睡着。他担心得要命，决定第二天早上找不到他那个可怜的朋友，就不回芦苇丛造船。

耶利米被俘

跳跃的耶利米第二天没有出现，第三天也没有出现。起初，威利以为他是因为伤心才躲起来的。后来他想，耶利米是因为被取笑而觉得难堪，所以不肯出来。最终，他真的担心起来。耶利米一定知道，如果他失踪了，他的朋友们会很难过，所以他肯定不会一声不吭就离开。别的不说，他起码会留个口信。可是现在他踪迹全无，威利越来越确定他的朋友遭遇了不测。

他先请巴里让巡逻队帮忙寻找失踪的牛蛙。队长下令让两组巡逻队去寻找耶利米，但无论他们在芦苇海上空飞过多少次，无论他们把芦苇床的每一个角落和缝隙搜寻多少遍，都没有看到小牛蛙的身影，也没有听到小牛蛙的声响。莉莉坐在苇莺的鞍上，壮胆飞到了格林布伦德，但她很快就飞了回来。虽然没有发现耶利米，但她注意到，格里姆人在这个破破烂烂的城镇旁边架起了好几台投石机。

听到这个消息后，巴里叫停了寻找耶利米的行动，并派侦察兵到格林布伦德周围侦察敌人的一举一动。监视格里姆人似乎比寻找一只落单的小牛蛙重要得多。莉莉和威利的其他朋友接到了要时刻警戒的命令，所以威利没了帮手。最后，只有身材矮小但强壮的肖恩与他联手，他们俩在芦苇海又搜寻了整整两天。

牛蛙们对失踪小伙伴的行踪一无所知。吉迪恩·拉纳对于他们的问询只是耸了耸肩，然后就转过身跳着走了。蜻蜓们正忙着保护自己的幼虫，没有心情去找牛蛙。小伙子们找到了蜘蛛亚瑟，但威利这位八条腿的朋友也帮不上忙：在过去的几天里，芦苇丛里的蜘蛛都没有留意到任何异常情况。

最后，威利决定去听听爷爷的建议。爷爷已经老得不能再老了，他独自居住，整天听着芦苇海湖水拍打岸边的声音，听着从附近村庄飞来的燕子的呢喃，听着蜜蜂的嗡嗡声，甚至能听得出蝴蝶轻轻舞动翅膀的声

音。他看得懂水花飞溅，看得懂鱼儿张嘴，看得懂夏雨淅沥。如果说有人知道跳跃的耶利米在哪里的话，那个人一定是爷爷。

孙儿到的时候，这位威尔第老人正在装烟斗。他那双天蓝色的眼睛因喜悦而炯炯有神，但是，看到威利脸上忧心忡忡的表情时，他额头上的皱纹更深了。

"怎么了，小家伙？"他问道。

威利详细讲述了耶利米失踪的事。爷爷若有所思地听着，烟斗里冒出一团团烟雾。

"这几天,我听到了许多奇怪的事情,我不知道是怎么回事。浪涛的拍打声似乎在告诉我,你的朋友真的遇险了。但我听到过比这更令人费解的事情。走吧,我们去找我的朋友帕拉斯,他知道的比我多。"

爷爷起身赶路,威利一头雾水地跟在爷爷身后。帕拉斯住在芦苇海的尽头,是一只聪明的苍鹭,就连玛洛国王也会不时向他请教。但普通的威尔第人不敢靠近他。他是个寡言少语的神秘角色,而且非常不友善。

爷爷可能已经和岛上那棵虬曲的柳树一样老了,但他在芦苇丛里的行进速度很快,威利几乎跟不上他。他们很快就来到了帕拉斯的居所,它位于芦苇海一个偏远的角落。这里不只住着这只聪明的老鸟,一条大水蛇正蜷缩在一堆草里,在阳光下取暖,愤怒地咝咝作声。威利立刻认出,那就是曾经和他在水里比拼速度,并掀翻了他的摩托艇的水蛇。

帕拉斯用他的长喙轻抚着爷爷的胸膛,爷爷也用泛黄的手指抚摸着帕拉斯那锋利坚硬的喙。他们俩是老相识了,多年来一直这样打招呼。爷爷知道帕拉斯不喜欢闲聊。他匆匆介绍了威利,便立即直奔主题。跳跃的耶利米的失踪与芦苇海流传的那些奇奇怪怪的闲言碎语会有什么联系吗?

"你来得正好,老伙计!"帕拉斯尖声说道,"水蛇带来了令人担忧的消息。沃尔特刚才说,格林布伦德正在大搞建设,他们在武装自己。芦苇海有居民被俘了,在那里做苦力。"

"谁在做苦力？"威利忍不住问道。

"牛蛙、鱼和水蛇。有我的亲戚。"水蛇沃尔特咝咝地说道，"他们是被水下的网兜抓住的。"

"你为什么不告诉威尔第人？我们应该通知巴里！"威利说。听到这样的恶行，他根本无法控制自己。

"威尔第人没什么用。他们救不了我的同胞。"沃尔特咝咝地叫起来。

"威尔第人必须保护巴布利湖和芦苇海。他们永远不会率先发起攻击。"爷爷解释道。

"威尔第卫兵根本无法靠近格林布伦德。"沃尔特说，"那里有投石机保护着，更何况，现在村子周围还有天鹅巡逻。要想到那里是不可能的。"

"但如果有居民被俘，就得把他们解救出来！"威利怒不可遏。

沃尔特不屑地伸伸舌头。"这就是我讨厌威尔第人的地方。他们总是扮演英雄。他们满口空话，什么也不做！"

"可惜啊，乘着苇莺闯入卵石阵，实在是太过冒险了。"爷爷叹息道。

然而，威利还是无法保持淡定。

"一个威尔第人，尤其块头不是太大的话，完全可以偷偷地接近格里姆人。等到天黑时，他就可以把俘虏都放出来，大伙儿一起逃走。等到第二天天亮格里姆人寻找时，他们早就不见踪影了。"

"这个主意不赖,但危机重重。"帕拉斯点点头,"这么做需要极大的勇气,我不知道哪个威尔第人能做到这一点。在过去,也只有托比·威斯尔做过如此鲁莽的事。"

威利双眼发亮,充满了渴望。爷爷立马惊恐地瞥了他一眼。"你想都别想,臭小子!"

"得了吧。"沃尔特甩着尾巴轻蔑地说,"一个绿毛小矮人绝对没胆量走出安全的威尔第城堡。"

"你还别不信!"威利厉声说道,"我已经在格林布伦德附近了,我可以溜进村子躲起来,然后在夜色的掩护下救出那些俘虏。我确信,耶利

米也被囚禁在那里。"

"你不能那样做,孩子!别把自己也搭进去!"爷爷恳求道。

"爷爷,我想问您一个问题,请老老实实地回答我。"威利转身对爷爷说,"如果他们绑架了您的朋友,您在家里还待得住吗?"

爷爷沉默了。

"还有,您告诉过我,您年轻的时候也去过格林布伦德。您必须做点什么,您去过那里,而且您活了下来。"

"你父亲也去过那里,做卫兵他比我更出色。但是他没有回来……"老人叹了一口气。

"嗯,我会回来的!"威利站直了身子,"我保证。我只需要想办法,尽快神不知鬼不觉地赶到格里姆人的港口就行了。只可惜我的摩托艇不在身边。"

"我带你去。"沃尔特喽喽地说。

大家都惊讶地转身看向他。水蛇从不向别人求助,也从不帮助别人。他们一向固执、不合群,也不轻易交朋友。

"别盯着我看。"沃尔特抱怨道,"我的同胞也身陷囹圄。在这种形势下,我们必须互相帮忙。"

乔装潜入敌营

　　出发之前，威利把肖恩拉到一边，几乎是一口气告诉了他，格里姆人用水下网抓了俘虏，并让他们在格林布伦德做苦力。俘虏中有水蛇和牛蛙，所以耶利米也有可能是被格里姆人抓去的，而他之所以杳无音信，是因为他正在和其他俘虏一起干苦力。和威利一样，肖恩的第一反应是应该报告巴里。但威利解释说，他们不能公然向格林布伦德开火，因为那里有天鹅和投石机保护，而且威尔第卫队也没有发动袭击的习惯（他们的专长是防御）。但是，格里姆人抓去的俘虏必须要救出来，所以，除了派遣一位有胆识、够坚定的威尔第人尝试着潜入敌人的地盘之外，别无他法。

　　"没有哪个卫兵愿意接受这个任务，大家都会说这太疯狂了！"威利说，"但我愿意去。只是他们肯定不会同意，因为我的头发还是绿色的，而且这么做是违法的。所以，我必须秘密行动。"

　　"我跟你一起去。任何时候你都可以相信我。"肖恩宣告说，他的绿色皮肤因为激动而有些发白。

"我自己去就行了。"威利摇摇头说,"若是我遇到麻烦,我会捎信给你。到那个时候,也只有到那个时候,你才可以去找巴里,把一切都告诉他。"

"那你要怎么传递消息呢?"肖恩有些担忧,"蛛网网络在格林布伦德根本不能用啊。"

"我会想办法的。"威利自信满满地说,"总之,我不会惹上麻烦的。"

肖恩看着威利,眼睛里闪烁着钦佩的光芒。对肖恩来说,威利已经是一个真正的英雄了。他答应威利,自己会时刻保持关注,留意每一个细微的迹象,如有必要,就立刻通知威尔第卫队。最后,他们相互道别,威利回到沃尔特身边。沃尔特正蜷缩在芦苇丛里等着他。

"有一个问题。"沃尔特若有所思地说,"如果你坐在我的背上,你的腰部以上就会露出水面被看到。这样一来,格里姆人和威尔第人就会轻易地发现我们。但是,如果我把你带到水下,你就没法儿呼吸了。"

"如果我用一片睡莲叶子把自己裹起来呢?"威利提了个建议。

"那也不行!"沃尔特说着摇了摇头,"你不觉得一片叶子在水面上飞舞太显眼了吗?"

"那我做一个潜水器。"威利主意已定,"这样我们就可以到水下去,我也可以呼吸。我会在嘴里放一根芦苇,通过中间的管道,我可以呼吸到空气。我们只需要保证芦苇的末梢一直露出水面就行了。"

"你还真是个疯子!"沃尔特尊重地点点头。

威利砍下一根看起来很合适的细芦苇试了一下，确定空气真的能从管道里流通。然后，他潜入水下，紧紧抓着沃尔特的脖子，小心翼翼地拉了他一下，示意可以出发了。水蛇游了出去。有个威尔第小伙子紧贴在身上，游起来可不轻松，所以他游得很慢、很小心。他把头伸出水面，扭动着身子在水塘中蜿蜒穿行。这样一来，他至少有时间四处观察，以免搞出动静，或者游进敌人偷偷放置的网里。

尽管这一天热得像火炉在烤，尽管巴布利湖水温宜人，但在漫长的水下旅行结束时，威利还是像一只浑身湿透的麻雀一样瑟瑟发抖。他迫不及待地等着沃尔特找到一个离格林布伦德不远的地方，好让他上岸。最终，水蛇找到了一个绝佳的藏身处。那地方就在岸边，那里长着几棵树，水浪不时冲刷着树根上的泥土。交错盘杂的树根垂在水里，沃尔特在这些树根的掩护下向岸边靠近，好让威利爬上去。

"这里离村子远吗？"威尔第小男孩抖掉绿头发上的水珠，问道。

"我无法靠得更近了。"沃尔特回答说，"不算太远。记住，天鹅会来这里巡逻，你最好等到天黑再行动！"

"可那样的话，我就找不到耶利米和其他俘虏了。"威利摇着头说，"我得乔装一下。"

"那好吧，不过你要小心！"沃尔特没有反对，然后就告辞了。

威利看着他在湖里游荡而去，然后

越过树根往外张望。他环顾四周,没有看到一只天鹅,也没有看到一个格里姆人,于是从泥泞的藏身处爬了出来,小心翼翼地躲进草丛里,朝格林布伦德走去。一开始,他根本不需要伪装:绿色的皮肤和头发巧妙地与青草融为一体,也许连巴里都不会注意到他。有一次,一只天鹅从他走的路上飞过。因为威利蹲在一丛青草旁,所以这个体形庞大、羽毛雪白的哨兵什么也没发现就飞走了。

快到格林布伦德的时候,他不得不换了个招数。这里的草长势稀疏,只有屋子附近有几丛发黄的枯草。格里姆人时不时地在花园出没。两只体形壮硕的天鹅在通往村庄的第一大街上一边聊天,一边整理自己雪白的羽毛。威利看得出来,不乔装一番是没办法从这里过去的。他不知道到哪里去找耶利米和其他俘虏,所以他决定爬到什么地方,先从高处观察一下整个村庄。

幸好,格里姆人喜欢树荫,所以有好多棵高大的杨树耸立在格林布伦德的四周。威利喜欢爬树,他抓住树干上的枝杈,很快就轻轻松松地爬到了很高的地方。一爬上去,他就找了一根斜靠在格里姆人的房子上的树枝。他抱着树枝往上走,一路上努力保持平衡。等够得着细枝时,他牢牢地抓住了两根细枝。这样一来,他终于可以好好地打量四周了。

他从藏身处可以清楚地看到村口的垃圾堆、破旧的房屋、枯萎的种植园和从湖中引水到菜地的抽水机。可惜,他没看到的是,抽水机是靠一个巨大的轮子推动的,而推动轮子的正是可怜的水蛇和牛蛙。其中就有跳跃的耶利米,他也在转动着建在港口水中的轮子,真是苦不堪言。

虽然从树上看不到被俘的动物，但威利知道，牛蛙和水蛇很可能就在水边。因为没有水分，他们的皮肤很快就会干燥，接着便会死去。也就是说，他应该在湖边寻找耶利米！抽水机旁边有一座很大的谷仓，那里是格里姆舰队的冬季港，也是他们修理受损船只的地方。从树上望去，那里似乎很适合用来藏身。等到天黑时，他就可以悄悄地出发去找他的朋友了。

唯一的问题是，他怎样才能不被注意到那绿色的皮肤和头发，走到戒备森严的格林布伦德港口呢？他很快便想到了一个极好的点子。村庄周围有许多空罐子和脏兮兮的塑料袋，有时候，风还会吹起一张皱巴巴的纸。最好的办法就是把自己伪装成垃圾！格里姆人显然并不在意到处都是垃圾，他们也不会在意有个很大的垃圾球从街上滚过去了。

威利仔细打量了一番附近的垃圾堆。他发现了两样有用的东西：一个空罐子——他可以轻易藏在里面——以及一团很脏的细绳。这两样东西都躺在附近的垃圾堆里。威利顺着白杨树的树干滑下来，爬到臭气熏天的垃圾上。他原本想躲进罐子，但罐子里太黏了，又令人作呕，于是他改变了主意。那团细绳倒是很适合用来乔装。他先用报纸遮住自己的绿头发，接着把绳子绕在自己身上，小心谨慎地确保自己的胳膊和腿还能活动。

乔装完毕后，风轻轻地吹进了村庄。威利出发了，任凭自己在风中摇摆，一路不停地翻滚。远远看去，就像是风在吹动一个缠结在一起的线团。

- 144 -

联络信被修改啦

威利滚到港口的时候,已经头晕目眩了。他的头和后背因为翻滚和晃动而疼痛,但此刻他没有时间去担心这些。一路上,如果看见格里姆人,他就会把自己紧紧地缩成一团,屏住呼吸。如果太累了,他就爬到栅栏柱的底部歇一会儿,仿佛是风把线团吹到了那里。他很欣喜地发现,格里姆人真的不会在意沿街飘来的垃圾,所以这个伪装很好地保护了他。

谷仓就坐落在港口。它有两扇面向水面的大门,方便把船只拖进去修理。但靠村庄那边只有一扇小门,此刻还落了锁。威利没有浪费时间,他举目四顾,确定附近没有人后,便纵身一跳,跳过了谷仓四周的栅栏。他打算在谷仓周围匍匐前进,也许他会找到一扇开着的窗户,然后爬进去。

并没有窗户开着,但他也不需要了。在谷仓的一角,一株大蒲公英正准备播撒银色的种子。墙上有一个很大的洞。威利先是朝洞里望去,接着把还裹着报纸的头探了进去。谷仓里静悄悄的,他慢慢地从洞里钻了进去。外面阳光耀眼,他的眼睛需要时间适应谷仓内的昏暗。在角落里一动不动地坐了好一会儿，等双眼能看清后，他便悄悄地四处张望，寻找一个可以让他待到天黑的藏身地。

他料到了格里姆人会把谷仓当作船库和修理厂。威尔第人经常穿越格林布伦德的领空，所以绿皮肤的卫兵都知道敌人的村子里有什么样的建筑。威利猜想着，夏天一到，当巴布利湖生机盎然时，格里姆人的船就会停泊在港口外。让他没想到的是，此刻谷仓内停满了船，所有的船一字排开，他几乎都没地方挪步了。威利爬到其中一艘船旁边，凑近细细地察看了一番。当他意识到自己看到的东西是什么时，冰冷的恐惧攫住了他的心。

谷仓里有大约十五艘用矿泉水瓶建造的摩托艇，每一艘都跟他在鸭子窝造的一模一样，就是被天鹅西格蒙德劫走的那艘水瓶船。威利目瞪口呆地盯着根据自己的设计打造的"永不沉没的舰队"，这样一来，格里姆人就可以迅速而轻松地进攻芦苇海。但他没能想太久，因为门上的锁嘎嘎地响了起来，下一刻，几个格里姆人就进了谷仓。

威利有足够的时间扑倒在角落里，蜷缩成一团。他希望格里姆人已经对到处都是垃圾的现象习以为常了，这样他们就不会留意到谷仓里出现了一个缠结的线团。他像雕像一样一动不动地躲着，甚至不敢睁开眼睛，生怕一眨眼睛就暴露了自己。所以，他只能听到格里姆人在谷仓里的说话声和脚步声。

虽然他并不认识格林布伦德的市议员，但从谈话中，他很快就明白了，是村长、舰艇设计师和一两个高级别的格里姆人一起来视察战船了。

"格里留斯,你打算什么时候发动进攻?"一个沙哑的声音问道。

"只要备好摩托艇就进攻。我一秒钟都不想耽误。这次进攻必须要让威尔第人大吃一惊。"

"摩托艇已经准备好了,明天就可以开始行动。"声音沙哑的阿斯皮克说。

接着,第三个格里姆人开腔了。他向格里留斯解释说,被选中的格里姆人已经测试过如何控制大型船只。他十分肯定,一旦部署起来,他们就会取得巨大进展。

"那么,明天天一亮,我们就突袭芦苇海!"格里留斯兴奋得直搓手,"我们也必须通知天鹅。我答应过天鹅将军,会写信告诉她进攻的确切时间。西格蒙德会把消息带到格格利湖。"

阿斯皮克掏出笔记本和笔,格里留斯立即飞快地给天鹅写了信。

"明天拂晓时分发动进攻！到格林布伦德集合！就看你们的了！"

突然，外面的街上传来一声巨响。格里姆人都跳了起来，格里留斯惊慌中扔掉了笔和本子。

"但愿没有房子倒塌！"他显得很着急，"我们出去看看。"

说完，他们都冲了出去。威利直起腰来，发现他们匆忙中忘了从地上捡起写有给天鹅将军的信的笔记本。他飞快地跑向笔记本，把那张纸撕下来揉成一团，放进口袋里。他在阿斯皮克的笔记本上翻出新的一页，捡起掉在地上的笔，在白纸上写下新的信息。

"后天拂晓时分发动进攻！到旱地集合！就看你们的了！"

如果西格蒙德把这个消息带给他的将军，那么天鹅军团就不会在第二天到达，而是会推后一天。而且，他们不会去湖边，而是会去到远离格林布伦德的旱地。没有格里姆人的指令，天鹅完全不清楚该做什么。到那时，希望威尔第人能够击退格里姆人的进攻。

威利刚写完信，门就又开了。阿斯皮克带着西格蒙德一起回来了，他要把写给天鹅将军的信交给西格蒙德，并取回留在那里的笔和笔记本。威利立刻蜷缩起来，他的心怦怦直跳。这两个家伙是来取信的，也就是说，他们会走到他旁边。他们俩很有可能会注意到这个奇怪的线团——几分钟之前它还不在这里。阿斯皮克在黑暗的谷仓里摸索着，找到了本子和笔。他从笔记本上撕下一张纸，也就是写有留言的那一张。还好他没有再看一遍，要不然他很容易就会发现，措辞略有不同。他只是把那张纸卷了起来，接着把笔记本和笔塞进口袋。在把那张纸递给西格蒙德

之前,他停了一下。

"我还是把它捆起来吧。"他说,"这样更方便你用嘴衔住。"

他弯下腰,从威利乔装用的线团里扯下一根线,仿佛到处都是线团是世界上最自然的事情。他的注意力全在那封信上,根本没有把那团乱麻当一回事。他把给天鹅的信捆好后,放进西格蒙德的嘴里。

"带着这个飞到格格利湖!我们要仰仗天鹅的帮忙,具体时间写在信里了!"他说。

西格蒙德摇摇摆摆地走出谷仓。这只举止优雅的白鸟在水面上的姿态是那么曼妙,在陆地上却笨拙得可怜。阿斯皮克跟在西格蒙德后面关上了门,并仔细上了锁,以防在他们第二天拂晓时分发动袭击之前,

有陌生人进入谷仓。威廉·威斯尔在地上如释重负地松了一口气,他在庆幸自己能骗过天鹅大军的同时,已经在绞尽脑汁地想着如何毁掉格里姆人的船只了。最重要的是如何将消息传递给巴里,让他为这次袭击做好准备。

和金工甲虫结盟

　　威利躺在黑暗的角落里，脑海里思绪万千。他首先想到的是，他可以破坏格里姆人放在谷仓的瓶子船，这样第二天他们就无法驾船到开阔的水面上了，进攻就会被取消。但他们很快就会发现有人偷偷溜进了谷仓，并且会寻找罪魁祸首。谁敢保证威利一定有时间逃跑呢？他最不希望的就是他们找到他，再把怒气发泄在他身上。不管怎么说，比较聪明的做法都是给他们一个教训。如果开到湖里的时候船沉了，也许格里姆人会完全丧失战斗的积极性！

　　但是，他要怎么做才能让船只驶进湖里以后才下沉呢？如果在船身下面打个洞，水很快就会渗进去，格里姆人一下水就会中招。

　　"我要在船底打洞，然后再把它们堵上。"威利心想，"如果我们能在战斗过程中拔掉底部的塞子，那么船只就会在行进时灌满水，然后在开阔的水面上沉没。"

　　现在他要做的就是搞清楚一件事：骑在苇莺背上的威尔第卫兵要怎

样才能把船底的塞子拔出来。

忽然，他想明白了："住在水底下的动物可以帮助我们。沃尔特肯定可以调动水蛇，我们还可以依靠牛蛙、鳗鱼和其他鱼类。毕竟，他们的孩子也受到了格里姆人的威胁！"

还有两件事要做：第一，他必须在船上打洞，再用合适的塞子把洞堵上；第二，他必须把这个计划告知沃尔特。当然，还要让肖恩去通知巴里。

威利站起来绕着谷仓走了一圈。他要找一种可以钻穿船体的工具，还要找一些合适的塞子来堵住漏洞。幸运的是，阿斯皮克和工人们把工具留在了工作台上，有一把螺丝刀、一个钻头和其他一些锐利的工具，这些都可以刺穿瓶子。威利又找来了一些别的，不过这么多工具里没有可以用来做塞子的。突然，一阵馨香吸引了他。

威尔第人嗅觉灵敏，擅长分辨附近开花的植物。他们能闻到浮萍缠在芦苇上开始变干的味道，甚至能闻到湖水变暖、鱼儿没有足够的氧气时的气味。然后他们会纷纷从

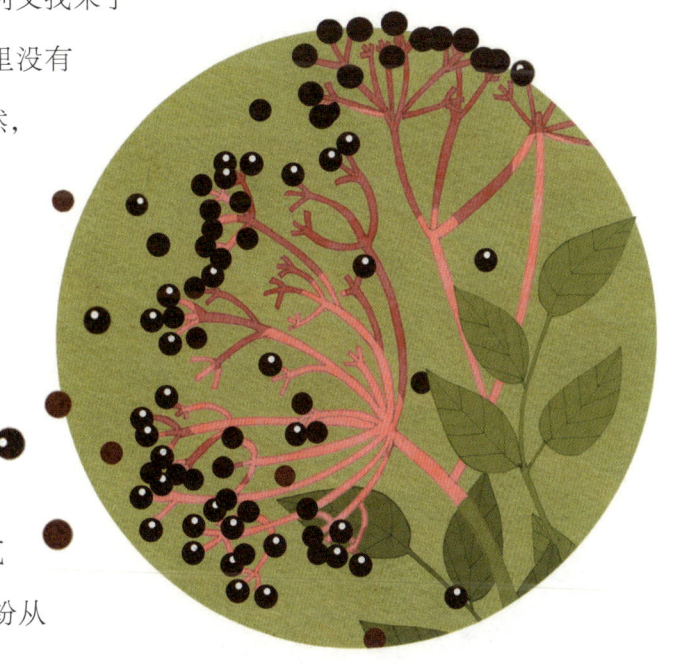

芦苇顶上跳进湖里，搅动湖水，保证水下产生足够的氧气。

威利嗅了嗅，有一股熟透了的接骨木浆果的香味。锁住的大门边上，挨着湖的地方有一株接骨木，紫黑色的小果子在枝头闪烁。威利笑了。接骨木果在威尔第城堡是珍稀佳肴，因为接骨木只生长在背向芦苇海的山坡上。有时，威尔第女人们会爬上苇莺的背，出去采摘甜美的浆果，用它们煮果酱。春天，她们会用雪白的花朵做年轻人最爱喝的接骨木花露。

威利闻到这香甜的味道，简直喜出望外。终于有东西吃了，他的肚子已经咕咕叫了好一阵子。而且，接骨木的枝干里全是一种类似海绵的软物质，非常适合用来做塞子。它很容易就能挤进洞里，水蛇也能很容易地把它拔出来，并且它不会很快被浸透。

威利从工作台上拿起一把大小合适的锯子，从洞里出去绕到树丛边，挑了一根合适的枝条开始往上爬。当然了，他爬上去的时候，往嘴里塞了几个浆果，然后舔了舔嘴唇：这点心很好吃，像蜂蜜一样甜。他还没来得及挑选最好的枝条锯断，就听到头顶上传来了哀鸣和呻吟声。一只金工甲虫被卡在两根细枝中间，正绝望地呜咽着。

威利敏捷地爬到她身边，想看看自己能不能帮上忙。甲虫看到有人来救她了，感激地舒了一口气。

"你能把卡住我的细枝折下来一根吗？小心折的时候别剐到我！"

威利小心地折了一下那根较细的枝条。他根本不需要把它折断，枝

条间的空隙就变大了,甲虫顺势滑了出来。

"我自由了,我又自由了!"她兴奋地叫着。

"你叫什么名字?"威利问道。

"罗莎。你救了我,我该怎样感谢你呢?"

"你认识水蛇沃尔特吗?"威利问道。

罗莎摇摇头。

"你认识威尔第人吗？"

甲虫又摇了摇头。

"威尔第人无暇顾及我们。当然，他们可以保护我们远离危险，但他们一般不会和我们说话。因为我们太小了，他们不会为我们操心的。我只认识一位威尔第老人，他总是有时间听我们说话，我很喜欢他。我去拜访过他一次，还一起喝过茶。"

"也许你说的是我爷爷。"威利笑着说，"他满头银丝，留着白胡子，身上开着小花，还总是抽着莎草烟斗。"

"没错，就是他！"小甲虫说，脸上露出了喜色，"是爷爷，他是金工甲虫和蜻蜓的朋友。"

"太好了。那这样，你现在就飞到他那里，把我的口信捎给他。告诉他，是他的孙子让你来的。你能记住吧？"

罗莎信誓旦旦地表示，她的记性极好，能在脑子里记住很长的信息。威利要她去做几件事。第一，她必须请爷爷去找苍鹭帕拉斯帮忙找到沃尔特。第二，水蛇必须要为第二天格里姆人的进攻做好准备，还要准备好拔掉格里姆人的船底部的塞子。最后，她还得给巴里捎个口信，让他知道第二天格里姆人会进攻芦苇海。威尔第卫兵必须和苇莺一起整装待命，这样他们才能用空中力量迎接入侵者。

"哇，太刺激了！"罗莎兴奋地揉搓着纤细的双腿，"这么说，我就是一名真正的军事调度员了，对吗？咱俩是盟友？"

"没错！而我就是间谍，我要破坏明天的突袭。一点都不夸张！照我说的做，分头行动吧！"威利说着，朝罗莎挥手告别。罗莎向水面飞去，她已经充分意识到了自己的任务的重要性。威利注视着她的背影，目送她朝芦苇海飞去。

接着，威利锯下一根粗细合适的树枝，把它拖进谷仓，开始剥树皮。在把树枝里面的海绵状物质取出来后，威利将其切成大小相同的十五块——这些就是塞子。

事实证明，在瓶子上打洞确实是一项比较困难的任务，但威利通过实验找到了最好的办法：用钻头刺穿又厚又结实的塑料。接着，他小心地把洞堵上，并确保它们不会漏水。

夕阳西下时，威利累得筋疲力尽。不过，当他再次爬上接骨木的枝丫时，他的心里非常满足：他凭借自己的努力破坏了全部十五艘船。

救援行动

威利在接骨木枝丫间晃荡了很久，一点一点地啃食着浆果。其间，他听着水波拍击的声音，望着渐渐暗淡下来的天空中，星星是如何一颗接一颗地闪烁起来的。在附近的树林边上，有萤火虫在跳舞，如果他眯起眼睛，看起来就好像有一些小星星落到了水边。他困倦了，再也睁不开眼睛了。

"我不能睡觉！我得找到耶利米！"他心里想着，打了个大大的哈欠，"可是天这么黑，我该怎么找他呢？"

就在这时，不远处传来悲伤的呱呱声。威利猛地跳起来，差点从树枝上摔下来。那是耶利米的叫声！他正在唱着一首牛蛙的哀歌。声音是从岸边传来的，于是威利尽可能轻声地朝那个方向走去。就在他快走到的时候，一个响亮的声音在他身后响起。

"闭嘴！囚犯不准唱歌。"

威利一下子扑倒在地上，躲了起来。一名格里姆卫兵正从港口方向走过来，声音正是他发出的。幸好他没有注意到躲在草丛里的威利。他冲着耶利米大发雷霆，呱呱声立刻停止了。卫兵犹豫了一下，随后拿来一盏灯笼往自己身前照了照。光线落在一个伸出水面的密织笼子上，跳跃的耶利米和其他俘虏都被关在里面。

"别出声，都给我休息、睡觉！我看着你们呢！"格里姆人大声喝道，随后小跑着回到村子里。

等格里姆人走远后，威利又开始行动起来。他匍匐着一直爬到岸边。笼子有一半浸在水里，可能是怕关在里面的牛蛙和水蛇干死在岸上。

"嘿，耶利米！你在那里吗？"他激动地小声说道，"我是威利！"

回应他的是快乐的呱呱声和溅起的水花。

"你必须逃离这里。你们一共有几个人？"

"除了我，还有四只牛蛙和十三条水蛇。"耶利米低声说，"白天我们踩水车，到了晚上他们就把我们锁起来。你怎么到这儿来了？"

"我来救你啊。有没有什么地方可以爬出来？"

"笼子里的洞太小了。"耶利米说，"门又被他们锁上了。"

"卫兵经常来这边吗？"威利问道。

"是的，他们总是来这里巡逻。"

威利想了想。如果大半夜锯开笼子或砸开门锁，格林布伦德的所有卫兵就会蜂拥而至。比较明智的做法是等到天亮，那时村庄和巴布利湖沿岸都热闹起来，噪声就不会那么明显了。没错，大白天行动是很醒目，但也许第二天卫兵们都会被征召去攻打芦苇海，到那时格林布伦德就无人守卫了！

"听我说，耶利米！天一亮，威尔第城堡就会遇袭，所有的格里姆人都会投入战斗。那时候我会回来，放你们出去。在那之前，你们要做好逃跑的准备！"

"我们会的！而且我们还会为保卫芦苇海出点力！"耶利米低声说。但在内心深处，他很想大声欢呼。

威利说了一声"再见"，又爬回接骨木树上。他把几根细枝卷在一起做了个窝，在里面铺上树叶，然后伸了个懒腰。他找不到比这里更舒服

的地方过夜了。他实在太累了,很快就沉沉睡去。

没过多久,他就被格里姆人的呼喊声惊醒了。起初,他以为天还没亮,因为到处都是黑漆漆的,但是东方的地平线上已经露出了第一缕阳光。红脸军团选择了一个绝妙的动身时间,因为在黑暗中,他们几乎可以神不知鬼不觉地驶入芦苇海的中心。等他们准备进攻的时候,熹微的晨光又足够让他们看清周围的环境。更重要的是,他们可以在天亮前,打睡梦中的威尔第人一个措手不及。

威利看到谷仓里挤满了格里姆战士。他们中有十五人负责在瓶子船里掌舵，每艘船都配有一组全副武装的战士。在一片嘈杂声中，没有人注意到船底被塞住的小洞。威利躲在接骨木叶子后面，紧张地看着十五艘摩托艇驶向开阔的水域。看来接骨木树枝做的塞子真的防水：没有一艘船漏水。坐在里面的战士都不知道让船下沉有多容易。

在舰队出发前，格里留斯和阿斯皮克不安地环视天空。

"那些天鹅究竟在哪里？"格里姆首领咆哮道，"我们写得清清楚楚，要在黎明时分集结。如果我们再等下去，就达不到出奇制胜的效果了！"

"我认为部队应该开拔了！"阿斯皮克说，"天鹅们几分钟后就到。等他们发现我们已经开始进攻了，很快就会跟上的。我们坐船要半小时才能到达芦苇海，他们只需要扇二十五下翅膀就到了。他们几分钟就能追上我们。"

格里留斯同意了。他们把这十五艘瓶子船拖到巴布利湖上，格里姆战士也挤上了各自的战船。对他们来说，航行要花更长的时间，因为他们没有马达，只能靠自己的力气。格里留斯坐在船头，以便用望远镜观察远处。

一切都在按威利的计划进行，这让他欣喜不已。格林布伦德成了一座空城，村子里只留下了几个老人和小孩，还有阿斯皮克，他想在庄园的塔楼上了解战事的进展。在忙乱的准备中，格里姆人把浇灌系统和白天踩水车的囚犯完全抛在了脑后。他们把耶利米和其他囚犯留在笼子里，没有想过让他们去做苦力，也没有想过给他们留下食物。

等到湖岸周围空无一人，留守家园的格里姆人也陆续回到村里时，威利才冒险下了树。他迅速披上伪装，朝大笼子跑去，准备救出耶利米和其他囚犯。当然，他还带着在谷仓里找到的锯子和撬棍。在笼子里，耶利米让其他牛蛙盯着外面，每个方向都不要放过。一只牛蛙负责监视村庄，看看是否有格里姆人过来。另一只负责巡视湖岸，这样一来，如果天鹅飞来，他们就能及时发现。第三只盯着巴布利湖，如果湖面有动静，他就会通知大家。

威利上了一艘停在岸边的划艇，朝用细枝做成的笼子划去。他从自己的伪装中扯下一根线，把船绑在笼子上，然后开始锯细枝。锯子切割木头时，发出难听的吱吱声。

"搞出点动静来。"威利对笼子里的动物说，"这样他们就听不到村子里有锯子的声音了！"

耶利米很快组织起一支合唱队。五只牛蛙开始呱呱地叫起来，吵得天都要塌下来了；而水蛇则甩起尾巴，把水溅得哗哗响。威利开始拼命锯细枝，几分钟后就锯开了一个出口。小"囚犯"们一个接一个地跳着、爬着出了洞口。现在他们要决定的是下一步该怎么做。他们一致赞成尽快回到巴布利湖，为打败格里姆人出一份力。他们全都擅长游泳，所以都同意让这个威尔第小伙子待在船上，其他人去帮忙推船。

威利喜欢这个主意,于是他舒舒服服地坐在船上,告诉大家他已经准备好,可以出发了。牛蛙们在后面推着小船,水蛇们则在前面和侧面拉。小船好像长出了鱼鳍一样,急速地冲向芦苇海。他们很快就看到了格里姆人的战舰,这些战舰正排着密集的队形跟在用塑料瓶制成的摩托艇舰队后面。

威利扫视天空。他在等待巴里的卫队出现,等着他们骑着苇莺向敌人发射箭雨。但他等来的不是卫兵巡逻队,而是金工甲虫罗莎。小甲虫重重地跌向小船,正好落在威利身边,发出绝望的惨叫声。

"哦,谢天谢地,我终于找到你了!大事不好了!"她哀叹道,"我去

找爷爷,却徒劳无功,我根本找不到他。威尔第人也没时间听我带去的信息,因为他们都在找一个失踪的家伙。听说,一个叫威廉·威斯尔的威尔第小孩在芦苇海失踪了。"

威利使劲咽了一口唾沫。的确,他忘了告诉罗莎自己的名字。他之前跟她说的是,让她带口信的是爷爷的孙子。

"别担心,罗莎!我知道威廉·威斯尔在哪儿。"

"天哪,你真是无所不知!"闪亮的绿色甲虫钦佩地说,"那么,他藏在哪里呢?"

"远在天边,近在眼前。"威利笑着说,"话说回来,如果威尔第人不知道进攻的事,那才要出大事了!"

"我们现在该怎么办?"罗莎惊慌地问道。

"我们必须向巴里报告!耶利米,马上掉转方向去芦苇床!我们必须找到最近的蛛网交换机!"

战斗打响了

耶利米与其他逃出来的牛蛙和水蛇立刻把船转向芦苇床,这样他们就可以尽快把威利藏到芦苇丛里。威利忧心忡忡地注视着附近摇曳的芦苇海。这一带离格林布伦德太近了,所以他们还没有在这里建立起蛛网网络。他们只能寄希望于住在附近的蜘蛛是通过自己的网与住在威尔第城堡的亲戚联系的。

"罗莎,你认识附近的蜘蛛吗?"威利问道,"我连一张蛛网都没看到。"

"有个地方有一只花园蜘蛛,可是我很怕她!"罗莎说,"我不敢叫醒她。"

"你只要告诉我她住在哪儿就行。"威利说。

罗莎往前飞,给他指了指正确的方向。牛蛙们竭尽全力往前赶,水蛇们则小心翼翼地驾驶着小船。当他们在罗莎的带领下赶到了芦苇床的边缘时,威利跳下船,绕着附近的芦苇丛跑来跑去,但他没有找到蜘蛛。

"她叫格洛丽亚。"罗莎害怕地小声说道。为了安全起见,她跳上了威利刚刚乘的船。与此同时,威利一直不停地喊着格洛丽亚的名字,但始终没听到回应。看来,这位蜘蛛女士不是耳朵不好,就是已经搬走了。最终,威利受够了大喊大叫。这时,他发现一根蜘蛛网线随意地耷拉着。他觉得自己应该试着联系一下芦苇海的其他蜘蛛,于是他抓起细线,想对着它喊话。就在这时,八只毛茸茸的胳膊从后面搂住了他。原来,格洛丽亚一直在芦苇顶上观察,现在,她觉得是时候攻击这个闯入者了。

如果威利极力反抗,他很可能会输给这只大蜘蛛,而格洛丽亚盛怒之下会想办法咬他一口。他想到了一个更好的主意。趁那只胖蜘蛛往后跳的时候,威利一头扎进了水里。他从朋友亚瑟那里知道,蜘蛛不喜欢游泳;确切地说,他们非常讨厌水。这个计划成功了:他们一碰到水,格洛丽亚就立刻松开了他,开始惊恐地挥动手臂拼命挣扎。当看到五只牛蛙和十三条水蛇从芦苇丛出来时,她就更害怕了。

"别伤害我!谁把我从水里拉出去!"格洛丽亚哭着叫道。

威利迅速爬上一片芦苇叶,抓起一根宽宽的芦苇茎秆递给格洛丽亚,格洛丽亚紧紧拽住了。她打着喷嚏,爬回到干芦苇叶上。

"时间紧迫!"威利严肃地看着她,"请帮我们接通芦苇海,我们要和住在那里的蜘蛛通话!"

"我在那儿只有一个朋友,她叫艾达,"格洛丽亚咕哝道,"住在蝌蚪学校旁边。"

"太好了!"威利欢呼道,"也就是说,她是肖恩的邻居!马上接通她,

拜托了。"

　　格洛丽亚咕哝了几句，但还是快如闪电般地爬上了蛛网。她抖动着细腿，其中一根蜘蛛网线也跟着振动起来。很快，网线那头就传来了艾达的回应——她在睡梦中被惊醒了。威利急匆匆地把整件事情的来龙去脉告诉了她。艾达答应他会马上行动，她和肖恩一家很熟。威利感谢了两位蜘蛛女士的帮忙，又爬回船上。他估计格里姆人很快就会抵达小岛，但如果肖恩立即向巴里的卫队报告的话，他们仍然有机会及时阻止进攻者。

　　"还有一项艰巨的任务要交给你们！"他看着水蛇说，"我们必须把格里姆人的摩托艇弄沉！"

　　大伙儿都出发了。威利让罗莎飞回威尔第城堡，以防卫兵们没有得到消息，还要提醒他们保持警戒。没过几分钟，警报声就从远处的岸边响起，召唤威尔第卫兵战斗的号角声在水面上回荡。下一刻，一队苇莺就腾空而起，褐发绿肤的卫兵们愤怒地冲向袭击者。他们在离敌人很远的地方就拉开了弓，一阵箭雨落在格里姆人的船上。

　　袭击者惊恐万分，纷纷扔掉了船桨，用双手将盾牌举过头顶。绝望中，格里留斯大声呼叫他的盟友天鹅们，却是徒劳一场。那些白色的大鸟还在不远处的格格利湖上安静地打着盹儿，因为他们以为战斗第二天才会打响。既然援军不见踪影，格里姆人便开始撤退。战士们挤进船里，用尽全力往回家的方向划，其他人则拿着盾牌护着脑袋。

　　但巴里和他的卫队是不可阻挡的。他们在空中迂回盘旋，苇莺的翅膀

几乎擦到了格里姆人的脸。与此同时,他们还试图用长矛和绳索把船打翻。很快,所有的战舰就都翻了过来,惊恐的格里姆人打着喷嚏、喷着鼻息,挣扎着游到岸上。那十五艘摩托艇倒是完好无损。威尔第人射出的箭碰到塑料瓶就弹开了,坐在瓶子里面的战士用投石器从瓶口向威尔第人射击。接下来,摩托艇上的人去救漂浮在水面上的格里姆人,他们拼尽全力,把能拉上来的同伴都拉进了能保护人的不会下沉的摩托艇里。

巴里在空中绝望地看着那些坚不可摧的摩托艇,看着船上的格里姆人从水里救出他们的同伴。就在这时,威利的朋友们终于赶到了,那就是从笼子里逃出来的水蛇和牛蛙。在此之前,没有人发现他们在水下游泳,因为他们很聪明,下潜到了淤泥上方。此刻,他们先是浮出水面呼吸新鲜空气,接着又潜回水下,从摩托艇底部拽出塞子。塑料船一艘接一艘地开始下沉,湖水从塞子的位置涌入,倒灌进瓶子。在惊恐的叫喊声中,格

里姆人纷纷逃离漏水的船只，一个接一个地跳进水里。

只有一艘塑料船在抵抗，因为它的塞子卡住了，水蛇无法用嘴把它拽出来。战斗最激烈的时候，耶利米冲上去帮忙。没错，他那条发育不良的左前腿没什么用，但正因为如此，他的另外三条腿都特别强壮。他伸出强壮的右腿用力猛拉塞子，塞子立刻就弹了出来。现在，最后一艘摩托艇也进水了。巴里和他的卫队除了一个接一个地救起在水里挣扎的敌人之外，没有别的事情可做。

浑身湿透、不知所措、惊恐万状的格里姆人很快盘腿坐在岸边，而端着长矛的威尔第卫兵们则怒目而视地围着他们。格里留斯仍在仰望天空，他仍然抱着一丝希望，希望天鹅们会在最后一刻赶到并控制芦苇海。巴里一脸担心地追随着格里留斯的视线，他很快就从敌人的眼神中猜到了这个格里姆首领期待到来的是怎样的盟友。他正要下令派遣一支特殊部队飞往格格利湖，做好迎战天鹅的准备，这时，威廉·威斯尔终于赶来了。因为水蛇和牛蛙一直忙着弄沉格里姆人的摩托艇，所以威利被单独留在小船上，直到现在才成功划到了岛上。

他径直跑到巴里那里汇报。队长一时间不知所措，不知道是该拥抱这个他以为已经失踪的男孩，还是该揪着失踪的事好好教训他一顿。最后，他醒悟过来了。他得先为天鹅的进攻做好准备，现在没时间做其他任何事情。但是,从威利兴奋的讲述中,他得知在第二天之前,他不必担心天鹅进攻的事。此刻,他真的不知道该拿这个眼睛明亮却疲惫不堪的孩子怎么办。他惊讶地看着这个小男孩,能违反的法律威利都违反了,所有的规则他全不放在眼里,但他凭借勇气,拯救了芦苇海于水火之中。

最后,他大声地叹了一口气,只简单地说了一句话:"行了,小子,我们该把这些情况向玛洛国王禀告。"

说完,他命令威利骑在苇莺背上,他自己也骑了上去。他们一起飞往威尔第城堡,以便尽快向国王如实禀报发生的一切。

审问格里姆人

太阳升起来了，芦苇海再次恢复了平静。耀眼的光芒在倾覆的格里姆小艇上晃动，在聚拢成堆的矛尖上闪烁，在格里姆战士满地滚动的头盔上发光。所有的红脸敌人都坐在岛上，巴里的卫队里警觉性最高的卫兵一直盯着他们，等待国王对他们的命运做出宣判。格里姆人带着愠怒而阴郁的神情瞪着胜利者，但无论他们多么想逃跑，都无法摆脱威尔第人的囚禁。他们的首领格里留斯一路愤怒地咒骂着，他在严密的戒备下被带进了威尔第城堡，接受玛洛国王的审问。

芦苇海的居民都兴奋地议论着发生的事情，他们称赞威尔第卫兵勇敢无畏、反应神速，同时都想好好看看那些被抓的格里姆人。一群牛蛙游到了岛上，在野鸭和睡莲之间啧啧称奇。水蛇在小岛周围的芦苇茎秆上晒着太阳，这样他们就可以一目了然地看到那些被捆住手脚、在岛上等候发落的格里姆人。

与此同时，玛洛国王——仁慈的、绿皮肤的威尔第人的统治者——

正坐在宝座上怒气冲冲地俯视着下方。他不喜欢发动战争,他在统治期间一直努力想让芦苇海的居民在巴布利湖的每一个角落和平安宁地生活。可是,就在刚刚,他听到了关于格里姆人、摩托艇舰队以及与袭击者合谋的天鹅的袭击报告。巴里·布莱德沃特把威廉·威斯尔也带来了,男孩把在格林布伦德发生的一切都告诉了国王。

听了威利的讲述,玛洛国王怒气渐盛。他对格里姆人不时来芦苇海掠夺的事已经习以为常,但他们竟然利用囚犯来操作他们的浇灌系统,还想控制整个巴布利湖,这是他万万没想到的。更难以想象的是,这一切他还是从一个绿头发的威尔第少年嘴里听说的。而正是这个小男孩,完全不顾威尔第人的所有法律条例,冒着生命危险潜入了敌人的村庄。

"我应该惩罚你的,臭小子!"国王摇摇头说,"而你又应该得到最高的奖赏。你触犯了法律,忽视了规则,但若不是你,也许天鹅和格里姆人现在

已经统治了威尔第城堡。"

"我必须救出我的朋友跳跃的耶利米！"威利说，"不管怎么说，功劳都不是我一个人的，陛下！是牛蛙和水蛇弄沉了格里姆人的船，是罗莎和蜘蛛们提醒了我们的卫兵提高警戒。而且，我能够潜入格林布伦德，在很大程度上要归功于爷爷、沃尔特和睿智的帕拉斯。"

玛洛国王双手抱着脑袋。

"绝妙的安排！不愧是托比·威斯尔的儿子，你对每件事情都胸有成竹。现在，我想请你坐下来稍微等一会儿，因为他们把格里姆的首领带来了。"

格里留斯蛮横地走进王宫，没有向国王致敬，而是一脸挑衅，等着威尔第国王的反应。玛洛国王没有发火，也没有大声吼叫，只是皱了皱眉头，就把格里姆的这位大人物吓得胆战心惊。随后，国王语气严厉地问道，如果格里姆人成功征服了芦苇海，那么他们的下一步计划是什么。

"我猜你们会把这里洗劫一空，带一大堆战利品回家！你们什么都不关心，什么都不会做，就是要毁掉这里！"国王怒喝道，"如果我们不保护芦苇海，我们就什么都没有了！"

"什么都是你们的，这不公平！"格里姆首领脱口而出，"你们得到了所有的蛋和浮萍，你

- 178 -

们得到了所有的水塘草和小鱼！而我们什么都没有。连泉水也变黄了！"

"格林布伦德周围的土地都很肥沃，种点植物，你们就会有东西吃了。泉水很可能是因为四处都是垃圾才变黄的，把垃圾清理干净，泉水就可以喝了！"

"不可能！说得好像我们应该干活儿似的！"

"正是如此！"玛洛国王气得直跺脚，"士兵都在这里，让他们去干活儿！净化泉水，浇灌菜地，你们就有吃的了。如果你们春天给我们带来格林布伦德的接骨木花，秋天给我们带来玫瑰果，那么，作为交换，我们会把浮萍、水塘草和水藻送给你们。"

"你不打算砍下我们的脑袋吗？"格里留斯满心狐疑地问道。

"我要一百个被砍了脑袋的格里姆人做什么？"玛洛国王叹息道，"我要的是和平！不过，我们会没收你们的武器，这样你们就不会再打仗了。我还会通知天鹅，如果他们胆敢再靠近巴布利湖水域，我们就会用投石器驱逐他们。"

玛洛国王结束了审问后，允许手无寸铁的格里姆人返回他们的村庄。巴里下令拆掉格里姆人在格林布伦德设置的所有投石机，收集船只，并派出一支加强卫队在芦苇海上空巡逻，直到天鹅空袭的危险过去。

一切安顿好之后，芦苇海的居民在体育馆举行了盛大的庆祝活动。连水蛇也来了，这样他们就可以和住在巴布利湖的其他居民一起庆祝了。玛洛国

王对所有来宾表示了感谢。他嘉奖了罗莎、蜘蛛们、肖恩、巴里和他的卫队,然后召见了跳跃的耶利米和从格里姆人手里得救的水蛇们。他说,他特别感谢他们的勇猛无畏,感谢他们弄沉了敌人的摩托艇。最后轮到的是威廉·威斯尔。玛洛国王和他握了握手,并承诺以后会特别关注他的成长。

"因为你是我的臣民中最难管教的,总是在打破规矩,所以,只要你的头发还是绿色的,我就不会提拔你当卫兵!不过,既然你是芦苇海最英勇无畏的小伙子,我会答应你一个请求。好了,小家伙,说说你想要什么。"

威利想了一会儿,然后深深地吸了一口气,说出了自己的请求:"我知道,作为一个绿头发的年轻人,我不能当卫兵,但请允许我报名参加

牛蛙竞技比赛。我想和我的朋友跳跃的耶利米一起参加秋季比赛。我已经发明了一个新玩意儿，它可以弥补耶利米缺失的那条腿。如果我成功了，他就能跳得和其他牛蛙一样远了。"

玛洛国王笑了。

"孩子，我会满足你的请求。你和跳跃的耶利米可以报名参加比赛。我敢肯定，所有的芦苇海居民都会为你们的第一次参赛加油打气的！"

威利高兴得说不出话来，他迫不及待地想搂住耶利米的脖子，和他一起庆祝这份礼物。从眼角的余光里，他可以看到吉迪恩·拉纳和他的朋友们在窃窃私语，但此刻他已经完全不在乎了。一想到秋季的牛蛙竞技比赛，他的心就怦怦直跳。威利决定，到了那天晚上，当他最喜欢的竹子乐队登台演唱第一首歌曲的时候，他就鼓足勇气，邀请莉莉和他一起跳舞。

威尔第女眷在泡着茶,
秋天要来了,你看见了吗?
天空灰蓝,阳光暗淡,
杨柳在风中瑟瑟打战。
一只乌鸦孤零零地坐在树上,
请靠得再近一些,好让我取暖。
如果严寒笼罩,
威尔第城堡会有什么危险?

燕子回来了

第一个秋日来临时,和夏末的清晨没什么两样。凉爽的黎明时分,露珠在芦苇叶上闪耀。太阳升起来后,小水滴很快就干涸了,空气也很快暖和起来。这是一个阳光明媚的日子,但是阳光的力道变弱了,不再像热浪滚滚时那般灼人。

不过,在九月这个平静的清晨,绿皮肤的威尔第人异常忙碌。信使已经抵达芦苇海,这就意味着访客即将莅临。

威尔第卫队的队长巴里·布莱德沃特正带领着一支巡逻队在芦苇海上空巡逻,突然,他瞄到地平线上有一个快速移动的黑点。

"是斯莫基来了吗?"他凝视着远方。那个小黑点慢慢地变成了一只快速振翅的燕子,他长着黑色的羽毛,穿着白色的马甲。

巴里发了一个信号,威尔第巡逻队立刻掉转方向朝燕子飞去,以便在空中迎接他们的老朋友。他们已经许久没有见面了。

"又一年过去了!我们又出发了!"燕子斯莫基朝威尔第卫兵们打了

个招呼,"我正在为途经的燕群找歇脚的地方!"

"芦苇海欢迎你们!"巴里回应道,"你们来了多少?"

"五千!"斯莫基自豪地回答,"今年我们的队伍来了许多年轻的燕子!"

巴里有些忐忑。虽然在芦苇海,他们总是乐于见到鸟儿路过,但他很清楚,要找个可以安排五千只叽叽啾啾的燕子睡觉的地方并不容易。燕子是第一批出发的,因为他们必须趁天气还暖和的时候动身飞往非洲。等寒冬来临,他们最爱吃的昆虫不是死了,就是躲了起来。要是燕子在出发前不能好好地饱餐一顿,他们就无法在漫长的海上旅行中生存下来。眼下仍是气候宜人的夏末秋初时光,经过几日的休整,再加上蚊子大餐,这群燕子就可以信心满满地开启持续几个星期的长途旅行了。

"其他燕子什么时候到?"巴里问道。

"他们晚上就到!"斯莫基叽叽啾啾地回答。

巴里即刻采取了行动。他派莉莉去威尔第城堡通报玛洛国王候鸟已经到来的消息。他自己则亲自率领巡逻队,和卫兵们一起巡视芦苇海,为斯莫基和他的燕群寻找一个安全的休憩地。他很快就找到了,那个地方芦苇茂密,燕群可以栖息在芦苇叶上平静地过夜。斯莫基满意地绕着芦苇丛转了一圈。他相信,他的燕子同伴们会在这里度过美好的时光!

燕子到来的消息很快传遍了巴布利湖。午后,芦苇海的居民开始扫视天空。野鸭、黑鸭、水蛇、牛蛙和蜘蛛都扭着脖子望着附近的山丘,想看看黑色的燕群什么时候会出现。就连睿智的老苍鹭帕拉斯也游到了芦苇丛的另一头,在那里,他可以更清晰地看到燕群。最兴奋的还是绿头发

的威尔第小孩们。有些小孩去年就和雏燕交上了朋友,所以迫不及待地想再见到自己的老朋友。

米奇·马什、罗里·里德和汤米·特夫此刻都已经是棕色头发的卫兵了,他们决定不再坐在芦苇叶上干等燕子,而是骑上苇莺去迎接。他们的朋友威利对此闷闷不乐。虽然威利的年纪和小伙伴们一样大,可他的头发还没有变成棕色。依照威尔第的法律条例,他不能加入卫队。而且,绿发少年也不能骑苇莺。

"别丢下我一个人在这儿!一个人等一点意思都没有!"威利恳求道,但米奇不耐烦地拒绝了他。

"只要燕子一到,我们马上就回来!"

说完,三个小伙子就跳上苇莺飞走了。

"要是你愿意,我就留在这儿陪你。"莉莉笑着对威利说。她是一个满头棕发、扎着马尾辫的威尔第女孩,骑苇莺飞行的技术比男孩子还要好。

"跟我说说燕子的事吧,威利!你一定认识他们!"肖恩说道。

他是个绿头发的威尔第小男孩，从小就对威利的一举一动钦佩不已。

"我只有一个燕子朋友，他叫苏蒂。"威利开口了，"我们是去年燕群动身去非洲之前认识的。他虽然羽翼未丰，却强健勇敢。我真希望他今年也能回来！"

肖恩怂恿威利讲讲苏蒂的故事，可威利已经没时间讲了。一片巨大的黑云出现在地平线上，正波浪般快速地向巴布利湖逼近。留在威尔第城堡的孩子们欢呼雀跃起来。他们终于来了！在巡逻队领头的巴里飞过去迎接客人，径直带他们去了休憩地。飞累了的燕子们落在芦苇丛里。威尔第人站在威尔第城堡的瞭望塔上，惊奇地看到芦苇丛在成千上万只小鸟的重压下变暗了，弯了腰。

但客人们并不打算整个下午都在芦苇上荡来荡去。很快，他们又飞了起来，在芦苇海的上空飞来飞去，捕食苍蝇、蚊子和随意飞舞的虫子，一直到暮色降临。他们叽叽喳喳地叫个不停，整个芦苇海都听得到。巴里的卫队也忙个不停，他们主要负责提醒客人，不要在那些精心编织的支撑威尔第城堡的芦苇上停留。

　　威利直到第二天黎明才去寻找苏蒂。在燕群里很难找得到他的老朋友，于是他决定日出时划船到对面的小岛上去，那里有威尔第体育馆和一棵老柳树。去年，他就是在那棵柳树垂下的枝条上撞见苏蒂的，他希望这个燕子小伙儿会回到那个地方——如果他也想见自己的话。威利的希望没有落空，他在一根柳枝上晃荡了没几分钟，天上就飞来了六只黑鸟。两只健壮的大鸟身后跟着四只小鸟，正优雅地飞来飞去。威利惊喜地发现，最大的那只燕子就是他的老朋友苏蒂。苏蒂飞到威利身旁的树枝上，用翅膀拍了拍威利绿色的脸蛋，骄傲地告诉他自己如何在春天觅得了佳偶，如何筑了窝，还养育了五只毛茸茸的雏燕。

　　"我带你认识一下我的妻子！"苏蒂骄傲地宣布，"吉莉是燕群中最漂亮的燕子！我们的孩子也来了！"

　　威利羡慕地点点头，随后皱了皱眉头。

　　"苏蒂，和吉莉一起的只有四只雏燕！你不是说你有五个孩子吗？"

"还有一个叫格莱米,他生病了。"苏蒂叹了一口气,"他昨天还好好的,可今天就完全没了力气。如果明天还没有好转,他就不能飞去非洲了。"

"如果留在这里,他会冻死的。"威利惊恐地说。

"我对治病不在行。"苏蒂垂着头说,"我不知道怎么帮他。"

"他还有力气飞一小会儿吗？"威利问道，"那样的话，我们可以带他去找我的爷爷！也许爷爷能治好他！"

苏蒂听了很是欣喜。好在燕子休息的地方离威利爷爷的小屋不远。威利承诺，等他们飞到那儿的时候，他也会出现在那儿，因为他会直接从岛上赶往爷爷家。

苏蒂、吉莉和四只小燕子飞去接格莱米，而威利跳进他的小船，像风一样往爷爷住的小海湾划去。也许老人家有什么药，可以让这只虚弱的燕子恢复体力。

救治生病的雏燕

爷爷总是日出时起床。天一亮,他就把小屋的窗户敞开,让凉爽的新鲜空气进来,再慢悠悠地装上莎草烟斗,坐在门廊上听芦苇丛里的沙沙声。他静静地听着潺潺的流水声,听着芦苇海苏醒后微弱的呢喃声。当太阳爬上高高的天空时,他已经和停在摇椅扶手上的蜻蜓聊天了。

威利上气不接下气地赶到时,爷爷刚好擦掉胡子上的早餐碎屑——那是一种水藻馅儿饼。

"爷爷,爷爷!您得帮帮忙!"威利不停地说,"您能医治一只生病的小鸟吗?"

"那我得先看看他到底怎么了!"老人说着,淡蓝色的眼睛里充满鼓励的笑意。

"他马上就到!我的朋友正带他过来!"威利说。他快速向爷爷解释了苏蒂是谁,以及他的儿子必须尽快恢复体力的缘由——两天后,他们就要出发去非洲了。爷爷哼了一声,点了点头,从橱柜里又拿出一块馅儿饼。

"来,吃点东西吧,小家伙!填饱肚子再开始新的一天,这可是很要紧的!"

等苏蒂和他的家人赶到的时候,威利已经把美味的馅儿饼吃了个精光。燕子父母领着一只摇摇晃晃的雏燕在空中飞着,四只健康的雏燕则兴奋地在他们周围飞舞。终于,燕子一家在爷爷的小屋旁落了地。格莱米已经筋疲力尽,几乎喘不过气来。威尔第老人立刻冲到他身边,仔细检查了他的嘴巴和羽毛,确认他的眼睛有没有神采,还动了动他柔弱的翅膀,最后用手按了按他的腹部和胸部。吉莉和苏蒂屏气凝神地看着爷爷做检查。爷爷看起来似乎有些担心,他慢慢地摇了摇头,看向威利。

"我们得叫帕拉斯过来!苍鹭能制作世界上最好的草药。威尔第没有什么药能帮到这只雏燕。"

苍鹭是出了名的不友善，他们总是对所有人都不理不睬的，尤其是那些独居的老苍鹭。帕拉斯不仅是芦苇海最聪明、最年长的苍鹭，而且也是最难相处的。除了爷爷，他几乎不跟任何人交朋友。人们和他说话时，他常常都懒得回答。不过，威利并不担心。他知道哪里可以找到这只聪明的苍鹭，也知道这只老鸟是有善心的。紧要关头，他绝对靠得住！

威利气喘吁吁地赶到时，帕拉斯粗声粗气地向他打了个招呼，一点都不友好，可一听说是爷爷要找他帮忙，他立马就来了精神。威利在芦苇丛里从一片叶子跳到另一片叶子上，一路回到了小屋。他到的时候，帕拉斯已经在门廊上和爷爷说话了。小燕子格莱米疲惫地蹲伏在那里，接受第二次彻底的检查。

帕拉斯沉思了一会儿，最后说道："确实有一种药可以治好格莱米的病，可是我没有。我知道有一个人肯定能帮他，那就是我们苍鹭中最伟大的医生——知识渊博的密涅瓦。"

"我从来没听说过她！"威利脱口而出。

"这没什么奇怪的。"帕拉斯回答说，"密涅瓦住在山的另一头，就在格格利湖那儿。"

"天鹅就住在那儿，他们是格里姆人的盟友！"威利惊讶地喊道，"我真的不想撞见他们！"

帕拉斯和爷爷点点头，表示威利说得没错。

"就算要去找她，我们怎么去呢？"威利面露难色，"走路是不行的。唯一的办法就是飞过去！"

"只可惜,我太老了,不适合长途飞行。"帕拉斯说。

"我倒是很乐意飞去那里。"苏蒂主动请缨,"可我不知道怎样才能找到那位聪明的医生。"

"你去了也找不到她！只有眼尖的威尔第人才能找到密涅瓦的藏身之处。无论如何，我觉得她都不会愿意跟一只候鸟说话的。"

"那我和苏蒂一起去！"威利说。

爷爷摇了摇头。威利还是一个绿发少年，按规定，他是不能飞行的。威利也知道，他们不可能向巴里的任何一个卫兵求助，因为他们要守卫芦苇海，一刻也不能离开巴布利湖。

"我敢肯定，如果我向莉莉求助，她一定会愿意的。"威利心想。随后他意识到，只有得到队长的允许，莉莉才能去拿药，而巴里肯定不会违反规定允许她去。最后，威利终于受够了"这也不行，那也不行"的限制。他对大家说，法律规定的是，绿头发的年轻人不能骑苇莺，但并没有说不能骑燕子。

"确实没有，因为我们威尔第人向来只骑苇莺飞行。"爷爷解释道。

"那我就做第一个骑燕子飞行的威尔第人。况且，法律没有提到不能骑燕子，所以他们不能因此惩罚我！"威利得意扬扬地笑了，"你们都别想泼我冷水，我们准备出发了，就这么定了。"

爷爷凝视着威利，眼里闪着光。威利是多么英勇果断啊！就像他的父亲一样。如果他的父亲在，此刻一定会为他感到骄傲的！但威利可不能惹上麻烦。格格利湖一片荒凉，是天鹅的老巢。那里的芦苇丛无人守卫，小一点的鸟很早就被赶走了。这些年来，野鸭、黑鸭和苇莺先后逃离了那片危险的水域。很多家庭都搬到了安宁的巴布利湖，有的去更远的地方安了新家。更要命的是，格里姆人喜欢和天鹅结盟，并且在与威尔第人的战斗中曾多次向天鹅求援。一旦发现威利出现在那片陌生的土地上，他们立刻就会认定威尔第人想要攻占格格利湖周围的芦苇丛。之后可能会爆发一场战争，而这一切都是为了拿到医治小燕子的药！

"不要让任何人发现你，我的孩子！"爷爷关切地说，"你的绿皮肤和绿头发可能会给你招来麻烦，甚至有可能把整个芦苇海卷入险境！答应我，你一定要小心。"

"要是我乔装呢？"威利说，"如果我披上一件黑斗篷，大家就会以为是苏蒂的背上有一个大疙瘩！"

爷爷轻轻一笑，不过，他觉得这个主意倒是不赖。而且，他的木箱子里正好有一件带兜帽的斗篷，它非常适合隐藏威利的绿头发和绿皮肤，避免他被那些好事者看到。

威利披上黑色斗篷，跟跟跄跄地走过门廊。苏蒂在栏杆边焦急地等待着，威利随即跳到他的背上。

"告诉密涅瓦，是我派你去的！"帕拉斯对威利说，"让她给你一些白鲜汁。这种药能让格拉米重新振翅高飞。"

"是格莱米……"燕子一家叽叽喳喳地小声道。但帕拉斯根本没有留意他们，他看着威利紧紧地抱着苏蒂的脖子飞上天空。这只身形矫健的燕子转身朝山丘的方向飞去，很快就从他们的视线中消失了，而他们还在原地观望。

威利以前只飞过一次，那是在夏天遭遇格里姆人的袭击之后。当时巴里带着他，骑着一只苇莺赶往威尔第城堡面见玛洛国王。不过，那次

守卫队长一直坐在前边的鞍座上，而且飞行距离很短，威利一点都不过瘾。此刻，他兴奋地左右张望，惊叹于地上的每样东西看上去都是那么小。他坐在苏蒂的背上，可以看到巴布利湖一带的风光。他看到了绕湖生长的芦苇丛，看到了扎根在岛上的柳树，甚至看到了湖对岸四处扩张的格林布伦德。

"快看！"他对苏蒂说，"那里住着我们的宿敌，就是那些红脸的格里姆人。他们只会干一些打家劫舍的勾当。"

苏蒂瞥了一眼，继续往前飞去。山坡上先是出现了几棵孤零零的橡树，接着映入眼帘的是一片密集的灌木丛。威利在高空可以看到鹿在吃草，野兔在四处奔跑。很快，他们就飞到了山顶。威利从来不曾越过山顶，此时他睁大眼睛，扫视着小山另一头的地面。不远处的格格利湖波光粼粼，威利发现它至少有两个巴布利湖那么大，四周都被茂密的芦苇丛包围着。现在，他们的任务就是要找到帕拉斯的朋友——睿智的老密涅瓦。

向老苍鹭求助

苏蒂在格格利湖上空越飞越低,而威利则瞪大眼睛张望。但是,在这么高的地方,根本不可能发现苍鹭的巢穴。

"咱们还得飞得再低一些,这样我才能看得清!"威利说着,用手拍了拍自己的脑袋。苏蒂突然俯冲下去,几乎直接飞进了高高的芦苇丛。他们降落在一片野生芦苇丛里,那里长了许多水塘草,粗壮的枝条伸出水面。几只天鹅在水上巡逻,浅水处布满了浮萍。

他俩绕着湖飞了两圈,还是不知道到哪里去找密涅瓦。最后,苏蒂停在一根芦苇茎上。威利的胳膊和腿都麻了,所以他很乐意跳上芦苇叶活动一下。没想到,脚下的芦苇突然弯了下去,他差点没抓住。他惊慌失措地四下看了看,这才明白发生了什么。芦苇之间的水里,一只背上闪着黑色光泽的动物正在为自己开路。他的个头比海狸和水獭都要小,往前迈步的力气却大得惊人,以至于所过之处的芦苇几乎都断成了两截。他既不向右看,也不向左看,当然也没有往上看,也就没有发现有个威尔第人正费劲地在芦苇叶上稳住身子。真是有惊无险。

"现在往哪边走？"苏蒂飞到威利身边，急躁地问。

"苍鹭不喜欢湖上的浮萍，也不喜欢水太深的地方。芦苇太稠密会让他们很难捕食，但太稀疏也不好，因为那样的话，他们的踪迹就很容易暴露。一只聪明的老苍鹭当然不希望任何人发现她的藏身之处。"

"也就是说，我们要找的地方，水要很清澈，芦苇丛能把所有东西都挡住，但在里面又很容易穿行。"苏蒂总结道。

"没错。我会继续观察，因为如果苍鹭要躲起来的话，会连续几个小时一动不动，唯一与环境格格不入的就是他们黄色的嘴巴。"威利补充道。

他们再次飞到空中，但这次没有到处乱飞，而是搜寻着老苍鹭可能会捕食的地方。飞行途中，他们注意到开阔的湖面上有棕色的动物在游动，就是之前威利在芦苇丛里看到的那种动物。此刻，看到他们的数量之后，威利有些不寒而栗。

飞了三圈之后，威利大声喊了出来，因为他在芦苇丛里发现了一只黄色的嘴巴，他知道那里肯定藏着一只涉水鸟。

"飞到那里！"他指着一丛芦苇对苏蒂说。

苏蒂乖乖地朝要求的方向飞了过去。不一会儿，他们就找到了在湖里等待猎物的苍鹭。苏蒂小心翼翼地落在一根悬在湖面的细枝上，威利从他的背上跳下来，爬到芦苇顶上。就在芦苇被他压得弯下腰的时候，他一下跳到了苍鹭的头上。

"我叫威廉·威斯尔,来自巴布利湖,是睿智的老苍鹭帕拉斯派我来的。"他彬彬有礼地开口道,"我来找最伟大的医生密涅瓦。"

苍鹭把头歪向一边,没有理他。

"我们想请她帮个忙。"威利继续说,"有一只雏燕病得很重,帕拉斯说,唯一能治好他的就是白鲜汁。我们想向您要一些。"

"我可不管无名之辈的闲事!"苍鹭反驳道,"我连你是谁都不知道!你的背像水鼠一样黑。我怎么能确定是帕拉斯派你来的?"

"我不是水鼠！"威利生气地回答，"我是来自芦苇海的威尔第男孩，我穿着黑色斗篷，是因为我不想被认出来。威尔第人在这一带没有朋友。"

"好吧，如果你是威尔第人，那你一定知道牛蛙冬天吃什么！"密涅瓦尖声说道，凶巴巴地盯着威利。

"什么也不吃。"威利耸耸肩说道，"冬天的时候，牛蛙们会挤在一起睡觉。"

"嗯，到目前为止还没有露出破绽。"密涅瓦很满意，"那你知道上一场牛蛙竞技比赛谁赢了吗？"

"谁都没赢。"威利回答，"克里斯托·维斯普和罗纳尔多·拉纳是巴布利湖的两位冠军，他们争夺奖杯，但最终打成了平手。"

"很好，最后一题：告诉我，我的朋友帕拉斯的妻子叫什么名字？"

威利笑了笑。

"他现在没有妻子！看得出来，你真的很喜欢出脑筋急转弯的题目！帕拉斯的妻子几年前去世了，从那以后他就一直独自生活。他只和玛洛国王、我爷爷以及水蛇来往。"

"看来你确实认识帕拉斯！好吧，那我就不介意了。我带你去我家，给你一小瓶白鲜汁。快点到我的背上来，如果雏燕病情严重，我们就该赶紧出发了！"

密涅瓦在她刚才站立的地方溅起水花，威利跳上她的背，老苍鹭像一艘古老的船一样冲进了芦苇丛。苏蒂在他们的头顶上一路跟着。

"留神点，小伙子，别让你的脚在水里晃荡，因为水里到处都是水鼠！"密涅瓦说。

"巴布利湖连一只水鼠都没有。"威利说。

"这里水鼠成群,他们什么都啃,什么都吃,而且还厚颜无耻,是彻头彻尾的恶棍、流氓！"

老苍鹭本来还想接着抱怨,但此时他们已经到了她家。威利跳上一根芦苇,苏蒂在他的身边停下,密涅瓦急忙进屋去找药。威利和苏蒂一直盯着门口,所以他们没有留意到水鼠的踪影也不足为奇:一只尖鼻子、黑背的水鼠躲在芦苇丛里,正注视着他们的一举一动。

密涅瓦很快衔着药出来了,她把药交给了威利,威利立即把药藏在衣服里。他正准备离开,这时,苏蒂的肚子发出了响亮的咕咕声。

"我得吃点东西，才有力气飞回去！"燕子大声说道。虽然威利轻如鸿毛，但一路背着他飞还是很费体力的。于是，他们决定等苏蒂吃点苍蝇和蚊子再启程，而威利和密涅瓦正好可以借机安静地聊一会儿天。老苍鹭很高兴能听到帕拉斯的消息，她已经很久没有见到他了。她还向威利打听了巴布利湖的生活状况。

威利介绍了卫队的职责、小岛和牛蛙竞技比赛，还聊到了住在湖对岸的格里姆人。他解释了景色优美、养护得当的芦苇丛如何成为野鸭的筑巢地，并讲述了在芦苇丛里摇曳的威尔第城堡的生活。密涅瓦一边听一边点头，这个威尔第小伙子说得她差点睡过去了。

那只躲在芦苇丛里偷听的黑水鼠耳朵特别尖，他把听到的一切都记了下来。也就是说，在山那边的不远处有一个富饶的湖泊，那里的一切都很美，不必每天为了舒适的住处或食物和其他水鼠争抢！春天的时候，他可以大快朵颐，有小鸭子、小蝌蚪，甚至还有像青蛙一样绿的威尔第人！水鼠的黑鼻子心满意足地嗅了嗅空气，然后和它的主人一起消失在水下。

苏蒂回来了，准备起飞。威利再次感谢了密涅瓦的帮忙，并答应会代她向帕拉斯问好。之后，他跳到燕子的背上，他们腾空而起。很快，他们就把满是浮萍的格格利湖连同湖里缠结的芦苇丛甩在了身后。他们一路飞到了山顶，看到巴布利湖的湖水在他们面前延伸开来。威利紧紧抓住苏蒂，松了一口气。他觉得，从现在开始，一切都会变好的，不会再有什么危险。有了药，格莱米也一定会好起来的。更重要的是，巴里不会听说威利又一次违反规定，卷入了另一场极难应付的冒险。

蚊子大放送

白鲜汁的味道简直令人作呕,但格莱米没有抱怨,他咽下了爷爷给他量出的第一剂药。之后,他在小屋旁蹲下,威利拿来几条毯子。不一会儿,格莱米就熟睡过去了。在日落之前,他又服下了一剂药。苏蒂、吉莉和四只雏燕给生病的格莱米带来了一顿丰盛的蚊子大餐。格莱米在爷爷家的门廊上过夜,他的家人则睡在附近的芦苇丛里。为了安全起见,爷爷一直待在屋外的星空下。他盖上最厚的被子,一边在摇椅上打盹儿,一边照看睡着的小燕子。

他们把威利打发回家,让他好好休息。起初,威利不同意这样的安排,但后来他想通了,知道自己晚上也帮不了格莱米,还是让妈妈放心更重要,于是他选择回家睡觉。第二天一早,他起床后做的第一件事就是去找爷爷。他很欣喜地看到格莱米服药后恢复了体力,此时正在门廊栏杆上欢快地摇摆着尾巴,大口大口地吃着家人带给他的美味佳肴。清晨服下的白鲜汁勾起了他的食欲,父母和兄弟姐妹捉来的虫子都不够他吃了。

最后，吉莉送饭送烦了，她在爷爷身边停了下来。

"我知道，格莱米必须得长得再壮实一些。"她说，"可是，整天给他找虫子，我们都累瘫了。要是我们一整天都照顾他，精力就会耗尽，这样一来，我们谁也撑不到非洲。今天大家都得休息一下，吃点东西。"

"你说得对，吉莉！"爷爷点点头，"你们必须为明天的长途飞行做好准备。把格莱米交给我吧，今天我来喂他。"

"你说什么，爷爷？你怎么才能捉到足够多的蚊子呢？"苏蒂摇着头问道。他刚好飞落下来，嘴里还衔着一只多汁的虫子。

- 211 -

"放心吧!我会给令公子找到又多又好吃的食物的!"爷爷说着露出了令人安心的笑容。

此刻,他们都有些累了,于是燕子一家谢过爷爷的好意,和生病的燕子道了个别就飞走了。他们终于可以在出发前好好地吃上一顿,美美地睡上一觉了。

与此同时,爷爷走进他的食品储藏室,回来时端着一个高高的托盘。他先是递给格莱米一份水藻三明治,接着是水塘草沙拉,最后是芦竹果酱,可是格莱米失望地摇了摇脑袋。爷爷让水蛇沃尔特给燕子带来几条银光闪闪的鱼,威利又从芦苇叶上抓来几条蛆。格莱米啄了啄蛆,然后厌恶地扭过头去,也不看那几条鱼。

"可惜我不是海鸥。"他咕哝着表达了歉意。

"这样可不行!"爷爷挠着头说,"我答应过吉莉,会照顾好她的儿子。要是这样下去,他会饿坏的。"

"我知道了!"威利喊道,"爷爷,您还记得吗?春天的时候,您给了我一种药膏,要把我的头发染成棕色,结果我被蚊子包围了。您还留着那个药膏吗?也许它的气味会把蚊子引来!"

"这个办法好!"爷爷轻声笑着,径直跑进浴室,把瓶子底部最后那点药膏都挖了出来。可是,把它放在挨着格莱米的门廊上并没有用,药膏的气味连一只蚊子都没招来。

"好像它只有抹在我的头发上才会吸引到蚊子。"威利喃喃自语道，"没关系！格莱米，如果你答应吃掉所有的蚊子，我就看在你的面子上把药膏抹在头发上！不过，你可要看仔细了，因为会来很多蚊子！"

"我太饿了，我能吃下一大群蚊子！"格莱米答应了。

"那就行。准备好，稳住，来吧！"威利喊道，他把药膏抹在头上，用力揉了揉。油腻的棕色药膏让他的头发变得黏糊糊的。

"呃，我的午餐在哪儿呢？"格莱米有些急躁地问。

一连几分钟都没什么动静，威利有些担心自己会白白弄脏头发。就在这时，芦苇丛里飞出一只蚊子，用它的口器瞄准了威利。格莱米一跃而起，刹那间，他就吞下了那只偷袭的蚊子。随后，周围的芦苇开始热闹起来。伴随着吓人的嗡嗡声，一大群蚊子从芦苇丛里冲了出来。

"来吧，格莱米，别让我失望！"威利喊道。他赶紧蹲下身子，用手捂住耳朵，尽量一动不动地等着，让燕子去对付袭击他的蚊子。

格莱米的嘴巴闪电般快速地啄来啄去，可蚊子还是越来越多。十分钟后，小燕子绝望地叫道："我已经吃饱了。再吃下去，我的肚子要爆开了！"

威利早就受够了在头顶上嗡嗡叫的蚊子群，于是二话不说就跳了起来，跃入水中。他拼命擦洗着头发上的药膏，但这玩意儿在春天之后变得更加黏稠了，要彻底洗干净几乎不太可能。每次他把脑袋伸出水面换气时，守候在岸边的蚊子大军就会发起新一轮的进攻。

"把你的家人都叫过来！"威利竭尽全力喊道。

好在格莱米现在已经足够强壮了，于是他飞到空中，招呼其他燕子过来帮忙。燕子们很快就赶来了，看到威利坐在厚木板上，浑身湿答答的。七只燕子在他的头顶上尽情饱餐的时候，威利终于露出了笑容。

很快，"蚊子大放送"的消息就传遍了整个巴布利湖，越来越多的燕子飞了过来。信使斯莫基、雏燕（他们总是饥肠辘辘）和热心肠的老燕子们都赶来了。在燕子们饱餐的时候，为了不让威利挨饿，爷爷把一大盘碳酸饮料草塞到了他的手里。燕子们在身边飞来飞去，威利美滋滋地嚼着食物。这时，他突然想到一个人。

"爷爷，您能把跳跃的耶利米叫过来吗？蚊子也是他最爱吃的点心！"

威尔第老人笑了笑，急忙跑去通知威利的朋友——那只因为左前腿没有发育好，经常被其他牛蛙嘲笑的黑眼睛小牛蛙。

他们在春天搭建的蛛网网络运行得非常好。小屋旁边住着蜘蛛亚瑟，等爷爷发了话，他就从两腿间拿起一根银色的蜘蛛网线，把威利的口信传了出去。网线另一端的花园蜘蛛知道跳跃的耶利米住在哪里，于是她也向正确的方向发出了邀请信息。几分钟后，蚊子大餐的消息就传到了小牛蛙那里。

耶利米赶到的时候，巴里已经带领巡逻队出发了，他想查明究竟是什么吸引了那么多燕子。燕子们兴奋地告诉他，蚊子成群结队地聚集在威利的头上，所以每只燕子都可以想吃多少就吃多少，不用飞来飞去累着自己了。队长一脸狐疑地望着盘腿坐着吃浮萍的威尔第男孩，他在燕群中笑着挥手致意。有那么一会儿，巴里暗自思忖着是不是可以指责威利犯

了错误，但实际上威利并没有触犯任何一条法律。于是，巴里只是说希望燕子们能尽情享受美食，便飞回了威尔第城堡。

耶利米径直跳到威利身边，伸出舌头一口吞掉了离威利最近的蚊子。"你可没说要组织派对！"他对着朋友笑了笑。

"我也没想到事情会变成这样。"威利笑着说，"不过，既然已经这样了，你就尽情吃吧。明天我们还要继续训练。"

"你们在说什么？"格莱米好奇地问道。饱餐过后，他的胸脯绷得紧紧的。

"我们俩得到了玛洛国王的恩准，可以参加秋季牛蛙竞技比赛！"威利解释说，"我为耶利米的左前腿做了一个装置，可以帮他跳得和别的牛蛙一样远，这样我们就能赢得比赛了！"

"好啊，加油！你们是最棒的！"格莱米欢叫着，在一只蚊子把口器扎进威利的脑袋之前，一口把它吞了下去。

蚊子盛宴一直持续到晚上，蚊子的嗡嗡声和燕子的啾啾声让威利的脑袋嗡嗡作响。最后，爷爷终于无法忍受这乱糟糟的场面了。他把客人

-216-

们都打发走了，然后把威利领进了浴室。关上门后，他给威利洗了头，直到连一点药膏都没剩下。可怜的小家伙因为兴奋过了头，洗完澡就沉沉睡去了。即便是在睡梦中，他也得不到休息：整个晚上，他的梦里全都是蚊子和到处捉蚊子的燕子。

为参赛做准备

当第一缕晨光从东方那抹鱼肚白中斜射而至时，芦苇海的居民被闹哄哄的啾啾声吵醒了。燕子们已经在为远行做准备了，家家都在点名核对人数，还有几只顽皮的燕子在捉落单的蚊子。威尔第卫队整装待命，等着护送客人一程。威利和爷爷起了床，在门廊上送别苏蒂一家。爷爷把最后一剂白鲜汁喂进了格莱米的嘴里。服下了所有的药汁，睡了一觉，前一天又大吃了一顿，格莱米的体力已经完全恢复了。苏蒂和吉莉感激地拥抱了威利和爷爷，格莱米从自己的胸前扯下一根雪白的羽毛和一根烟黑色的羽毛送给了威利，以此感谢他的帮忙。随后，这群燕子腾空而起，飞快地拍打着翅膀往南飞去。

"再见，明年见！"威利挥舞着羽毛喊道。

"再见！替我向帕拉斯道个别！"苏蒂回应道。

成群的燕子消失在天边时，云层的底部已经变成了粉红色。很快，巴里就领着巡逻队回来了。当第一缕阳光映射在水面上时，芦苇海归于平静，仿佛五千只燕子的呢喃不过是一场梦。

但此刻谁都无心睡觉，于是巡逻队回到威尔第城堡喝茶，威利和爷爷坐在门廊上吃早饭。吃饱喝足后，威利心满意足地伸了个懒腰。

"谢天谢地，蚊子终于把我忘了！该和耶利米一起训练了！"

"会很难的，我的孩子！"爷爷摇摇头说，"就算是能力最强的威尔第人，也会在牛蛙竞技比赛中被淘汰出局。"

"没关系，我和耶利米还是要去试一试！"威利坚定地说。然后他向爷爷道了别，出发去找他的朋友。

小牛蛙已经醒了，正在为早晨的游泳训练做准备。他那条发育不良的左前腿装上了威利为他打造的灵巧的弹性装置。这个装置看起来像是一条有蹼的腿，用一根结实的绑带固定着。有了这个装置，耶利米就可以四肢着地，像其他正常发育的牛蛙一样跳跃。

在牛蛙竞技比赛中，芦苇海的威尔第人会和牛蛙相互竞争。威尔第人必须坐在牛蛙背上，并在那里停留三分钟。在这期间，牛蛙会用尽全力跳跃翻滚，想尽一切办法甩掉自己背上的对手。这场对决会让比赛双方都精疲力竭，只有最强壮的威尔第人和最强壮的牛蛙才有机会获胜。尽管按照规则，只有棕色头发的威尔第人和发育良好的牛

蛙才能参加比赛，但威利和跳跃的耶利米都因为英勇的行为和胆识赢得了国王的赞赏，因此得到了玛洛国王的特别许可，也可以参赛。

国王恩准他俩参赛的消息很快就传遍了芦苇海，巴布利湖的所有居民都兴奋地期待着比赛的到来。到那时他们就会知道，素来不听话的威利和腿脚不方便的耶利米是否配得上这一殊荣。

两个朋友非常重视赛前的准备。自从国王同意他们参赛，他们每天都在为比赛做着准备。他们练习游泳、跳跃、摔跤，当然还进行了实战演练。热身结束后，威利就跳到耶利米的背上，小牛蛙开始拼命地跳来跳去。尽管他们很清楚，与真正有经验的冠军相比，他们并没有多少胜算，但他们还是要拼尽全力，准备以最好的状态参加比赛。

当然，花时间训练的可不只他们，其他参赛者也都在全力备战。两位上届冠军训练得最为刻苦，因为要是手里的奖杯被别的参赛者夺走了，他们会羞愧难当的。威尔第人的冠军克里斯托·维斯普是一个魁梧健壮的小伙子，身材高大，肌肉发达，非常强壮。唯一能和他一争高下的便是牛蛙队的佼佼者罗纳尔多·拉纳。

但牛蛙们把今年比赛的希望默默寄托在了罗纳尔多的儿子吉迪恩身上，他因后腿粗壮、弹跳力惊人和举止遢遢而闻名。他经常嘲笑耶利米左前腿发育不良，还取笑威利的头发没变颜色。最近，他最喜欢的消遣就是看他俩训练，然后在他们意想不到的时候跳出来嘲弄他们。他的那帮小牛蛙朋友则一阵狂笑，如果他们发现威利和耶利米在练习跳跃，更是会笑得前仰后合。

耶利米非常气愤，大声叫那些无礼的家伙滚开，但威利"嘘"了一声，劝他安静下来。

"别理他们，耶利米！他们现在只是嘴巴厉害，等到了比赛场上，他们就会看到我们的真本事。"

"我们也没什么真本事。"耶利米垂头丧气地说，"我笨手笨脚，腿又不好。就算是刚出生的蝾螈也比我强壮。"

"别傻了！"威利摇摇头说，"来吧，脱掉你的假腿，看看你不借力能跳多远！"

"一步也跳不了。"耶利米咕哝着，但他还是脱下了威利为他做的装置。

"等一下！准备好了吗？"威利大喊着跳到耶利米的背上。他用双臂紧紧抱住耶利米的脖子，双腿紧紧地锁在耶利米的肚子上，可怜的牛蛙差点透不过气来。但是，没有什么能阻止他！他立刻开始疯狂地跳跃，摇晃着自己的身体。他用右前腿保持平衡，向后踢去，然后突然转身，在空中转了两圈。转第二圈时，威利的手松开了。耶利米再次甩动身体的时候，威利从他的背上飞了出去，扑通一声径直掉进了湖里。威利从芦苇丛里爬了上来，咯咯地笑着，心情很好。

"说真的，耶利米，你是我见过的最强壮的牛蛙。"他一脸钦佩地说，"要是你系上假腿，连克里斯托·维斯普都无法在你的背上停留！"

"哎，得了吧，威利！他们会在体育馆嘲笑我的，我也会是第一个被淘汰的！"

"咱们走着瞧！"威利不想再争论下去。随后，他伸手抓住一根芦苇

- 224 -

秆，试图两腿悬空，只凭臂力爬上去。当他终于爬到了芦苇秆顶端，坐下来休息时，他又说了一句："两周之后，我们就知道结果了！"

此时，吉迪恩和他的朋友们正聚在一起开小会。

"我知道，这两个小混蛋在我面前毫无胜算。"吉迪恩说，"但我还是想让他们这辈子都断了参赛的念头。我要捉弄他们，这样的话，他们以后就不会再插手任何正经事了。"

"你打算怎么捉弄他们，吉迪恩？"背上长着麻子的克罗基问道，他是吉迪恩的朋友。

"两周后你就知道了！"牛蛙们的希望之星吉迪恩一脸神秘地答道。他的朋友们都哈哈大笑起来。如果吉迪恩想玩什么花样，那一定妙不可言！

接下来的两周，所有的参赛者都在不间断地训练。老将们拿出了他们以前比赛时穿过的衬衣，而新参赛的选手则要根据比赛规则定制比赛时必须穿的衣服。威利是15号选手，他必须把"15"缝在衬衣上。牛蛙则不用编号。跳跃的耶利米在自己的裤子上做了个记号。

在比赛的前一天晚上，他们把所有的装备都装进了运动包里。威利做了几个俯卧撑，耶利米检查过绑假腿的带子后，把这个精巧的装置挂在了门旁边的钉子上。训练了一晚上，假腿还是湿的，不过，把它挂在钉子上，第二天一早就会变干。耶利米想到时候再把它放进运动包里。一切准备就绪后，他们决定上床睡觉——在生命中的第一场牛蛙竞技比赛前夜好好睡一觉还是很有必要的。很快，他们就睡着了。

半个小时后,吉迪恩蹑手蹑脚地来了,他们俩谁都没有醒。

吉迪恩悄悄地溜到门边,从钉子上取下耶利米的假腿,然后用小刀用力地割着绑带。他没有把绑带完全割断,而是小心翼翼地只割到了跳几下就会自动断裂的程度。他又小心地把那条被蓄意破坏的假腿放回钉子上,邪恶地咧嘴一笑,之后就像来时一样悄无声息地匆匆回家了。

第一次参赛

第二天一大早,威利和耶利米醒来时都很兴奋,心怦怦直跳。威利的母亲做了一顿美味的早餐,但这两个小选手几乎一口也吃不下。他俩的心思早就飞到体育馆了。

按照习俗,牛蛙竞技比赛分别在春分和秋分时举行,这两天白天和夜晚一样长。秋季牛蛙竞技比赛结束后,芦苇海的大部分居民都要为冬眠

做准备，因为大家都知道，又黑又冷的日子很快就要到了。不过，比赛当天还是会充满欢声笑语。比赛结束后还会有游戏环节，下午还有一场音乐会和舞会，给这一天画上完美的句号。

早餐过后，芦苇海的居民都赶往小岛，想在体育馆占个视野好的位置。参赛选手不是从正门而是从后门进入场馆，要穿过更衣室再登上竞技台。所以，在比赛前，他们不会与观众见面。牛蛙队和威尔第队有各自的更衣室，所以两个朋友不得不在后门的入口分开行动。耶利米朝牛蛙更衣室跳去，但威利没有立刻进去。莉莉正在入口处等待着，她就是那个待人和善的威尔第女孩，总是扎着马尾辫。她已经等了一刻钟了，就等着威利过来。

"你感觉怎么样？"她问他，而威利紧张得两只脚来回踱着。

"我心里七上八下的。"他说出了心里话，"我知道自己等这一刻已经等了很久，可现在机会来了，我却想逃跑。"

"我第一次骑苇莺飞行之前也是这种感觉。"莉莉点点头，"相信我，等比赛开始之后，你就会忘记所有的恐惧！"

"但愿如此。"威利咕哝着，声音小得几乎听不见。

"我真为你骄傲！"莉莉小声说，然后捏了捏威利的手，转身跑开了。

多亏了她的鼓励，威利才重新鼓起勇气走进体育馆。在更衣室里，老将们愉快地聊着天，而新手们则有些张口结舌，只是静静地做着准备，观望着其他选手。威利的朋友罗里也参加了比赛，他比威利还要紧张。两个男孩稍稍平复了心情，开始谈论起比赛输赢的机会。参赛者必须一个接一个地进入竞技台。威尔第人和牛蛙一一配对比拼,胜者进入下一轮,败者被淘汰。到最后一轮只能剩下一个威尔第人和一只牛蛙,比赛冠军将在他们中间产生,赢的一方可以将闪亮的奖杯带回家。

看台上渐渐座无虚席,十点钟的时候,玛洛国王出现在皇家包厢,比赛可以开始了。威利知道,比赛期间是没有卫兵值守的,因为巴里更喜欢在看台上欢呼,而不是在荒芜的芦苇海上空巡逻。抽签结果出来了,第

一轮由罗里对阵克罗基。吉迪恩那个背上长麻子的朋友嘲弄地打量着罗里，而观众则为选手们呐喊助威。

裁判举起一面小旗，第一轮比赛开始。罗里跳到克罗基的背上，牛蛙立刻开始疯狂地跳跃。

"加油，罗里！挺住！"威利在更衣室门口大叫着。看台上所有的威尔第人都在发出同样的呐喊。与此同时，牛蛙们也在拼尽全力为克罗基加油鼓劲。三分钟后，裁判吹响了哨子，第一轮比赛结束。因为克罗基没能把这个威尔第小伙子甩出去，所以第一轮获胜的是罗里。尽管精疲力竭、气喘吁吁，但罗里很高兴，他回到了更衣室，威利在门口向他道贺。但他们没有时间聊天，因为接下来就轮到威利和吉迪恩·拉纳上场了。威利毅然决然地踏上了竞技台，牛蛙们的新任希望之星已经在那里等着他了。

"你会从我的背上飞出去的，小子！"吉迪恩对威利耳语道，但威利没有理他。裁判一做出开始的手势，威利就跳到吉迪恩的背上，紧紧抓着他不放手，这样牛蛙就别想甩掉他。观众的喧嚣声充斥着整个体育馆。就在威利觉得自己就要战胜对手的时候，他突然感到背后一阵剧痛。他瞟到吉迪恩的手里有一根像针一样的东西。突如其来的剧痛让他紧握的双手松懈了一秒钟，而就是这一秒钟，足以让吉迪恩把他甩到地上。威利刚从吉迪恩的背上飞出，体育馆里就响起了牛蛙们胜利的欢呼声和威尔第人失望的号叫声。

威利从地上跳了起来，气冲冲地大喊着："作弊！这场不算！你用针扎我！"但吉迪恩只是笑着摊开手给他看。他手里什么也没有，他扎进威利后背的那根大针早被他扔进了沙地里。

　　裁判一脸严肃地命令这个气呼呼的小伙子立即离开赛场。威利羞愧难当，气得满脸通红地走了出去。他蜷缩在更衣室的角落里，深感羞耻，无法自拔。几个成年选手试图安慰他，当威利告诉他们对手是如何偷偷地刺伤了他时，他们的神情变得严肃起来。

　　"作弊这种事不会发生在牛蛙竞技比赛场上的，孩子。"克里斯托·维斯普说，"你最好不要这样说罗纳尔多的儿子。要学会勇敢地承受失败！"

"哼，真是岂有此理。我不但被一个骗子打败了，而且到最后他们还认为是我想作弊。"威利心里想着，简直气得冒烟。他决定再也不靠近体育馆半步。他留在更衣室的唯一原因，就是他想等耶利米完成比赛。

很快就轮到了耶利米，和他对战的是一个有经验的威尔第年轻人。那个勇敢的威尔第人显然没有把一只瘸腿的小牛蛙放在眼里，但交上手之后，他不得不承认，耶利米的身体无比强壮，意志异常坚定。威尔第斗士感觉得到，自己的力量正在逐渐减弱，小牛蛙很快就会把他从背上甩飞。就在这时，绑在耶利米的假腿上的带子——吉迪恩前一天晚上偷偷割开的那条绑带——断成了两截。耶利米脸朝地摔倒了，对手趁机紧紧抱住他，让他根本没法儿再跳起来。很快，裁判的哨声响起，耶利米输了，他饱含屈辱地走下竞技台——至少他原本会这样离场的，但就在这一刻，响起了刺耳的警报声。

一只穿着黑色外套的大水鼠穿过体育馆的正门，冲到了跑道上。他拖着硕大的尾巴在看台上嗖地掠过，然后站直了身子，开始大声吼叫："把国王给我带上来！我要吃了他！从现在起，巴布利湖就是我的了！"

观众目瞪口呆。他们谁都不曾见过这样的怪物，因为巴布利湖没有水鼠。这只怪物长着锋利的牙齿、长长的爪子，还有像鞭子一样嗖嗖作响的尾巴。对他们来说，这些都代表着致命的危险。

"快跑！"看台上有人喊道。话音刚落，大家就开始惊慌地向出口奔去。水鼠先是一惊，接着两步就扑向离他最近的目标，正是耶利米和打败了他的威尔第人。威尔第斗士摔了个狗啃泥，但耶利米没有坐视不管。

他纵身一跳，跳到了水鼠面前，狠狠地朝他的鼻子打了一拳。

此时，叫喊声还在继续，观众都想尽快逃离体育馆。巴里冲向皇家包厢，亲自将玛洛国王从这个危险的地方救了出去。听到骚动的声响，等候在更衣室的选手们纷纷冲向竞技台，然后又像脚下抹了油一样仓皇逃跑，第一个逃到出口的就是吉迪恩。

只有威利知道，这只水鼠很可能是从格格利湖来的。他看到耶利米正准备和水鼠交手。威利深知，单靠他朋友的力量是无法控制这只怪物的，于是他也冲了上去。一时间想不到更好的办法，他只好跳到了那只黑水鼠的身上。

体形硕大的水鼠立刻转身想把威利甩出去，可威利的两只手分别掐住了水鼠的两只耳朵。他掐得很紧，水鼠既转不了身，又没办法站直。这期间，耶利米不停地跃起击打敌人。当这两个朋友对付袭击者时，观众趁机成功逃离了体育馆。国王被安置在一个安全的地方，巴里拉响了所有的警报。威尔第卫兵们召集来苇莺，抓起武器，骑着苇莺飞回了体育馆。

他们来得正是时候。威利和耶利米渐渐力不从心。水鼠不停地扭来扭去，一次比一次发狠。他想用牙齿咬住正紧紧揪着他耳朵的威利，还想抓到越来越吃力的耶利米。巴里在空中朝两位勇士喊话："快闪开！我们要进攻了！"

威利和耶利米立即做出了反应：他们放开了水鼠，轻快地跳到了旁边。这下，卫兵们就可以对着入侵者狂射弓箭了。他们还挥舞着芦苇棒冲过来。水鼠意识到自己寡不敌众，于是尖叫着转过身，冲出体育馆，跳入了水中。他急速游到岸边，冲过岸边的芦苇丛，一头扎进了灌木丛。巴里和威尔第卫兵追赶了一会儿，但因为他们不习惯在陆地上作战，所以完全找不到那个混蛋的踪迹。最后，队长下令撤退。队员们撤回到小岛上，检查体育馆的受损程度，同时察看是否有人员受伤。

荣誉勋章

威尔第卫兵巡逻队发现空荡荡的体育馆一片狼藉。观众在逃跑时，嘴里嚼的碳酸饮料草落了一地，玫瑰果糖浆也洒得到处都是，栏杆上还挂着某个威尔第女人的围巾。水鼠尾巴来回甩动，打坏了前排的座椅，竞技台上平整的沙地也在这场野蛮的搏斗中被弄得不成样子。

被水鼠袭击后，受惊的人群挤到了看台的墙边，好在他们都只是轻微擦伤。威利和跳跃的耶利米也很幸运，虽然奋战之后手脚都有些酸痛，但他们毫发无损地逃过了一劫。水鼠逃跑后，他俩坐在体育馆的墙脚喘着气。

骚乱过后，威利对耶利米说了实话，将自己去过格格利湖的事和盘托出，小牛蛙为此陷入了苦思冥想。真奇怪，威利刚从格格利湖回来，这水鼠竟然就有了来这儿一探究竟的歪心思。

"我估计，你在跟密涅瓦聊天的时候，那只水鼠就躲在芦苇丛里！他一直在偷听，你说的话激起了他对我们这个地方的兴趣。"

"啊,不会吧!"威利绝望地哀叹道,"这岂不是说我给芦苇海惹了麻烦?如果真是这样,免不了又得恶战一场。天晓得会有多少水鼠准备来这里呢?"

"我们应该去告诉巴里!"

威利使劲咽了一口唾沫。他可以想象巴里听到这件事的时候脸上会是什么表情。还有国王!这么重要的事情必须得禀告国王!要是听说是托比·威斯尔的儿子闯了祸,国王会说什么呢?也许作为惩罚,威利会永远被驱逐出巴布利湖,或者可能永远被禁止加入威尔第卫队——他永远也不会有自己的苇莺,不管他的头发有没有变成棕色。

"千万不能让他们发现我离开过芦苇海。"威利

苦苦思索了一会儿,说道,"我会把水鼠的事说得好像我只是听说的一样。"

"你最清楚了,"耶利米耸了耸肩,"我不会出卖你的。"

就在他俩谈话的时候,巴里的

巡逻队赶来了。他们刚追完水鼠,来检查体育馆的受损情况。他们一看到蹲在墙边的两个身影,就落在了他们身边。巴里从苇莺的背上跳下来,冲向威利和耶利米。

"小伙子,你们受伤了吗?"他问道,看上去很担心。

威利和耶利米都摇摇头。

"你们打得非常勇敢!是你们挡住了袭击者,观众才得以逃脱。你们俩都应该得到一个大大的奖励!马上去见玛洛国王,咱们正好可以一起去汇报情况!"

威利向耶利米使了个会意的眼色。耶利米蹬了一下那条健康的前腿以示敬礼，然后告诉巴里自己会游到威尔第城堡。巴里让威利坐在身后，两人一起骑着苇莺向国王的城堡飞去。玛洛国王被卫兵从体育馆救出后，便直奔威尔第城堡，这样他就可以在固若金汤的宫殿里追踪事态的发展了。此刻他正望着窗外等候消息，当巴里前来拜见时，他激动地转过身来。

巴里讲述了威利和耶利米如何与袭击者对峙，以及水鼠如何逃跑的过程，并坦承卫队追到茂密的灌木丛后便失去了水鼠的踪迹。

"不过，还是有必要搞清楚那个混蛋是从哪儿来的！"国王说。

"陛下，我觉得他是从格格利湖来的。"威利说。

"你为什么这么想，小伙子？"国王扬起眉毛问道。

"燕子们说，山那边的芦苇丛里鼠满为患。"

"奇怪。"巴里摇摇头说，"怎么没人跟我提起过？"

"我是从我的朋友苏蒂那儿听来的。他亲眼看见了那些水鼠。"威利回答。

事实的确如此，他没必要撒那么多谎。苏蒂真的看见过水鼠。

玛洛国王的神情严肃起来。如果格格利湖的水鼠想要迁徙的话，那对芦苇海来说就是灭顶之灾。

他转身看向队长："巴里，在北岸增派守卫。我要你派几个侦察兵去山顶，秘密监视附近的湖泊。"

巴里敬了个礼，玛洛国王又转过身来看着威利和耶利米。

"我在体育馆看了你们的比赛。你们在比赛中表现得非常好。一开始,我还以为你会赢呢!只可惜你的假腿掉了下来,孩子!"国王望着牛蛙棕色的眼睛说。

"我不知道怎么会这样。"耶利米嘶哑地说,"那条绑带威利缝得很结实,应该不会断的。我们训练的时候它还是好好的。"

"你呢,威利?"国王说,"你从吉迪恩的背上摔下来,太让我意外了。"

威利什么也没说。他不想说出隐情,他担心,如果告诉国王拉纳拿针刺他的诡计,国王可能不会相信他。

"不管怎样,"玛洛国王举起手指,"你们像真正的牛蛙竞技比赛冠军一样,与入侵者进行了战斗!耶利米跳着和水鼠搏斗了至少五分钟,而威利坐在水鼠的背上,掐住了他的双耳!相当于你们赢得了牛蛙竞技比赛!我不知道有多少威尔第人或牛蛙能做出类似的英勇壮举,更何况其他人都跑了。你们是最勇敢的,也是最强大的!"

巴里点头表示赞同。国王接着说:"因为你们没有赢得竞技比赛,所以我不能宣布你们是冠军。但你们两个都有资格获得荣誉勋章,你们是当之无愧的'芦苇海最勇敢的英雄'。"

玛洛国王招了招手,一个门卫走到壁龛前,拿来了两枚用芦苇编织、用鲜花装饰的干勋章。耶利米和威利站在那里,有些不好意思。国王把勋章别在他俩的衬衣上,然后和这两个勇敢的小伙子握了握手。巴里也向他们表示祝贺。国王又颁布命令,要求芦苇海的居民都要尊重这两个男孩。至此,觐见国王之旅算是完美结束了。

威利和耶利米在威尔第城堡的大门口向巴里道别,但他俩还不能回家,因为所有等候在门外的威尔第卫兵都想和他们握手。手持弓箭和长矛的勇士都向他们打听近距离对抗水鼠是什么感觉。莉莉也在他们中间,她忽闪着双眼,仔细听两个小伙伴的陈述——或者只是在听耶利米说话,因为威利根本没有心情开口。

两位英雄总算可以回家了,这时,威利解下了挂在胸前的荣誉勋章。

"你担心会把它弄丢?"耶利米惊讶地问。

"不是。"威利摇摇头,"我很愧疚,看着它挂在胸前,我的心里难受极了。"

耶利米盯着他,有些傻眼。威利愤然地开口解释道:"难道你不明白吗?我根本不配得到这枚勋章!要不是我蠢到让水鼠偷听到了我聊芦苇海的那些话,这场灾难根本就不会发生!"

"别傻了!我们之所以得到勋章,是因为我们很勇敢,我们狠狠地揍了那个混蛋一顿!"耶利米说,"这你总不能否认吧!是你狠狠地揪着他的耳朵,我都替他难受!"

"替他难受?你吗?"威利笑道,"你揍了他一顿,还差点把他打倒在地。"

欢声笑语驱散了威利的坏心情,所以,虽然他们到家的时候很累,但是也很开心。威利的妈妈早就在向他们挥手了。因为莉莉告诉过她,威利和耶利米去了王宫,所以她满眼写着好奇,而不是担心。她已经为孩子们摆好了饭,他们一边吃一边把今天发生的事情描述了一遍。午饭过后,耶利米躺下来打盹儿,威利则溜达着去了爷爷家。

爷爷坐在摇椅上,一边吸着莎草烟斗,一边听着孙子讲述这次冒险经历。当威利讲到进宫拜见国王时,爷爷那浅蓝色的双眸里闪烁着会意的光芒。

"我明白,荣誉勋章是个不小的负担!"

"我没有告诉国王实情!"威利叹了一口气,"我不是一个真正的威尔第人。"

"不,你是。"爷爷抚摸着孙子的绿头发说,"你是一个勇敢而聪明的威尔第少年,是芦苇海最优秀的孩子。我相信你有办法从这个谎言中走出来!"

秋季大扫除

牛蛙竞技比赛结束后，威尔第人发现他们有成千上万件事要做。首先，他们必须把受损的体育馆修理好，然后才能着手进行秋季的常规工作。芦苇海的冬季漫长而寒冷，一连几个月，万物都会被积雪覆盖，所以这里的居民必须在极寒天气到来之前做好充分的准备。即便芦苇丛被积雪覆盖了，也要保证食物充足，而且居民需要保暖的衣物、棉被、燃料。当然，还需要一个安稳的落脚地，以保证芦苇海的守卫可以在那里躲避呼啸的狂风和暴风雪。

用芦苇编织的威尔第城堡轻盈、透风，但在严寒的天气里则冷风阵阵。更糟糕的是，大家不能在干燥的城堡里生火。所以，每年冬天来临时，他们就会搬到矗立在岛上的柳树洞里。在炎炎夏日，威尔第人、牛蛙、野鸭和蜻蜓都来到柳树垂到水里的又长又细的枝条下乘凉。冬天，威尔第城堡的所有人都会在老柳树的洞里找到一个安全、温暖的家。

秋天最重要的工作就是打扫树洞，做好过冬的准备。威尔第人要给树洞和通道营造良好的通风环境，扫掉蜘蛛网，掸去家具上的灰尘。他们在像窗户一样的小洞上安装百叶窗来阻挡寒风，还清理了用来供暖的小壁炉的烟囱。威尔第男人捡来枯树枝，再把它们砍断，用来做柴火；孩子们则帮他们把柴火堆在洞穴里，这样冬天就有了取暖的燃料。如果燃料储备不足，他们还会从岸边的树木和灌木丛里捡回碎树叶。孩子们把干枯的芦苇茎秆收集起来，放在小壁炉旁边的篮子里，用来做火种。

秋季大扫除的清晨，威尔第城堡里的老老少少都围着老柳树忙碌着。女人们把厨房和食品储藏室打扫得干干净净，这样她们就可以把过冬的食物放在干净的架子上了。即便是在春夏两季，威尔第人也在为冬天做

着准备。女人们用生长在岸边的草莓和接骨木浆果做果酱，晒干浮萍，搜寻果实和草药……这些工作完成后，食品储藏室里就摆满了各种各样的好东西。现在只剩下几个用来装成熟果子与坚果的篮子和麻袋没清理了，清理干净后，便可以用来装核桃、橡果、榛子、玫瑰果和黑刺李果。

　　姑娘们在莉莉和泰丝的带领下，把枕头和被子拿到外面，在秋日最后几缕温暖的阳光下清洗翻新。男孩们在整理楼上的房间。威利在装百叶窗时，看见莉莉抱着被子走了出去。

　　"你要把床上用品一件一件地从楼上搬下去吗？"他在楼上对着她喊道。

　　"没错，就得这么做。"莉莉大声回答，"我们必须对它们进行晾晒！"

　　"把它们从窗户扔下去！那样你就不用那么辛苦了！"威利建议道。

　　"那可不行。"莉莉摇摇头，"如果被套裂开，里面塞的绒毛就会全掉出来。"

　　"要是我造一辆吊车呢？这样就可以轻松地把被子和枕头吊起来放到地上了！"威利又提了个建议，可莉莉还是摇了摇头。

　　"放心吧，我们人多，每个人只要上楼两次就行了！"

"那好吧。"威利没再坚持。他很乐意为莉莉做一个升降装置,但如果她不想要,他也不会强求。他很快就转移了注意力,开始思考如何才能打探到格格利湖水鼠的消息,看看他们是不是在预谋下一次进攻。可是,要走这么远的路,只能靠苇莺。

"我得找莉莉私下聊聊。"威利下定决心,"也许我们可以骑着她的苇莺去执行一个小小的侦察任务!"

他一边沉思,一边扫视着地平线。突然,他发现了一个奇怪的东西,它正在空中快速旋转着朝他逼近。威利一只手抓住窗框,另一只手伸出去抓那个奇怪的玩意儿。

"那是什么,威利,你抓到蚊子了吗?"米奇大声问道。

"快看这个!从树上飞来的!"威利给米奇看了自己抓到的东西,"它有翅膀,会在空中旋转!"

"它是怎么到这儿来的?"米奇很疑惑。

"我知道。"汤米说,"我奶奶给我看过这种东西。它长在梧桐树上,就在山坡那边。它的种子可以飞到很远的地方,到了春天就在那里发芽。"

"那种子在哪儿呢?"米奇有些糊涂了。

汤米把那东西从中间撬开,里面居然有一颗扁平的圆种子。威利马上把它拿了起来,这东西把他的手弄得黏糊糊的。

"看,威利,还有一个!"汤米喊道。

威利马上跑回窗台上,探出身子让手中的种子在风中旋转。可是他没有抓好，而且，他的手粘在了种子粗糙的表面上。随着种子不断旋转，威利跟着飞了出去。

威利惊恐地大叫起来，男孩们冲到窗前，无助地看着他粘在种子上在空中打转。虽然威尔第人轻如羽毛，但威利的重量还是稍微影响了种子的飞行。转了几圈后，种子开始降落。

威利吓坏了，他低下头看了看，看到正下方有一大堆被子时，他松了一口气。就在这时，莉莉拿着一个大枕头出来了。她把枕头扔在被子上，下一刻，威利就落在了被子上。莉莉惊慌失措，她没想到会有人从天而降。威利笑着从柔软的被子里探出头来。

"多谢啦，莉莉！"他喊道，莉莉惊讶地眨着眼睛，"你这个软着陆跑道铺得真好！"

"你疯了，威利？你会摔断脖子的！"莉莉生气地说，但她还是笑了起来。

威利把粘在手上的种子给她看，此刻它已经裂开了。

汤米、米奇和罗里（他们都跑了过来，想看看叫喊声是怎么回事）在窗口向他们挥手。

"你受伤了吗？"他们齐声问道。

"这是我有史以来跳得最精彩的一次！"威利嚷道，"你们不下来吗？"

"别再胡闹了！太危险了！"巴里在他身后厉声呵斥，"所以，我看威利一秒钟也不能没人看着！"

"我是不小心从窗户摔下来的！"威利解释道，但这让巴里更加生气了。

"你真不该叫……威利,而应该叫傻瓜!确实傻透了!"巴里大声喊道,"我不敢再让你上楼了,所以从现在开始,你就和那些小家伙一起在一楼干活儿。或者你可以去岸边帮着编织篮子。也许在那儿你就不会再惹上麻烦了!"

威利点点头,觉得这一次巴里生气是对的。实际上,他很庆幸能这么轻而易举就脱了身。岸边的气氛很愉悦,他在那里干活儿当然不会觉得无聊。确实,他对编篮子一窍不通,但他很快就能学会。而且,他的朋友肖恩也在岸边干活儿,他俩已经很久没见面了。

威利兴奋地走到编篮子的队伍中。在学会了怎么编篮子之后,他在肖恩身边坐下来,他们很快就聊起天来。威利说了自己的几个游戏想法,还有一个计划,并说想在下周收橡果的时候尝试一下。肖恩满腔热情地听完了威利的话,也想到了几个好点子。两个人聊得可欢了,时间很快就过去了。突然,巴里的哨声响了,这是收工的信号——晚餐时间到了。

格里姆人和水鼠结盟

当威利跟着编篮子的工人学习如何为秋天的粮食编织新的容器时,巴布利湖的另一头发生了一场巨大的骚动。格林布伦德的那些红脸家伙转遍了库房,还察看了家里的食品储藏室,他们看到的景象并不如意。尤其是在他们开始准备过冬的时候,这幅景象更加惨淡:只有几袋谷物、一两罐果酱和干果,大部分架子上、篮子里都空空如也。

格里姆人的主要储备是大量的罐头食品,这是他们在初秋的一个早晨,在附近的一条街上发现的。一些人类没有把行李牢牢地固定在卡车上,在卡车拐弯的时候,一个纸箱掉了下来。格里姆人发现了它,然后用一辆独轮车艰难地把这些罐子一个接一个地运到了村子里。当然,一场争论随之爆发了,争论的主题是每个家庭应该分到几个罐头。格里姆人的首领格里留斯宣称,他拿到的罐头应该是其他人的两倍。

"别发疯了,凭什么呀?"米尼翁抱怨道,他是个身材矮胖的格里姆小伙儿,"你的肚子并不比我的肚子更重要!"

"哼，可事实就是如此！"格里留斯生气地跺了跺脚，"如果首领饿着肚子，他就没办法思考！"

"我觉得，如果一个人没办法思考，那是因为他的脑袋是空的……"米尼翁喃喃自语。

"哼，你的脑袋才是空的！"格里留斯很恼火，"肚子饿得咕咕叫，你叫我怎么思考？"

"你现在也在思考吗？"米尼翁问道。他自己的大部分时间都是不思考的，即使是填不饱肚子的时候也一样。

"当然了！我在思考过冬补给的事！"格里留斯回嘴道，"大部分小屋的屋顶上都破了洞，而且，我们甚至连一点燃料都没有。"

"我也想不出什么好办法能搞到柴火。"米尼翁沮丧地点点头。

"你这下懂了吧！但我会告诉你，我们能做什么！"格里留斯说。

"你就说我们能吃什么吧！"米尼翁应道。

"我会把一切都告诉你的，你就等着听吧！"格里留斯生气地说。

"我想我已经猜到了。"米尼翁咕哝道，"我们得修补屋顶，还要去拾一些柴火过冬。"

"你在说什么？胡说八道，大傻蛋！"格里留斯气急败坏地吼道，"这是我们要做的吗？去捡东西？难道你准备拿着斧子和锯子干得汗流浃背吗？"

米尼翁为自己的话感到羞愧。"我只是在秋天见过威尔第人劈柴。"

"这就对了嘛！"格里留斯气呼呼地跺了跺脚，"他们已经什

么都砍了，我们为什么还要砍？他们有大量的燃料，我们要做的就是去取一些过来。他们的食品储藏室里堆满了果酱、面饼和干浮萍！我们是不会挨饿的，我的朋友！"

"噢！"米尼翁瞠目结舌，"你脑子转得可真快！只不过，我们怎么才能把这些东西都拿回来而不被他们发现呢？"

"嗯，这正是我要弄明白的，但这得绞尽脑汁地想，所以你可以滚两罐食物到我的食品储藏室去！"格里留斯结束了谈话，回到他那间摇摇欲倒的小屋，酝酿他的作战计划去了。

但进展甚微，他没有提出任何有用的想法。威尔第人监视着格林布伦德，他们的巡逻队密切关注着格里姆人的一举一动。如果格里姆人的船下水，威尔第人会立即起飞，在其上空盘旋，以阻止他们掠夺新鲜的鸭蛋或其他美味的食物。威尔第人还安排卫兵守夜，所以，要进入芦苇海比登天还难。住在邻近湖里的天鹅以前帮过忙，但最近连他们也靠不住了。他们被威尔第人的弓箭吓着了，已经对抢劫失去了兴趣。

格里留斯冥思苦想了好几天，甚至请来最聪明的格里姆人阿斯皮克帮忙，可他们还是没能想出一个像样的主意来。格里留斯不敢再上街了,因为每次碰到米尼翁,他都要被追问绝妙的计划准备好了没有。

一天晚上,当格里姆首领正在穿睡衣时,传来一阵很响的敲门声。

"谁呀?"格里留斯朝门外张望,但立马吓得跳了回去。一只长相狡猾的黑皮水鼠正嬉皮笑脸地向他探着鼻子。格里留斯又往里退了一步,深夜访客不请自来地挤进了小房间。

"我叫戈高尔,从格格利湖来的。"水鼠打了个招呼,"天鹅们说,你是格里姆人的首领。"

格里留斯只是盯着他看,然后开始打嗝。

"听我说,大佬!"水鼠厚颜无耻地继续说,"我有个提议。我们看中了巴布利这个小湖,有一些水鼠决定搬到这里来住。我只希望那些绿色的小侏儒不要到处乱飞。天鹅们说你们也讨厌他们。咱们合作吧,一起赶走那些讨厌的威尔第人,拿下这个湖!咱们互相帮忙,最后再分配战利品!嗯,你觉得怎么样?"

一开始,格里留斯还对水鼠持怀疑态度,但他喜欢这个主意。为什么不和这些强壮而有决心的家伙合作呢?有了他们的帮助,就可以一劳永逸地把威尔第人赶出芦苇海了。他们将拥有巴布利湖的所有宝物,再也不用挨饿,再也不用节衣缩食,甚至也不用干活儿。他们可以和水鼠共享水资源和芦苇丛,大家都会有足够的地盘和食物!

格里留斯欣喜地搓着手。他们开始兴奋地谋划起来。戈高尔表示,已经有三十五只水鼠自愿去征占新的领地。三十五只不多不少,正好可以

保证每只水鼠都能在芦苇海找到捕食地和洞穴。格里留斯最想占领的是小岛，因为如果格里姆人搬进威尔第人过冬的家园，也就是大柳树的洞里，他们就不必担心屋顶的窟窿，也不必担心天寒地冻了。

格里留斯向戈高尔详细描述了威尔第人的风俗习惯，还解释了巡逻队是如何骑在苇莺背上射箭的。他声称，虽然威尔第人既勇敢又聪明，但他们人数不多，可能只有几十个卫兵。如果同时从几个方向全面发动进攻，他们是抵挡不住的。水鼠心满意足地舔了舔嘴唇，仿佛看到了自己独自统治巴布利湖的场景。

剩下的就是细节问题了。他们计划在下周发起大规模的联合进攻，这样双方都有时间做准备。他们决定安排水鼠从旱地向巴布利湖进发，尽量在矮树丛的掩护下秘密潜行，越过芦苇丛，尝试占领威尔第城堡。这样很有可能会转移所有的防卫力量，格里姆人可以趁机迅速攻占小岛。如果他们成功占领了那棵大柳树，就可以钻进树洞里，像躲在城堡里一样防御敌人。这样一来，威尔第人的芦苇棒和箭根本伤不到他们。

如果他们联合起来，成功占领了威尔第人的冬夏住所，那些绿皮肤的卫兵将别无选择，只能去别的湖泊或其他可以容身的地方寻找新家。

谈妥后，戈高尔和格里留斯握了握手，之后便蹿到门口，消失在夜色中。格里姆人的首领觉得自己终于为格林布伦德的荣耀做了一件大事，作为奖励，他确实应该得到点什么，于是他打开一个为过冬储备的罐头，吃了一顿午夜大餐。吃饱后，他爬上床，在梦里继续享用着威尔第人为过冬收集的食物。

橡果大丰收

秋天是威尔第人兴高采烈地寻找种子和坚果的时节。威尔第城堡的居民走到岸边，捡起被风吹落的果实和坚果，再把它们堆起来。他们把装满核桃和榛子的篮子运到岸边，以便用船把收获的果实运到岛上。这绝非易事，因为坚果有威尔第人的脑袋那么大，孩子们很难搬动成熟的坚果。但大家都喜欢寻找坚果和种子，并把它们运到岸边。就连成年的卫兵也很喜欢在树叶下偷偷张望，寻找核桃和榛子。当然，孩子们也会展开激烈的竞争，要好的伙伴纷纷组队，互相比较谁找到的食物最多。

孩子们最喜爱的一个活动是捞荸荠。荸荠的果实在秋天成熟，外形看起来像星星或皇冠。威尔第人在牛蛙的帮助下，把成熟的荸荠从湖里捞出来，然后把它们晾干、磨成粉。荸荠粉一年四季都是做美味的面包、蛋糕和面饼的好原料。

秋天最有趣的还是橡果大丰收。当荸荠在小岛上晾晒的时候，威尔第人会把核桃和榛子存放在大柳树洞里。然后，他们又到了岸边的橡树那里。到了十月，橡树上会掉下几百颗橡果。虽然威尔第人不喜欢吃橡果的果肉，但他们仍然会小心翼翼地收集并储存那些掉落的橡果，因为这是抵御入侵者的最佳武器。威尔第人不会主动发起进攻，但是会动用任何可行的手段来保卫芦苇海和周边地区。橡果弹弓是威利的爷爷很久以前设计的，这种类似投石器的装置可以把橡果射到很远的地方。

虽然威尔第人很少使用弹弓，但巴里认为，定期训练对他们来说很重要——每个卫兵都必须懂得如何瞄准和射击！所以，在收集完橡果后，他们总是会试一试橡果弹弓。他们从弹药堆里取来弹药，装入弹弓后向目标射击。先是大人们训练，接着是孩子们。秋收时节，威尔第少年最期待的活动就是收集橡果！

威利和他的朋友们正忙着为这个盛大的活动做准备。玛洛国王一声令下，他们便开始建造两个新的橡果弹弓。威利在一旁帮忙搭建，他迫不及待地想看看弹弓是怎么射击的。

每天早上，所有的威尔第人都围着橡树忙碌。他们把橡果堆起来，并且将橡果的外壳撬掉，以免粗糙的外壳减慢子弹的飞行速度。橡果收集完后，他们搬出靶子，威尔第城堡的居民排好队进行射击训练。一开始，靶子放得

很近，这样每个人都有机会射中。

"预备，瞄准，射击！"巴里喊道，橡果子弹砰砰地命中靶子。

"填弹！"巴里喊了一声，威尔第人装上了下一批弹药。

威利的朋友们早在春天就开始训练了，这次是他们第一次和大人一起射击。威利还得再等等。他和其他绿发少年得到天黑时才能轮到。在这期间，他可以参加滚橡果比赛，可他不太喜欢。"让那些小孩儿去玩滚橡果的游戏吧。"他耸耸肩。

威利挠着头，努力思考如何才能让橡果弹弓瞄得更准。

趁没人注意，他爬上了橡树，以免思考时被人打扰。他轻手轻脚地从最近的一根高高伸展的树枝上爬下来，找了一个角落舒舒服服地待着。树下，威尔第城堡的所有居民都在愉快地忙前忙后。此刻，轮到年轻的卫兵们展示射击技能了。威利微笑着，听到了子弹击中目标的声音。观众为米奇、罗里和莉莉大声欢呼。莉莉不仅射箭技术娴熟，而且用弹弓瞄准的技术也非常了得。

透过泛黄的橡树叶，威利可以看到很远的地方。

"不知道橡果弹弓的射程能不能够到那片矮树丛。"他思索着,望着远处的黑刺李丛。突然,他发现那里的动静有些怪异。草丛里有一些黑色的影子,好像是一群鼹鼠从地底下爬了出来。威利揉了揉眼睛,确认自己是不是看花了眼,可黑影还在动。确切地说,那些陌生的来客越走越近,而且速度相当快。

"这是格格利湖的水鼠!"他突然想起来了,"他们又准备进攻了,肯定是这样!"

他跳起来对着树下喊道:"紧急情况!有危险!"可是喧嚣声太大,大家根本听不见他的声音。无奈之下,他只好以迅雷不及掩耳之势下了树,当面把这个坏消息报告巴里。

一开始,巴里没听懂威利在说什么,他只知道威利未经允许又爬到高处了。他正要责备他时,总算明白了威利为什么会如此激动。巴里立刻吹响了哨子。威尔第卫兵一脸疑惑地飞奔过来，他们很快就听懂了，巴里是要他们去执行任务。他们抛下橡果弹弓，跑到岸边去召唤备好鞍的苇莺。或许守着弹弓向敌人开火是更明智的做法，但紧急时刻，威尔第人最先想到的就是骑着苇莺射击。

女人们把孩子们带到岸边，避开危险。这种时候，在陆地上逛来逛去是很危险的，最好躲在一个安全的地方，躲进威尔第城堡。几分钟后，大橡树四周已经空无一人，只有橡果弹弓、靶子和成堆的弹药还留在草丛里。威利也在那里。他一直在想一个问题：攻击者太多了。想要骑在苇莺背上打败他们是不可能的。而且，如果那些灌木长得很高，卫兵们根本没办法击中躲在草丛里爬行的水鼠。威利冲进拥向岸边的人群，拽住了肖恩和莉莉的胳膊。

"留下来帮忙！"他说，"总得要有人用弹弓射击！"

两个朋友立刻明白了他的意思。不管怎么说，莉莉的苇莺有一只翅膀受了伤，好几天都不能飞行，所以，即使她没有跟上巴里的卫队也没关系。肖恩也很乐意帮忙。他们都不清楚自己究竟能做什么，但是都感到危机重重，每个人都必须尽力挡住敌人的进攻。

在威利的建议下，他俩各自挑选了一副弹弓，备好了一颗橡果，焦急地等待着进攻者的出现。此时，巴里的巡逻队在他们的头顶飞过，但并没有注意到蹲在弹弓后面的年轻人——他们把注意力都放在了渐渐逼近的水鼠身上。卫队很快就飞到了敌人的上空，朝他们射出了一阵箭雨。这些箭刺进了几只水鼠的后背，他们痛苦地尖叫着，但大多数水鼠还是毫发无伤地继续朝湖边行进。威利的担心不是没有道理：水鼠们躲进比自己还高的草丛里，避开了大多数射来的箭。

但等他们从橡树旁的矮树丛里跳出来时，迎接他们的是一大堆橡果。莉莉、威利和肖恩接二连三地向入侵者发射了大量的弹药，水鼠们被迫停下了进攻的脚步。一只水鼠被橡果击中了鼻子，他痛苦地号叫着，朝格格利湖的方向冲去。此时，入侵者已经停止前进，空中的威尔第人的箭纷纷击中目标。很快，所有水鼠都中招了。他们有的被橡果击中了头

部,疼得要命;有的被橡果伤到了爪子,忙着揉搓;还有的被箭射伤了。戈高尔龇牙咧嘴,催促同伴继续前进,但道路几乎被威利他们射出的橡果完全切断了。

这时,水鼠首领企图从另一个方向接近巴布利湖,但巴里的卫队一直在他们的上方盘旋,火力也越来越猛了。甚至芦苇棒也派上了用场,一两个鸟背骑手俯冲下来,近距离击打入侵者的头部。戈高尔的队伍终于受够了这种不友好的接待,他们愤怒地咒骂着冲回了山坡上。即便到了那里，他们也无法重新部署，因为威尔第巡逻队一直跟着他们，直到他们退回到格格利湖，才放了他们一马。

确定鼠军的每一个成员都在浑浊的湖水中销声匿迹了之后，巴里的队伍才返回芦苇海。虽然很累，但他们很自豪。他们飞回威尔第城堡，向玛洛国王禀报了发生的事情。这时候，威利和他的两个同伴也离开了橡果弹弓，回家去了。

芦苇海的居民都松了一口气。他们在庆祝的时候，丝毫没有料到危险可能来自一个意想不到的地方。

格里姆人占领了大柳树

水鼠偷袭失败后,威利突然意识到望远镜是可以派上用场的。他决定,从现在起,他要随身携带望远镜,定期巡视巴布利湖沿岸。并不是说巴里的卫兵们没有尽责,而是警戒的人越多越好。说不定下一次,他还有机会再次提醒其他人注意危险的来临。

不过,经过秋季大扫除,望远镜已经被转移到了威尔第人准备过冬的小岛上。那棵大柳树的洞里还是空无一人。威尔第人在搬入物品并整理好房间后,就锁上了树洞的入口。他们要到十一月才会搬进去,因为那时候天气才会开始变得非常寒冷。可威利不打算等到那个时候才去拿望远镜。他没有入口的钥匙,而且他也不觉得巴里会把钥匙给他,但他知道从通风口可以爬进柳树洞。威利打算偷偷溜进去,取出望远镜,再离开小岛。他必须小心谨慎,以免在去那里的路上被人看见。

威利把一切都计划好了,他成功地来到了过冬的住所,一路都没被发现。他很快爬上了大柳树低垂的枝条,顺着树皮跑上去,找到通风口,爬进了洞。只有一件事他没有料到，这也是他不可能料到的：洞里竟然出现了威尔第人的宿敌——格里姆人！

脸色红润的格里姆人在水鼠偷袭的同时出发去占领小岛。威尔第人的注意力完全被旱地进攻转移了，他们一心一意想把水鼠赶出芦苇海。在战斗最白热化的时候，谁也没有注意到，三艘伪装得很巧妙的格里姆船穿过湖面，停泊在低垂的柳枝下。有人下了船，偷偷溜到了上了锁的洞口。遭了米尼翁一记精准的重击，门上的锁就被撞开了，这伙人得以闯入威尔第人的过冬居所。

在格里留斯的率领下,格里姆人的小分队占领了柳树洞。他们检查了所有的房间,确认没有一个绿皮肤的卫兵在保护这个隐蔽的仓库后,就把自己安顿得舒舒服服的。每个格里姆人都有单独的房间,格里留斯清点了威尔第人的过冬物资:果酱、蜜饯、果实、干浮萍,以及小心堆放的燃料。

"我们可以在这里待到春天！"格里留斯大声说道，并派人给留在格林布伦德的格里姆人捎了个口信，吩咐他们在夜幕的掩护下慢慢地溜过来。

他的计划是，等到十一月威尔第人回到他们过冬的住所时，所有的格里姆村民都已经在这里了，他们会组织防御，这样一来，芦苇海的卫兵们根本没法儿靠近老柳树！

格里姆人安排了岗哨，所以，只要威尔第城堡的人一到，他们就会发现。但他们真的没想到有个威尔第人单独出现了，而且是偷偷出现的。他们尤其没想到的是，这个人会从通风口进来。威利本可以出其不意地袭击四处闲逛的格里姆人，可惜的是，他直接掉到了米尼翁的大腿上，那家伙正在通风口下打盹儿。米尼翁被这突如其来的撞击吓了一跳，发出震耳欲聋的叫喊声。威利滚到了地上，有那么一会儿，他呆住了：他根本没想到会在一个他认为安全的洞穴里撞见老冤家。

听到米尼翁的叫喊声，几个格里姆人冲进了房间。当威利爬起来的时候，他已经被几个愤怒得大喊大叫的格里姆人团团围住了。他们的圆脸因为满腔的怒火，变得比平时更红了。这几个格里姆人一把抓住威利，当即把他拖到首领面前，首领一脸狐疑地打量着这个绿皮肤的小伙子。

"你来这里做什么？"格里留斯恶狠狠地问道。

"你们来这里做什么？"威利回嘴道，"这里是我们的地盘！"

"准确地说，这里曾经是你们的地盘，小子！从现在开始，它归我们了！"格里留斯贪婪地搓着双手，叫嚣道。

"滚出去！"威利勃然大怒，气得直跺脚。

"不要对我们发号施令，这对你没好处！"格里留斯的脸色阴沉下来，"何不告诉我们，是谁派你来的，你又是怎么进来的？"

"他突然掉到了我的腿上！他从天而降！"米尼翁在威利背后咕哝道。

"他很可能是从裂缝里爬进来的。"格里留斯猜想，"我们得在屋子里四处看看，找到所有隐蔽的缺口。"

"还是让他带我们去看吧！"米尼翁提议道。

"你最好想清楚再说！"威利轻蔑地回答。

"我们把他锁到地窖里，免得他趁我们不注意逃跑！"格里留斯做了决定，"我们自己来找缺口。把他带下去关起来！"

米尼翁和他那个长着鹰钩鼻的朋友努多立即抓着威利，把他拖往地窖。此时，威利的脑子在飞速运转。他没有把自己的计划透露给任何人，所以他的朋友们肯定不会来岛上找他。必须得有人去通知威尔第人，这样他们才能尽快把老柳树洞里的格里姆人赶走。而要这么做，他必须得先逃走。但怎么做才能不被发现呢？

突然，他想到了一个好办法。在木柴仓库的底部，就在他们为过冬准备的木柴后面，有一条古老的通道。那是一只鼹鼠在几年前挖出来的，他很快发现通道离水太近，于是便放弃了。牛蛙喜欢在那里过冬，所以他们拓宽了通道，朝着湖的方向挖得更远了一些。除非这条通道已经在夏季风浪来袭时坍塌了，否则他就可以从那里神不知鬼不觉地溜出去！

威利要做的，就是一定要让米尼翁和努多把他关在木柴仓库里。

威利想到这里的时候,他们已经走到了地窖门口。从这里出发可以去好几个房间:一间食品储藏室、一间更大的杂物储藏室、几间较小的储藏室,最后是一间堆满木柴的宽敞的木柴仓库。努多疑惑地看着他的朋友,因为格里留斯没有明确告诉他们把犯人关在哪个房间。米尼翁哼了一声,耸了耸肩。威利充分利用他们的困惑,开始实施他的计划。

"你们把我关在哪儿都没关系,但是拜托你们,千万别把我关在木柴仓库里!"

"为什么那儿不行?"努多问道。

"因为那里可能有很多水鼠!"

"别冒傻气了!水鼠不需要柳树洞!我们商量好了,让他们拿下威尔第城堡!"努多轻声一笑。

"还是不要把我关在木柴仓库里!"威利喊道,"那里太黑了,我根本逃不出去!"

努多放声大笑。

"这就好办了,米尼翁,咱们就把他关在那儿!真是个没用的家伙!"

米尼翁笑着同意了。

"没错,伙计,就这么办!我们就把他推

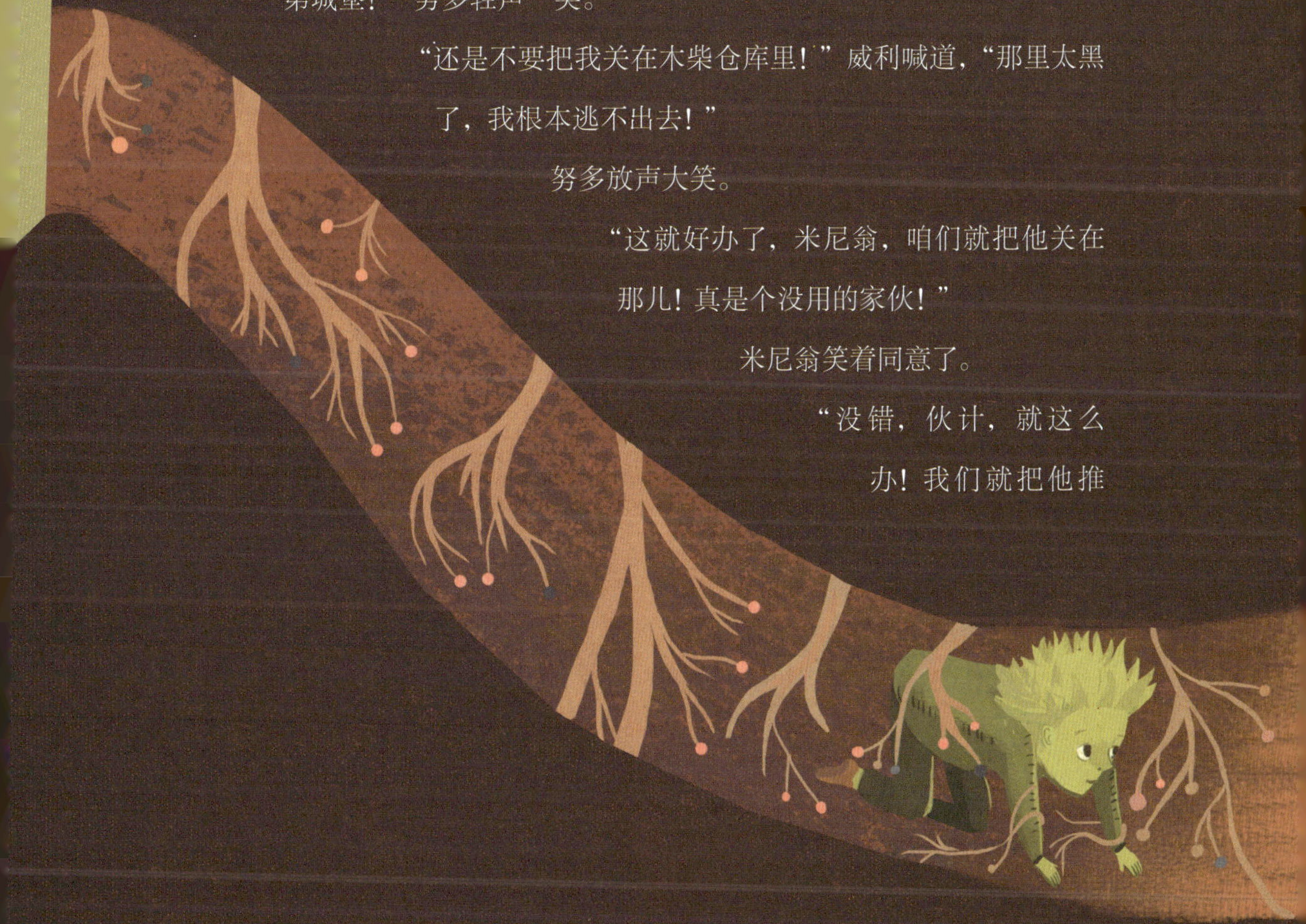

到木柴仓库去，教他学会尊重我们格里姆人！"

"不，去哪儿都行，就那儿不行！"威利又喊了一声，但他其实高兴得想笑。

米尼翁和努多根本不理会他的抱怨，而是面色严厉地把他推进仓库，"砰"的一声关上门，之后把钥匙在锁里转了两圈。这正是威利一直在等待的时机。他立刻蹑手蹑脚地走到仓库的尽头，仔细地摸索着，寻找老鼹鼠洞的入口。他真是太走运了——通道完好无损。虽然墙壁有几处已经坍塌了，但是通道穿过树根一直通到水里，跳跃的耶利米和他的家人很快就会躲到那里过冬。

半小时后，威利脏兮兮地在新鲜的空气中伸了个懒腰。虽然浑身沾满泥土，头发上还插着细根，但他很满足。威利成功地逃出了格里姆人的监狱！当务之急就是去威尔第城堡，告诉巴里，有新的危险在等待着威尔第人。

战前部署

幸运之神从不吝啬对威利的眷顾！他正坐在大柳树下琢磨怎样才能以最快的速度到达威尔第城堡时，刚好看到母鸭梅勒妮正带着小鸭们在游水。他大声吹起口哨。巴布利湖的所有居民都知道这个信号，芦苇海的卫兵们会吹口哨向岸上的居民问好。梅勒妮大吃一惊，把头转到声音传来的方向。她有些不知所措，因为威尔第人并不经常在这个岛上发出信号。看到威利兴奋地挥舞着手臂时，她完全惊呆了。

她迅速掉转方向，向他游去，她的孩子们也跟着游了过去。

"哦，威利，我还以为十一月之前不会有谁登上这个小岛。"梅勒妮和善地说。

"幸亏我来了！"他神秘地低声说。接着，他询问母鸭是否愿意背着他尽快赶往威尔第城堡。

"你又惹麻烦了！"梅勒妮猜测道。不过她还是游近了一些，好让威利跳到她的背上。

威利不想吓到鸭子们,所以他只是说自己已经发现了格里姆人的最新计划,必须尽快报告。梅勒妮没有耽搁片刻,她拼命地划水,很快就来到了用芦苇编织的城堡下。威利谢过梅勒妮,便从她的背上跳了下来,往巴里的房间跑去。

威利闯进那个小房间的时候,巴里正在给卫兵们下达指令。

"绿头发的小孩儿没资格来这里!"巴里对威利大发脾气,但威利很快打断了他。

"格里姆人已经占领了柳树洞！"他喊道，"他们从里面把门关了起来，每扇窗户都派了哨兵蹲守。他们想在我们十一月回到那里时把我们赶走……"

"你脑子没烧坏吧，威利？"巴里惊慌失措地说，"你在胡说八道什么呀，臭小子！"

但威利不肯放弃，他急匆匆地讲述了自己偷偷去小岛后被抓住又逃跑的经历。巴里听后震惊不已。

"你马上跟我去见玛洛国王，就现在！"他最后说。

他命令卫兵们召集所有的威尔第人开会，因为他们需要全体出动，去夺回过冬的住所。之后，他带着威利匆匆离开，去向国王报告。

通往宫殿的路很短，对威利来说却很长，足以让他决定这次不再向国王隐瞒任何秘密。情况越变越糟了。他必须坦承自己去过格格利湖，因为努多和米尼翁的对话表明，格里姆人已经和水鼠联合起来，准备占领芦苇海了。

"我可能会被驱逐出威尔第城堡。"威利心想，"就算会那样，我也不能让威尔第人因为我再次陷入危机！"

玛洛国王认真地听完了威利的汇报。他脸上的神情既不是愤怒也不是震惊，但焦虑和担忧在他淡绿色的额头上刻下了越来越深的皱纹。他想知道每一个细节，于是详细问起威利和密涅瓦的谈话、水鼠的情况，以及威利在格格利湖看到的一切。然后，他又问了威利霸占柳树洞的那些格里姆人的情况。

遗憾的是，威利没有机会清点敌方人数，但他确信只有部分格里姆人在树洞里扎营。格林布伦德的所有居民不可能都搬到了那里。比如，威利没有看到任何妇女或儿童，甚至当时也没看到多少士兵。

"也许他们是要一拨一拨地过来，一次来一艘船，以免被我们发现！"威利猜测道。

"我不知道怎么才能把他们从树洞里赶出来。"巴里大声道，"我们不能破坏老柳树，所以不能从门窗强攻进去。"

"不管怎样，他们一直关着门窗。"威利叹了一口气。

"那我们就得想办法让他们打开门窗！"玛洛国王决然地说。

"我知道！"威利大叫道，"格里姆人爱管闲事又自以为是。他们以为，和水鼠结盟就可以把我们赶出家园。我们要让他们以为水鼠大军真的占领了威尔第城堡，这样一来，他们必定会探出头来察看外头的情况。等他们打开窗户，埋伏好的威尔第人就能跳进去了！"

"绝妙的计划。"国王笑着说，"这小子一定会成为一名守卫，除非我们把他赶出芦苇海。"

威利小心翼翼地望着国王。国王看上去并没有要把他赶出威尔第的意思。

"我们待会儿再来处置你。"国王说，好像他已经看透了威利的想法一样，"现在有更重要的事情要做！我们必须拿出一个详细的作战计划！"

因为只有威利在大柳树洞里碰见过入侵者，所以玛洛国王坚持要他也参加作战会议。他们很快起草了作战计划。巴里在出发前挺起胸膛，

似乎确信他们会从宿敌的手中夺回大柳树。在他召集威尔第人去战斗之前,威利开口了。

"我们最好留几个卫兵在威尔第城堡!要是水鼠此时杀个回马枪,怎么办?"

"你说得对,年轻人。"玛洛国王笑着说,"我们经常犯这样的错误,把所有人都派到战场上,却没有留下守卫,而保护大后方和击退袭击者一样重要。"

于是,巴里挑选了几名卫兵留在威尔第城堡,其他威尔第人则偷偷向小岛进发。他们料定格里姆人会盯着天空,以免被卫兵袭击,所以他们决定像威利一样,由鸭子驮着去岛上。梅勒妮、她的孩子们和芦苇海的

其他鸭子都愿意运送全副武装的战士。

　　当然,他们非常小心,不能所有战士都骑着鸭子直接去小岛上。有些鸭子选择了另一条路线,有些鸭子则在湖上来回穿梭,欢快地嘎嘎叫着,好像他们只是在午饭后游玩、聊天。如果格里姆人看到的话,他们可能会以为鸭子们正在享受午后微弱而宜人的阳光,并准备吃点东西。其实每只鸭子的背上都藏着一个威尔第卫兵。队伍在岛上集合,巴里小声重复了一遍作战计划,最后一次确认了每个卫兵的任务。接下来便是下一步的行动。威尔第人悄悄地爬上柳树,每个人都蹲守在指定的窗户旁。百叶窗是关着的,卫兵们希望格里姆人很快就会打开它们。

夺回大柳树

格里姆人在老柳树洞里闲逛。他们听到远处有嘈杂的声响,尖叫声、呐喊声都是从威尔第城堡传出来的。米尼翁兴奋地转向他的朋友。

"你也听到了吗?"

"我当然听到了,但我想象不出那场面是什么样子。"努多咕哝着。

这两个格里姆人把耳朵贴在百叶窗上听着。他们想看看外面的情况,可格里留斯下了严格的命令,所有窗户都必须关好。

噪声仍在继续。事实上,在他俩看来,远处的喊叫声似乎越来越绝望了,好像还夹杂着哭泣声。

格里留斯正忙着检查食品储藏室时,两个手下前来报告外面的情况。他立刻上了楼,也把耳朵贴在窗户上。

"我看是水鼠袭击了威尔第城堡。"他站直了身子,面露得意之色。

"你怎么知道的,老大?你能穿墙看到?"米尼翁吃惊地说。

"别冒傻气了!"格里留斯十分恼火,"你听听他们在喊什么!"

他们又听了听。远处的说话声越来越近，有时甚至能听清几个字。他们好像在喊"救命！""快逃！""小心，水鼠会咬人！"……红脸士兵们咧嘴笑了起来。"好哇！水鼠占领了威尔第城堡！他们在追赶威尔第人！"米尼翁吼道。

"没错！芦苇海是我们的了！"努多满面笑容地说。

"老大，我们去看看怎么回事！"米尼翁说，好奇心惹得他浑身发痒。

格里留斯也想知道发生了什么，所以允许他们探出脑袋一看究竟。每个格里姆人都找了个房间，这样他们在盯着看的时候就不会打扰到别人了。接着，窗户一扇接一扇地打开了。有几个战士俯下身去，想更清楚地看到威尔第城堡的情况，结果一个大大的"惊喜"正在等着他们：威尔第军队都守在窗外，紧紧地贴在窗台上。

从窗户探出头的格里姆人只觉得有什么东西打在了他们的脸或鼻子上，下一刻，几个威尔第人便闯入房间。红脸战士们惊得目瞪口呆，几分钟后，威尔第人就把他们绑了起来。很快，所有的威尔第卫兵都从窗户进入了柳树洞。

他们在房间里跑进跑出，四处搜寻，检查地窖、浴室和食品储藏室里有没有藏着格里姆人。米尼翁、努多和其他同伙又是喊叫又是咒骂，但他们的双手被绑着，根本没法儿和威尔第人搏斗。不到一刻钟，威尔第人就夺回了老柳树。接下来要做的就是把这些被俘的格里姆人带到洞外去。

　　唯一成功逃脱的是格里留斯。威尔第人都在洞里对付胡乱挥舞双拳的格里姆人，诡计多端的首领趁人不备从窗口跳了出来，在草丛的掩护下朝湖边逃窜。在一片混乱中，没有人注意到格里姆人的首领已经逃之夭夭，所以格里留斯很幸运地逃到了岸边。但他也走不了，因为湖里全是爱管闲事的鸭子在戏水。格里留斯决定躲在一片牛蒡叶下，等一切都安静下来后，再趁天黑回到格林布伦德。

　　与此同时，巴里通过蛛网网络通知留在城堡里的卫兵，不用再制造噪声了，因为威尔第人已经夺回了大柳树。远处的喊叫声立刻停了下来，突然，空气中充满了胜利的呼喊声。所有等候在威尔第城堡，以防水鼠进攻的女人、孩子和卫兵此刻都在欢呼雀跃。

　　一名信使带着这个好消息赶到了玛洛国王那里。国王立刻骑上苇莺，亲自飞往小岛。此时，树林里吹来一阵微风，柳枝摇曳，枯黄的树叶欢快地飘动着，像胜利的旗子一样迎接国王的到来。威尔第人的绿脸上喜气洋洋。只有格里姆人又恼又怕，涨红了脸。

　　玛洛国王先听取了巴里的汇报，接着检查了大柳树洞里的所有房间，因为他想亲眼看看过冬的住所有没有受到损害。一切结束后，他才命人将被俘的格里姆人带上来。等所有的格里姆战士都排好队后,国王惊讶地转身看向巴里。

"首领在哪儿呢?"

"我们没看到他,"巴里说,"也许他根本就不在这儿。"

"不对,他在这儿!"威利打断了他的话,"就是他下令把我关进地窖的!"

"哦,老大不见了,真的不见了!"有个声音说。是米尼翁,他被捆住了,他刚刚听明白威尔第人在说什么。

玛洛国王看着巴里。巴里吹响了哨子。

威尔第人聚集到巴里身边,巴里下令道:"马上搜查全岛!格里姆人的头目很可能就躲在附近!"

卫兵们分头去找,有的去了体育馆,有的去了矮树丛。米奇和罗里去搜岸边的芦苇丛,而威利和莉莉则去了湖边。威利想问问鸭子们有没有看到有人从这里逃跑。

浮在湖面上的鸭子们都摇摇头。"没人来过!"

"如果他设法逃出了柳树洞,就会想回到格林

布伦德，但他得先到对岸去。湖面上这么多鸭子在，他根本没办法开船，所以他一定藏在什么地方……"威利推理道。

"我们去牛蒡叶下面看看！"莉莉提了个建议，她觉得威利说得有道理。

两个威尔第年轻人沿着岸边朝草丛和树叶底下窥视，就在这时，他们听到了轻轻的水花声。格里留斯没有等着被他们找

到，而是突然跳进了水里。

"他在那儿，他游走了！"莉莉喊道。所有在附近划水的鸭子都去追赶格里姆人的首领，他们用嘴巴咬住了他，把一边打着喷嚏一边拼命挣扎的格里留斯拖上了岸。一群威尔第人听到喊声赶了过来，他们直接把这个逃犯带到了国王面前。浑身湿透的格里留斯挑衅地看着国王。

"你们这些格里姆人总是不遵守约定！"玛洛国王看着格里姆人的首领说道，"今年夏天，我们说得很清楚了，我们不想打仗。现在我该拿你们怎么办呢？"

"放了我们！"米尼翁抱怨道，"我们来这里只是因为我们害怕过冬的时候又冷又饿。你们这儿什么都不缺！"

玛洛国王严肃地皱起了眉头。

"你们也要去干活儿，去找柴火、食物和住的地方。从春天开始，我们就一直在为过冬做准备。我们每次都会在仓库里放一点东西，才有了现在的储备。"

格里留斯仍然一言不发，米尼翁开始抱怨："你们会把我们怎么样？哦，不，你们会对我们做什么？"

"我会再次释放你们，这也是最后一次！"玛洛国王做出决定，"我再也不想在威尔第城堡附近看到格里姆人了！我决不允许你们来芦苇海打家劫舍！"

"你是说，你想让我们冻死？"米尼翁又发起了牢骚。

"离下雪还有很长一段时间呢！"玛洛国王挥着手说道，"如果你们明天早上开始收集树枝，再把它们砍碎，等冬天来临的时候，你们就有足够的柴火了。黑刺李、山楂、玫瑰和欧亚山茱萸现在都成熟了，去把它们摘下来。格林布伦德边上有两棵榛子树，你们为什么不去采呢？"

"采浆果和坚果太累人了！"米尼翁抗议道。

"挨饿岂不是更惨！"玛洛国王回应说。然后，他转身看着格里留斯："离开我们的小岛。带着你的人回家去劳动吧！"

威尔第人听着国王的命令，心急如焚。如果不对格里姆人做任何惩罚，就这样把他们放回家，岂不是很快就会出现更多的麻烦？把整个格里姆家族赶出巴布利湖不是更好吗？但玛洛国王静静地站在那里，好像知道他的宿敌最终会变好一样。

听了威尔第国王的话，大多数格里姆士兵都松了一口气。他们很庆幸自己没有受伤，甚至愿意想象自己亲手收集过冬木柴和食物的画面。但格里留斯并不高兴，也不愿意！格里姆人的首领怒不可遏，他要报仇。捡木柴？在扎人的矮树丛里寻找果实？他是格里姆人的首领，不是什么劳工！在带领部队慢吞吞地离开小岛的时候，他就已经在计划如何报复这些傲慢的威尔第人了，谁让他们总是让自己颜面扫地呢！

最后的秋天

威尔第人成功赶走格里姆人后，议会在威尔第城堡召开了会议。最近芦苇海袭击事件频发，卫兵们的担心不无道理。到了秋天，巴布利湖安静了下来。有些居民搬到了暖和的地方，有些则去冬眠了，但得保证那些沉睡在泥土里的居民睡得安稳，还得保证芦苇丛的安宁。玛洛国王、巴里和被召集到议会的经验丰富的威尔第人一起讨论这个冬天会发生的事情。他们有必要担心水鼠再次进攻吗？那些格里姆人还会卷土重来吗？他们的新老敌人会冒着严寒再次联手攻打芦苇海吗？

从春天开始，威尔第卫兵会骑着苇莺巡逻。但到了秋天，这些鸟儿就会迁徙，直到第二年早春才会回来。所以，从十一月起，芦苇海的卫兵们只能徒步行动。每一个威尔第卫兵都能在芦苇丛里奔跑跳跃，从一片叶子跳到另一片叶子上，但这比在鸟背上巡逻慢得多。除此之外，飞在高空中更容易发现任何可疑的行迹，也更容易突袭敌人，如果有必要，还能更快速地撤退。

到了冬天，威尔第人会搬到大柳树洞里，躲避凛冽的风雪。刮大风的时候在外面到处乱逛可不好，因为一阵强风就能把他们吹到很远的地方。水鼠比他们重得多，所以不用担心会被风吹走。如果水鼠顶着暴风雪再次发动袭击会怎样？

巴里担心的是，没有了苇莺，巡逻队会毫无防御能力。他认为，格里姆人肯定会制订一个新的计划，突袭巴布利湖。但是，威尔第人怎么可能整个冬天都盯着他们呢？格林布伦德在巴布利湖的另一头，无论是跑步还是坐船，要到那儿都不方便。

玛洛国王极力安抚着忧心忡忡的指挥官。野鸭们很乐意帮忙监视敌人，如果有必要，他们还能背着威尔第人去对岸。问题是，这个冬天到底会有多冷？如果天气温和，鸭子们会在巴布利湖过冬。如果天气太冷，湖面结了冰，鸭子们就会往南飞到一个更温暖的地方，直到下一个春天才会回来。

议会最终决定，他们必须为过冬建造安全、可以避风的瞭望塔。他们计

划把瞭望塔设在大橡树的树枝上，这样能方便他们监视水鼠的行踪。如果有必要，还可以就近使用橡果弹弓。另一座瞭望塔将对着格林布伦德，方便他们监视那些红脸的掠袭者。在第一场雪到来之前，他们还有一些时间。于是，巴里将威尔第人分成了两组，这样他们就可以同时修筑两座瞭望塔了。

威利自告奋勇，提出想要设计建在橡树树枝上的瞭望塔。他在设计摩托艇的时候就已经展现出了自己的聪明和创造力，所以巴里允许他画出瞭望塔的草图。威利不仅设计了烟囱洞和用来射箭的窄缝，还想到了利用一个小火炉和火种让透风的瞭望塔暖和起来。他为放哨的卫兵设计了一套信号系统，一旦他们发现有敌人靠近，就能通知洞里的威尔第人。他们还在瞭望塔的顶部放了一根旗杆，只有在遇到危险时，卫兵们才会升起一面红旗。

在树枝之间搭建东西一点也不容易，不过威利组装好了一辆小型吊车，这样他们就可以把现成的木板吊到树上。搭建工作持续了好几天，到了第三天下午，瞭望塔建好了。这座瞭望塔非常安全，即使天气再寒冷，守卫们也可以在这里监视延伸到邻近湖泊的山坡。威尔第人满意地打量着完工的瞭望塔，之后便收拾好工具，回到了他们的城堡。

威利是最后一个离开的，因为他想独自勘察这个地方。这一带到处都是秋天的痕迹。在灌木丛黄色和铁锈色的叶子之间，长出了红色的浆果，干枯的草丛里只剩下一两片绿色的叶子。湛蓝的天空变得更加苍白，巴布利湖的湖面波光粼粼，冰冷而灰暗。威利深吸了一口新鲜的空气，正要去和同伴们会合,这时,他看到草丛里有一个有趣的东西。从远处看,它像是一只小刺猬,走近一看,它比小刺猬还小。威利悄悄地弯下腰来仔细观察。那是一个奇怪的、毛茸茸的橡果壳。

他捡起橡果壳,把它转了个圈。它的大小正好适合戴在他的头上。这顶"帽子"没有滑下来遮住他的眼睛,但把他的绿头发全挡住了。威利笑了笑。现在看起来就好像他有一头乱蓬蓬的棕色头发,正直直地指向天空。要是现在有人见到他,会相信他的头发在半小时内变成了棕色吗?他蹦蹦跳跳地跑到湖边,看着水面上自己的"新头发"。他那顶尖尖的橡果帽看上去就像威尔第人很久没有梳理过的头发。如果摸一摸它,你会觉得它很硬,还有点扎手,既不光滑也不柔软。但从远处看,它可以骗过任何人。

威利一边跳着一边翻筋斗,他以极快的速度跑去找他的朋友——跳跃的耶利米。

"耶利米,耶利米!听我说!"他大老远就喊道,"过来,让我跳到你的背上!我已经变强壮了,你永远也甩不掉我!"

令他惊讶的是,耶利米并没有急着跟他打招呼。他坐在一片睡莲叶子上,只是把头转到了威利说话的方向。

- 297 -

"喂，快看看发生了什么！我的头发变成棕色了！"威利喊道，接着有些担心地在朋友身边坐下来，"耶利米，你怎么了？你病了吗？你看起来太虚弱了，动都动不了！等着，我去叫爷爷来，他会治好你的！"

"不用叫爷爷，威利。"耶利米说，声音小得几乎听不见，"天气变冷了，我的血液也变凉了，这就是我无精打采的原因。牛蛙今天要开始冬眠了。"

"什么？今天吗？可今天天气还是很好呀！我们玩一会儿吧！"

"我不能玩，威利！"耶利米低声说，"我们牛蛙在小岛岸边的泥地里挖出了一条路，就在那棵大柳树的根部附近，我们来年春天再见。"

"可那要等很久啊！"威利绝望地抱怨道。他知道牛蛙会冬眠，可这是他第一次被迫在秋天和他的朋友分开。

"时间很快就会过去的，你就等着那一天吧！"耶利米安慰他说。

"你说得当然容易了！你在睡觉，时间当然过得很快。可是，没有你，我这几个月该怎么过呀？"

"哦，你会玩得很开心的，和其他人一起打雪仗呀！"

"可我想和你一起玩！"威利还是不松口。

"别傻了！如果我不去冬眠，再过几个星期我就会冻死。"耶利米解释说。

- 298 -

"我知道，我知道。"威利喃喃地说，"可我会想你的！"

"我们春天再见！"耶利米疲倦地重复了一遍，然后道了别，因为他该去找个合适的地洞躲起来冬眠了。

威利伤心地朝威尔第城堡走去。他想着心事，完全忘了橡果帽还戴在头上。直到碰见莉莉，他才回过神来。莉莉睁大眼睛盯着他看。

"威利，是你吗？"她结结巴巴地说，"你的头发怎么了？它们没有变成棕色，对吧？"

威利笑了。

"我来告诉你，不过你可别告诉别人！我要看看他们会不会注意到这个把戏！"

威利眼露调皮的神色，对着莉莉举起帽子。莉莉吃了一惊，笑出声来。

"太棒了！你从哪儿弄来的？"

"我在橡树下找到的。说真的，这是个秘密！它就是我的冬帽。别人爱怎么想就怎么想！"

说完，他说了一声"再见"，转身去芦苇海炫耀他的新帽子了。

威利的头发"意外变色"的消息很快传遍了巴布利湖。大家都很吃惊，一脸狐疑地围着他看。威利不让任何人碰他竖起来的头发。有人问起事情的原委，他也只是神秘地笑笑，耸耸肩。大家都怀疑这是他想出来的又一个恶作剧，但还是想知道是不是发生了奇迹。

后来，他们就把这件事给忘了，因为告别的一周到来了。牛蛙、乌龟和大冠蝾螈开始冬眠了，鱼儿们钻进了淤泥里，连水草也沉入了水底，保护自己免受寒冬的侵袭。最后，水蛇告别了芦苇海，开始了漫长的冬眠。巴布利湖终于平静了。只有鸭子在芦苇丛里没精打采地游来游去，随风摇摆。威尔第城堡的居民已经收拾好所有的行李，搬进了大柳树洞。能再次住进干净舒适的冬季居所里那温暖的散发着香味的房间，真是太好了。

连太阳也越来越疲乏，一天比一天起得晚。此时的阳光已经微弱得无法给空气保温了。一个寒冷的清晨，威利决定要弄一件暖和的冬衣来搭配他漂亮的新帽子。谁知道冬天会带来什么呢？他对自己做了一个特殊的承诺，要密切关注这个地方，这样耶利米在整个冬眠期都不会被人搅扰了。

在冬天感谢夏天

强风吹拂芦苇,大雪没过膝盖。
湖面布满冰雪,世界一片灰白。
威尔第城堡边有些奇怪,
黄绿相间的东西抖得越来越快!
一只蓝冠山雀划破长空——
除了威利,还有谁能常胜不败?

第一场雪

威廉·威斯尔伸了个懒腰,懒洋洋地躺在羽绒被下面,睡眼惺忪。他一点也不想从温暖的被窝里出来。现在是早晨,但外面的天才蒙蒙亮。讨厌的乌云阻挡了太阳光穿透云层窥视进来的力量。

"早上好,威利!醒醒——快醒醒!"一个和善的女人走进房间,一头棕发绾成了一个发髻。

"再睡五分钟,妈妈!"威利有气无力地说。

"一分钟也不行,早饭都做好了!用冷水洗把脸,快穿好衣服!"

"为什么要洗脸?我会更冷的!"威利抱怨道。

"我烤了一个美味的水藻布丁。"妈妈又加了一句。可威利只掀开一点被子,露出了他的绿头发。

"你答应过莉莉要带她去瞭望塔的!"

"下午才去。"威利躲在被子下答道。

"罗里·里德和米奇·马什叫你出门去玩!"

"晚点再去。"

"而且你还得去看望爷爷!"

"我会去的。"

"昨晚下雪了!"

威利像子弹一样从床上弹了起来。他拉开窗帘,眼前的景象让他喘不过气来,他屏住了呼吸。

长着巨大柳树(威尔第人过冬的住所)的小岛完全被大雪覆盖了。

地上白雪皑皑，灌木上的小树枝、岸边的石头，甚至芦苇丛中干枯的芦苇秆上都覆盖着白雪。只有巴布利湖的表面是钢铁般的深灰色。

"为什么湖面是灰色的？"威利眯起眼睛说。

"因为它还没有结冰。"妈妈解释说，"要是没有结冰，雪碰到水就融化了。"

威利近来做什么事都没有心情。他甚至不想参加威尔第小孩玩的游戏，因为他很想念他的朋友跳跃的耶利米——耶利米和其他牛蛙一样都在冬眠。不过，现在下了雪，他沉积了好多天的阴郁情绪瞬间烟消云散了，他盼望着天快点亮起来。没有什么比一场激烈的雪仗更适合开启新的一天了！

等威利穿好衣服的时候，别的威尔第少年已经来到了大柳树的最底层——餐厅。威利的母亲经常主动来做早餐，她在每个大盘子里都放了一个水藻布丁。桌上还摆了几罐蜂蜜和玫瑰果酱，她还倒了几杯热柑橘茶供大家饮用。

孩子们吃完后，收拾好桌子就跑去取外套，这样他们就可以第一时间到雪地里玩耍了。刚开始打雪仗时，他们还在大柳树附近。有些人躲起来，等着朝刚出门的人扔雪球。当然，那些后来者也不是软蛋，一分钟后，一连串的雪球就朝攻击者飞了回来。无论雪球扔向哪里，都能重重地砸在威尔第孩子的背上、胳膊上、肩膀上、腿上和肚子上。虽然有一条不成文的规定，那就是打雪仗不能瞄准头部，但米奇有一次没扔准，还是砸到了莉莉的脸上。

"不能砸脸!"莉莉愤愤地说,皱着眉头擦掉了脖子和耳朵上的雪。

"看这边,莉莉!"威利高喊着,手里的雪球正好击中了汤米。

"好,你等着……"汤米咆哮着瞄准他的朋友。

肖恩突然出现在威利身后,使劲拽他的外套:"闪开,威利!"

威利弯下身子,躲过了汤米扔过来的雪球,随后跟着肖恩跑开了,躲在大柳树凸出的树根后面。莉莉也躲在他们身边,他们仨在安全的藏身处观看这场雪球大战。汤米小声对米奇和罗里说了些什么,然后他们要求停战十分钟。

"行，停战十分钟！"威利同意了。

米奇、罗里和汤米径直跑到柳树树干后面，拿起排成一排的雪铲，这样他们就可以把柳树周围的雪堆成一大堆了。

"他们要堆城堡！"肖恩震惊了。

"十分钟时间，他们只能堆个小炮塔！"威利笑着说，但他很快决定，他们可以边等边滚几个雪球。

几个威尔第小孩加入了汤米的队伍，等到"停火"结束时，他们的面前筑起了一堵厚厚的雪墙。其他人都在滚雪球。与此同时，威利的队伍也在壮大，莉莉的好朋友和肖恩的伙伴们也加入了。所以，当汤米大喊"十分钟到了，继续打雪仗"的时候，两队面对面站着，做好了一切准备。

他们先扔出了已经滚好的雪球，但只有几个击中了目标，因为双方都是躲在掩体后面瞄准的。然后，他们冒险离开掩体，走到开阔地带，战斗变得激烈起来。汤米指挥队员步步逼近，威利跑上前去抓住他的胳膊，宣布汤米被俘了。罗里在雪墙后面抗议，而威利和莉莉则把汤米拖到了树根后面。

"不能抓俘虏！"米奇吼着。但是，威利大声回击道，如果他有本事，就应该来救汤米，而不是大喊大叫。

米奇撤退到雪墙后。他和队员们商定了一个计划：他们会来一次突袭，朝躲在树根后面的敌人连续扔雪球。尽管威利的队员们都在朝米奇他们扔雪球，但还是无法阻止他们的进攻。米奇的队员们成功打到树根后，救走了汤米，还顺手劫走了肖恩。

现在轮到威利那一队去解救被绑架的同伴了。他们先是滚了一大堆雪球作为弹药，然后在威利的提议下，兵分两路发起攻击。他们偷偷地绕过雪墙的左右两边，把雪球纷纷砸向敌人。汤米那一队没地方躲藏，一下子就成了被攻击的目标。肖恩发现战事吃紧，没有人顾得上他，于是迅速跳过雪墙，跑回树根后面。随后，威利下达了撤退命令，两支筋疲力尽的队伍终于有机会躲在各自的掩体后面喘口气了。

这时，巴里·布莱德沃特出现在大柳树的入口前，招呼着参与打雪仗的年轻人。

"我很高兴你们玩得这么开心，但现在是巡逻时间。其他人早就出发了。米奇、罗里和莉莉，去对岸的瞭望塔。汤米和泰丝·泰戈威德，你们俩跟我去泉水边。"

"我们不能再玩雪球了吗?"肖恩问。

巴里厉声呵斥道:"绿头发的小屁孩可以想干吗就干吗,但年轻的卫兵必须跟我走。你们可以在下午继续滚雪球!"

"威利,你会留下来,对吧?"肖恩乞求道。他喜欢和比自己年长的人相处,而不是和同龄的孩子在一起。

但威利并不打算单独和这些小家伙待着。他是同龄人中唯一头发还没有变成棕色的年轻人,所以他会充分利用空闲时间:等其他人去巡逻时,他就去看望爷爷。

威利的爷爷是唯一一个就算天寒地冻也没有搬到大柳树洞里过冬的威尔第人。他一年到头都住在芦苇海的外围。他喜欢清静,不想在这喧嚣的冬天去巡逻。他不介意他的房子偶尔被雪封住,只希望他的孙子威利能时不时地过去看看他。而威利也很乐意去爷爷那里,因为没有什么比坐在爷爷的小屋里,隔着壁炉和爷爷一起聊芦苇海的历史和居民更让他开心的了。

雪地上的足迹

要去爷爷家,威利必须奋力穿过茂密的芦苇丛。他在芦苇丛中跳来跳去,芦苇茎秆抖动着,上面的雪飘了下来。也就是说,他一路上都是冒雪前行的。威利来到爷爷的门廊前,气呼呼地掸掉了身上的雪。

"我应该发明一辆有盖子的芦苇车。"他想,"这一路上,芦苇海所有的雪都落在了我的脖子上!"

他没有时间细想自己的发明,因为爷爷已经打开了小屋的门,示意他进去。

"我刚泡了些蜜茶。"老人笑着说,"看你的样子,是应该喝一杯热饮!"

威利一屁股坐在壁炉旁,把脸转向烧得噼啪作响的木柴,享受着炉火带来的温暖。接着,他跟爷爷聊起了第一场雪,告诉爷爷整个世界如何变成了白色,还有那场大雪仗,真希望他们能在下午继续玩。

"你看,为过冬做好准备是多么有必要啊!"爷爷点点头,"我们不必担心没有食物,因为储藏室里都塞满了,而且我们把木头也砍好了。但格里姆人要担心的事情就很多。野鸭们说，像往常一样，他们几乎没有为冬天采集任何物资。他们的储备很快就会用完。"

"如果雪融化了，对他们来说就容易多了。"威利耸耸肩说。

"我们今年将迎来一个严冬！"爷爷故意说，"小子，你就等着瞧吧。再过几个星期，湖面就会结冰，春天到来之前天气都不会回暖。野鸭们都能感觉得到！水面开始结冰的时候，他们就会迁徙到更温暖的地方。到那时候，卫兵们可就落单了！"

威利明白爷爷的意思。威尔第的苇莺秋末就迁徙到温暖的地方去了，直到春天才会飞回来，所以威尔第人冬天只得徒步行动、徒步巡逻。住在湖边的鸭子倒是很乐意背他们过湖，但到了寒冷刺骨的冬天，他们也会向南迁徙，因为在结冰的湖里找不到食物，也没有地方可以躲藏。如果野鸭也飞走了，那么当危险来临的时候，威尔第人就没有盟友可以求助了。

"嗯，这就是为什么我们建造了瞭望塔和橡果弹弓，这样即使没有鸭子，我们也能保护芦苇海。"威利坚定地说。接着，他眼珠一转，又说，如果有需要，威尔第少年可以用雪球击退进攻者。

爷爷点点头，哼了一声。他年轻的时候也加入了威尔第卫兵的巡逻队，是公认的勇士和骑苇莺的高手。他和湖对岸的格里姆人发生过无数次小规模冲突。而且，很久很久以前，在一个漫长的冬天，他们还成功地赶走了从远山来的一只野狼。尽管威利对这个故事了如指掌，但他还是央求爷爷一遍遍地讲。不过，现在可没有时间追忆过去，因为威利想去滑雪橇。

威利的父亲托比·威斯尔在失踪前用木头做了一架简易雪橇，威利从小就悉心爱护它。从春天到秋天，雪橇一直放在爷爷家后面的小棚里；到了冬天，它就被拿到了棚外。有了它，威利就可以尽情地在山坡上滑行。今天，威利想乘着雪橇到湖另一边的瞭望塔去。等莉莉完成守卫任务后，他们就可以一起在新雪里呼啸滑行了。

威利以最快的速度铲掉了屋前的积雪，这样走动起来就很方便了。接着，他取出雪橇，抱了抱爷爷，便出发去找莉莉了。爷爷给了威利两个板栗面包，让他们在乘雪橇滑行的时候吃。

从爷爷家到山坡上要走很长一段路，几乎要绕湖走上一圈。好在威利发现了两只野鸭，他们主动提出可以把他和雪橇背过湖去。

"我们不会在这里待太久了！"他们在冰冷的水中一边快速划水一边说，"一旦水结冰，我们就得离开了。"

"你们要去哪里？"威利问道。

"去南方，那里的水不会结冰。"他们解释说，"湖面结了冰，我们就没办法从湖里啄食了。如果继续留在这里，我们就会饿死。"

到了远处的岸边，威利向鸭子们道了谢，便爬上山坡，向第一棵橡树走去——秋天的时候，他们在那里建了一座瞭望塔。

莉莉、罗里和米奇一看到他就向他挥手致意。

"执勤太无聊了。"罗里抱怨道，"没有任何动静，也没有生气。威利，幸好你设计了一座温暖的瞭望塔，这是一件好事，至少我们不会冻僵。"

"我们很快就要换岗了。"米奇宽慰他说。他已经迫不及待地想回到大柳树洞里吃点心了。

"莉莉，你愿意和我一起去滑雪橇吗？"威利问道。莉莉兴奋地点点头。

米奇和罗里对自己咕咕叫的肚子更感兴趣，所以换岗的卫兵一到，两个男孩就匆匆回家了。威利和莉莉拉着雪橇冲向山顶。一路上，他俩津津有味地嚼着板栗面包。填饱肚子后，两人开心地往上爬。

"我们尽量爬高一点。"莉莉说，"就算要走很远也没关系。上去之后，我们再下来就可以滑得更远了。"

威利同意了。他也很喜欢乘雪橇滑行很长一段时间后才卡在山坡底部。

他们向山顶爬去。山顶被树木和灌木丛覆盖着，把巴布利湖和另一边的格格利湖隔开了。两个年轻的威尔第人拉雪橇拉得气喘吁吁,于是半路停下来休息。莉莉的瓶子里还有一些茶水,他俩一人喝了一半。威利欣赏着脚下波光粼粼的湖面,而莉莉则转过身去研究他们的脚印。

"真有意思。"她笑着说,"脚印都是向上的,没有向下的。我们不会在下山的路上留下任何脚印,只会留下雪橇滑过的痕迹。"

"那里还有一行脚印!"威利指向灌木丛。

"我们去看看是谁来过!"莉莉兴奋地说,然后便走了过去。威利拉着雪橇跟在她身后。

在灌木丛的底部,他们看到了带爪子的小圆脚在雪地上留下的印迹。

"是兔子还是鹿?"莉莉有点纳闷。

威利有些担心地摇了摇头。"鹿蹄有两半,兔脚更长一些。依我看,是水鼠!"

脚印从湖边一直延伸到灌木丛附近的山顶,走这条路可以让留下脚印的动物不被发现。

威利皱起眉头,苦苦思索。邻近的格格利湖住着不少水鼠,秋天的时候,他们企图占领芦苇海。从那以后,威尔第人一直在观察两个湖之间的

小山，担心会有更多的袭击者到来。爷爷觉得水鼠之所以挑起战争，是因为格格利湖居民过多，没有足够的地盘容纳所有动物，年轻强壮的水鼠想再找一个富饶的栖息地。他们有可能在入冬时策划一次新的进攻，并在夜幕的掩护下向巴布利湖派出侦察兵。

莉莉眉头紧锁。"如果这只水鼠是从格格利湖来的，那他的脚印就会指向反方向。可现在看来，他分明是从我们这边走向了格格利湖。"

"也许他昨晚某个时候蹿了过来。"威利说，"他四处探寻了一整晚，正好赶上下雪，所以我们只看得到他回去的脚印。"

"没错！"莉莉点点头，"这些脚印是水鼠回家时留下的！我们必须马上告诉巴里。"

❄ 骑着鹿去旅行 ❄

莉莉和威利掉转雪橇，以便尽快滑回巴布利湖的岸边。一想到邻湖的水鼠会再次发动进攻，他们就感到害怕。眼下，威尔第侦察兵只能靠步行，所以他们肯定无法侦察到周边的敌情。

"趁野鸭还没飞走，我们应该去格格利湖附近打探打探。"威利想，但他很快就打消了这个念头，"冬天食物不多，鸭子也没有太多体力，我们不能再让他们在长途飞行前耗费精力了。"

此时，莉莉已经坐上了雪橇。威利跟着她上了雪橇，坐在她身后。他们俩紧紧地抓着雪橇，然后一脚蹬开，开始往下滑去。一开始，雪橇沿着山坡缓缓下落，但很快就加快了速度，两旁被白雪覆盖的灌木丛变得模糊不清。突然，莉莉尖叫起来。

"停！"

两人立刻把脚后跟踩进雪里，雪橇放慢了速度，他们成功地避开了一只正欢快地穿过前方道路的鹿。

"你这是往哪儿走呢?你差点就踩到我们了!"他们从鹿腿间穿过去后,莉莉大叫道。

鹿转过身来,弯下腰,用棕色的大眼睛看着两个孩子。威尔第人虽然对生活在附近的鹿和野猪都很熟悉,但通常会避开他们。稍大的野生动物一般不会破坏芦苇海,他们只是会在黎明时分去湖边喝水,所以威尔第卫兵并不担心他们。鹿瞥了他们一眼,眼神里充满友好和好奇。威利从他头顶上凸起的半成形的鹿角判断,这是一只小鹿,也许他还没有听说过要保护芦苇海的绿皮肤威尔第人。

"对不起!我没有看路。"鹿停顿了一下说,"天一亮我就开始找草场,我真的太饿了!"

"哦,原来你是第一次看到雪!"威利笑了,"草场没有消失,它只是被雪覆盖着。如果你用蹄子刨开雪,你就会发现下面有草。"

小鹿用左前蹄刨着雪，愉快地咀嚼着露出来的草叶。

"好凉啊，不过很好吃！"小鹿眨巴着眼睛，感激地说，"其他鹿告诉我会有吃的，但我很害怕，天亮时和他们走散了。现在看来没什么问题，我这就去找他们。"

"你们平时在哪里吃草？"威利问道。

"在山顶上，在另一边山坡上。我们不常到这边来。"

威利瞟了莉莉一眼。他看得出来，她和自己想到一块儿去了：如果鹿走那条路的话，可以让他去格格利湖岸边打探一番，再告诉他们有没有看到水鼠可疑地聚在一起。鹿通常不会和比他们小的动物交朋友，但或许这只小雄鹿并不介意帮他们一把。

威利深吸一口气，开始解释起来。首先，他解释了威尔第人的身份，以及他们的具体工作。他谈到了威尔第城堡、玛洛国王、卫兵巡逻队，甚至提到了牛蛙竞技比赛。他讲述了秋天时格里姆人和水鼠互相勾结发起的那次大规模袭击，最后讲到了他和莉莉在山坡上发现的水鼠脚印。小鹿聚精会神地听着。他偶尔咬一口冻僵的草叶，然后抬起头，竖起耳朵，时不时回过头来看着威利。

"接着讲，挺有意思的。"

"没有了。我讲完了。"威利摇摇头，"至少，到现

在的情况就是这样。我们需要知道水鼠在搞什么阴谋！"

"没错，你们是要搞搞清楚！"小鹿表示赞同。

"你能帮我们一个忙吗？"莉莉问道。她希望这只鹿能自愿去格格利湖边侦察，但显然小鹿对她的问题有着完全不同的理解。

"一个忙？当然可以！不管怎么说，你们告诉了我草场的位置。至少我可以带你们过去，要不然我就不叫布宁了！"

莉莉张大了嘴巴。"你的意思是，你会——"

"没错！跳到我的背上来吧！"布宁热情地喊道。他跪在雪地上，好让两个小家伙爬上来。

"威利，你觉得巴里发现了会怎么说？"莉莉小声问道。

威利安抚了她："第一，他不会发现；第二，情报比什么都重要；第三，我们可能再也没有机会骑着鹿去旅行了！"

"好了，我们现在可以出发了吗？"布宁急躁地问道。一想到要四处侦察，他就很兴奋，同时他也渴望

回到鹿群。

"等一下，我得把雪橇藏起来。"威利说。他跑到最近的黑刺李树丛里，把雪橇放在树丛下一个安全的地方。

此时，莉莉爬到了布宁的背上，可她抓不住他身上的短毛。

"我们坐在你的头上，抓着你的鹿角，怎么样？"威利问道。

"我不介意。"布宁低着脖子说，"不过，那样看起来就像我的额头上长了两片叶子。"

威利和莉莉坐在布宁鹿角的底部，紧紧地抓着鹿角，然后大声喊着可以出发了。布宁默默地跑上白雪皑皑的山坡，有时还会欢快地蹦着、跳着。

"嘿，布宁，我差点掉下去！"莉莉责怪道。不过，紧接着，她用手紧紧地抱住鹿角，这样鹿就可以想跳就跳了。

"牛蛙竞技比赛可比这要难得多。"威利说。在他看来，坐在跳跃的雄鹿背上要比坐在翻筋斗的牛蛙背上舒服多了。

山顶上长满了茂密的树木和灌木，小鹿自信地在树枝间穿行，仿佛是沿着一条小路去往常去的草地。树木很快变得稀疏，地面开始向下倾斜，布宁又跳了几下，这表明他们正沿着山坡向格格利湖而去。

"我从来没有来过离芦苇海这么远的地方。"莉莉红着脸小声对威利说，"这里的土地完全不同！"

又跳了几下，布宁从遮挡他们的灌木丛里钻了出来。莉莉看到了格格利湖广阔的水面，看到了白雪覆盖的芦苇丛和雪白的湖岸，她屏住了呼

- 325 -

吸。这个湖比威尔第的巴布利湖更大、更荒凉，湖边有一大片芦苇丛。一想到那里可能隐藏着很多水鼠洞和天鹅窝，莉莉吓坏了。

布宁脚下的雪地里有鹿群留下的纵横交错的痕迹，威利还看到了几个野猪的脚印。雪白的地面上点缀着深褐色的斑块，表明饥饿的动物曾在雪地里翻找过食物。这时，莉莉发现有几只鹿在湖边吃草。

"是我的同伴。"布宁高兴地点点头，"我们走近点吧。"

"不会有危险吗？"莉莉很担心，可布宁自信地摇了摇脑袋。

"好吧，我明白了。请你不要摇头，我们会飞出去的！"莉莉笑了笑。接着，她扫视了一下长着细长腿的灰褐色鹿群。一共有十五只鹿，有的个头小，有的个头大，都在雪地里翻找干草。

"威利，你看他们多漂亮！"莉莉兴奋地说。

但威利心事重重，他眯起眼睛，想看清湖面。在那里，有个东西正从芦苇丛穿过水面蹿到岸边，是一只水鼠。

搭救迷路的女孩

布宁高兴地加入了吃草的鹿群,他的同伴们不以为然地摇着耳朵。

"离开鹿群是不礼貌的!"

"你上哪儿去了?难道你不知道冬天独自闲逛很危险吗?"

"我回来了,你们应该高兴才对。"布宁跺着蹄子,"两个威尔第人告诉了我草场藏在哪里,作为回报,我带他们来看水鼠住的地方。"

"你们不用走远。"一只优雅的母鹿用友善的眼神朝湖里示意,"这湖里到处都是水鼠。那儿又来了一只!"

威利一直在观察的那只水鼠来到了岸边。他先是在干地上四处张望,在确定没有嗅到危险的气味后,他爬到雪地里,抖掉外套上的水,开始在寒冷中四处察看。

"你在找什么?"布宁走到他身边问道。

威利和莉莉抓住鹿角,拼命蜷起身子,以免被水鼠发现。

但水鼠根本没理会这只爱打听的鹿。"别管闲事!"他生气地说。

"你饿了吗?"布宁又问。

"我饿了又怎么样?跟你有什么关系?"

"芦苇丛里的食物不够吃吗?"

"你别瞎操心,"水鼠说,气势汹汹地吹起了牛,"我们就要接管附近的湖泊了,大家都能吃饱饭!"

莉莉吓得忘了抓紧鹿角,她开始慢慢地往下滑。这时,布宁抬起了头,因为他感觉得到,莉莉就要从自己的额头上滚下来了。与此同时,威利抓住莉莉的手,把她拉回了鹿角的底部。莉莉吓得直喘粗气。威利向她示意一切安好,他们只需要躲起来,不被水鼠发现就行。随后,他迅速弯下腰,对着布宁的耳朵小声说了些什么。听到威利的话,小鹿顿了一下,然后立即答应了他的请求。

"你们想什么时候攻打另一个湖?"布宁问道。

"哎呀,你可真爱管闲事!"水鼠恼怒

地说，"你为什么会关心这个？"

"我受不了噪声。"布宁解释道，"我想在你们开打那天去别的地方躲躲。"

"哦，那好吧。"水鼠说，口气缓和了一些，捻弄着他那撮放荡不羁的小胡子，"既然如此，我就告诉你一个秘密。等湖面一结冰，我们就会发起进攻。我们就等着结冰呢！你最好还是到别的地方去吃草吧，因为我们打算搅他个天翻地覆！"

布宁还想再问几个问题，但水鼠没说再见就跳进了湖里，向芦苇丛游去。湖水在他身后荡漾开来。水鼠的不辞而别惹得布宁错愕不已：难道没人教他要懂礼貌吗？

威利望着水鼠远去的身影，心急如焚。

"湖面通常什么时候结冰？"布宁问威利。

"我爷爷说还有几个星期。"威利叹了一口气，"我们备战的时间不多了。布宁，你能带我们回家吗？"

布宁出发了。他的同伴们想让他留下来，但他一刻也没有犹豫。他轻松地爬上山坡，蹦蹦跳跳地穿过山顶的树林，最后这里滑滑，那里滑滑，沿着巴布利湖旁边的山坡走了下去。布宁的蹄子蹭起的积雪看起来就像一朵朵云。

一路上，两个威尔第年轻人讨论着回到冬季住所大柳树后该怎么向其他人描述这一切。

威利不想告诉巴里他们骑着鹿去了另一个湖边，但莉莉坚持要把整

件事从头到尾告诉他。

"实话实说吧,威利,要不然他会以为这一切都是我们编造出来的。"

"我们可以说是从鹿群那里听到这个消息的!"

"威尔第人什么时候开始跟鹿交朋友了?"莉莉摇摇头,"要我说,我们不应该撒谎!"

"我觉得说真话会给我们带来麻烦的!"威利叹息道。但他接着表示,看在莉莉的面子上,他准备原原本本地说出整个经过。

布宁把他们带到了藏在灌木丛里的雪橇前,他不能再往前走了,因为他必须在黄昏前回到鹿群。

"别担心,我们能找到回家的路!"威利抚摸着布宁。

布宁低下头,让两个小家伙轻松地跳下去。在道别之前,他们再次感谢了布宁的帮忙。

"我每天早上都会到这边来!"布宁承诺,"你们愿意的话,也过来

吧。如果能再见面就好了！"

"我们一定会来的！"莉莉笑了，"不管怎么说，我们现在是朋友了，不是吗？"

离开之前，布宁把自己闪亮的黑鼻子轻轻地在莉莉的外套上蹭了蹭。威利和莉莉在布宁跑开时向他挥手告别。

就在他俩坐上雪橇准备滑回家时，他们突然听到了一种奇怪的声音——灌木丛的另一头传来了呜咽声。显然，是有人在求救！两个小家伙对视了一下，跳下雪橇，钻进了灌木丛。

他俩在黑刺李和山楂树丛里绕来绕去，莉莉不停地呼唤着那个发出声音的人。

"喂！是谁呀？谁在那里？"

但回应的只有疲惫的抽泣声。

最后，他们终于在第六棵黑刺李下看到了一个瑟瑟发抖的身影。她蜷缩着身子，低着头，脸被兜帽遮住了。

"你怎么了？"莉莉赶紧在她身边蹲下来。

"我迷路了，我冻得都站不起来了。"小女孩哭着说，上下牙齿在打战，"我要冻死了！求你们带我回家吧！"

"好，我们带你回家。"威利答应了，"可是你住在哪儿？"

"住在湖边。"小女孩抽噎着，终于抬起了头。泪水在她红润的圆脸上凝固了，从兜帽里伸出来的乱蓬蓬的头发上结满了霜。

"你是格里姆人！"威利震惊地后退了一步。

"是的。"小女孩哭着说，"我叫斯康。我真的很冷。"

"你住在格林布伦德吗？"威利小心翼翼地问道。

斯康点了点头。"你们会带我回家的，对吗？"

威利焦急地抓了抓自己的绿头发。格里姆人是芦苇海卫队的死敌。如果威尔第人冒险进入格林布伦德的村庄，很有可能会丧命！可他又不能眼睁睁地看着小女孩冻死。天很快就要黑了，滞留在野外很可能活不到第二天早上。

"你跟我们一起去威尔第城堡，怎么样？"莉莉问，"到了那儿你就能暖和过来，明天一早我们再送你回家。"

"不行，绝对不行。"斯康惊恐地说，"如果我不回家，会有麻烦的！我父亲会出门找我，要是第二天早上他也冻死了，该怎么办？我必须回家！求你们了！"

斯康冷得瑟瑟发抖，威利和莉莉不能再浪费时间了，否则她会得肺炎的。她需要去一个温暖的地方,需要吃点东西,而且不能耽搁!

"格林布伦德离这儿不远!"威利耸耸肩,"如果我们送斯康回去,格里姆人肯定不会为难我们的!"

"那接下来怎么办呢?"莉莉担心地问,"到那时天都黑了!我们不能走夜路回家。威尔第城堡的人会担心我们的。我们的父母,还有巴里……"

"我们可以托野鸭传口信回去！"威利决定了，"这个小女孩必须马上钻进温暖的被窝！"

"我冷！"斯康声音颤抖地呜咽着。

威利脱下外套，裹在斯康的身上。之后，他们把浑身发抖的小女孩放在雪橇上。莉莉担心威利会着凉，但威利向她保证，拉雪橇会让他暖和起来。斯康在雪橇上瑟瑟发抖，而威利和莉莉则拼尽全力拉着雪橇，以便在黄昏时赶到村子里——到目前为止，还没有一个威尔第人胆敢进入这个村子。

❋ 摇摇欲坠的房子 ❋

去格林布伦德的路并不远,但此时正值十二月。寒冷的午后,太阳在天空中越沉越低,冷蓝色的阴影越拉越长,寒气也越发刺骨,这一切让时间过得极其缓慢。斯康不停地打着瞌睡,莉莉努力不让她睡过去。

"跟我说说话,斯康。"莉莉说,"如果你睡着了,就会从雪橇上摔下来。我没办法扶着你,因为我们俩都得拉着雪橇才能带你回家!"

"我该说些什么呢?"斯康顺从地问道。

"说说你为什么独自一人离开村子,去那么远的地方!"

"我去捡柴火,因为家里很冷。我们几乎没有什么柴火了,仅有的一点也用完了,所以我们的房子都

变冷了。"

"我不明白格里姆人为什么不为过冬做好准备!"威利摇摇头说,"我们几个月前就开始觅食、劈柴,这样到了冬天就不用临时抱佛脚了。"

"我们的人很讨厌干活儿。"斯康叹息道,"但我很乐意做果酱和蜜饯!我哥哥菲戈则喜欢捡木柴生火。"

"哦,那你们为什么不一起呢?"莉莉不解地问。

"我们仅有的一点柴火就是菲戈捡来的。"斯康叹了一口气,"可我们的首领格里留斯禁止我们花时间做这种蠢事。他说我们应该让威尔第人干活儿,然后从他们那里夺走我们需要的东西。"

"想得可真美。"威利说,他的眼睛里闪烁着愤怒的光芒,"格里留斯气得我一肚子火!"

"他把我们气得一肚子火,却让自己人冻得发紫。"莉莉开玩

笑说,但她马上就后悔了,因为斯康又哭了。

"我好冷啊!而且我的家也会很冷!春天什么时候才来呀?"

"还要等好久呢。"威利喃喃地说,但他已经在想了,他们应该在路上捡些柴火,否则斯康就得在冷冰冰的房子里瑟瑟发抖地过夜了。莉莉也想到了,于是他俩在格林布伦德附近的山坡上停了下来。

"我们可以从这里滑下山坡。"威利说,"很快就能到村子!但我们得先找几根粗树枝放在雪橇上,这样就能在你家生火了!"

"我们把一大块木头绑在雪橇上,然后拉着它往前走,怎么样?"莉莉问。

威利摇了摇头。"那样雪橇就滑不动了,我们就得拉着它,就算是下山也得拉着!不如我们把树枝折断,放在雪橇上，我们再坐在上面！这样就能快点回家了！"

他们很幸运地在一棵老树下找到了许多掉落下来的干树枝。斯康站了起来，可她的胳膊和腿都冻僵了，根本帮不上忙。她只能看着威利和莉莉把树枝装上雪橇。威利的口袋里有一卷绳子，正好可以用来固定树枝。接着，他们三个上了雪橇。莉莉和斯康坐在一堆树枝上，莉莉搂住发抖的小女孩的肩膀，坐在她背后给她些许温暖，也好在他们滑下山的时候稳住她。威利则坐在树枝旁边，这样可以方便他驾驶雪橇。

三个小家伙各就各位后，威利启动了雪橇。满载木柴和乘客的雪橇很快就加了速，嗖嗖地向格林布伦德滑去。他们一直滑到了村口，因此，两个疲惫的威尔第孩子不用拉着雪橇走太远了。

格林布伦德坐落在巴布利湖岸边，这里很安静，也很冷清。大多数建筑都阴森森的，只有几个烟囱冒出一缕缕青烟。威利和莉莉都想到了那棵热烘烘的大柳树，他们总能煮一些美味的食物，食品储藏室的架子被干货、果酱、蜜饯挤得满满当当。那里的生活每天都是愉快的。

斯康和她的家人住在村子尽头一间杂乱不堪、摇摇欲坠、不宜居住的棚屋里。威利走到门口的时候停了下来。他不太想敲那扇破旧的门，但最后还是鼓起勇气敲了几下。

"哦，斯康终于回来了！"屋里有个声音在咆哮，"她这是瞎逛了多久！"

门开了，一个留着小胡子、穿着套头衫的格里姆人向外张望。起初，他一脸困惑地盯着威利和莉莉，稍后才注意到他们的面前有个圆形的包裹。

"我们把斯康带回来了！"威利咕哝着，"她在树林里迷了路，浑身都冻僵了。"

矮胖的父亲把发着抖的女儿搂在怀里。这时，斯康的母亲也跑了过来，她拼命地揉搓着冻僵的孩子，同时大声哭泣起来。

"我要怎么做才能让小女儿暖和起来？家里也冷得要命！你看，斯图，我说过我们不应该听格里留斯的！我们应该捡些柴火回来！"

"我们还带回了一些柴火，你们可以用来生火取暖！"威利指了指身后雪橇上的那堆树枝。

斯图直直地盯着他。"帮我把木柴卸下来！"威利说完，便和莉莉动手把柴火搬进屋里。斯图和斯康的哥哥菲戈按他们的吩咐做了。在收拾树枝的时候，他们一直看着威利和莉莉，好像他们是童话故事里善良的仙子一样。

所有的柴火都堆在房间中央。威利很快就用柴火把火炉填满了，等斯康的家人都回过神来时，炉火已经噼啪作响地烧了起来。小屋很快就暖和起来了，大家的脸都热得红彤彤的，心情也变好了。

"我们烧点热水吧！斯康可以喝点蜂蜜茶！"莉莉说。

斯康的妈妈号啕大哭起来。"我们没有蜂蜜，亲爱的。那些卑鄙的威尔第人连一罐都没留给我们！"

"我们也是威尔第人！"莉莉气呼呼地盯着她。

一时间，空气仿佛凝固了。每个人都不知所措地看着两个威尔第年轻人，好像他们才发现斯康的救命恩人皮肤是绿色的。

菲戈惊讶地张大了嘴巴。"我们以为所有的威尔第人都是邪恶且喜欢妒忌的!"他结结巴巴地说。

"我们根本不是那样的!"莉莉反驳道,"我们保护着芦苇海,现在我们还在努力帮你们。这里到底有没有茶水?"

"这里什么都没有,只有几片干荨麻叶。"

"我们可以用荨麻叶泡香茶,只要把热水倒进去就行了!"莉莉笑着说。

斯康的妈妈出去了，水烧开时，她正好捧着一把干荨麻叶回来。他们把荨麻叶放进一口锅，浇上热水，等了几分钟，淡黄色的花草茶就泡好了。每个人都喝了一大杯，他们围坐在火炉旁，欢喜地喝着可口的热茶。他们给斯康盖了一条厚厚的毯子，最后，在噼啪作响的炉火旁，她睡着了。威利和莉莉讲述了他们发现斯康在树林边发抖的经过。

讲完时，他们已经喝光了所有的茶水。两个威尔第年轻人都累坏了。莉莉心神不安地看着威利。他们俩都知道，在如此寒冷的夜晚，在又累又饿的情况下出发是极其危险的，可他们也不能让威尔第人整夜为他们担心。

"就睡在这里吧！我给你们在炉火旁铺一张床！"斯康的母亲说。

但威利表示，只有先想办法给家里捎个信儿，他们才能留下来。

"野鸭们已经很久没有来过这里了。他们害怕撞见饥肠辘辘的村民。"斯图想了想说，"不过，塔楼里住着一只小猫头鹰。我让他飞去威尔第城堡报信！"

威利松了一口气。斯图穿上外套，赶去找猫头鹰。菲戈帮妈妈找出备用的毯子，让威利和莉莉在夜里盖。斯图回来的时候，大家都去休息了，两个累瘫了的威尔第人已经呼呼大睡了。

回到威尔第城堡

清晨，威利被一阵轻轻的沙沙声惊醒了。

"不，妈妈，别烦我！"他喃喃地说。突然，他的肚子咕咕叫了起来，他这才想起前一天发生的事情：他和莉莉在格林布伦德住了一晚，就在格里姆人的家里！

这个家好冷啊！威利叹了一口气，吃惊地发现，在冰冷的房间里甚至可以看到自己呼出的热气！火一定是熄灭了，而且居然没有人管。威利坐起来，环顾四周。他在斯图那儿找到了答案，斯图正围着火炉忙碌着。

"我无法顺利地点燃柴火。"斯图喃喃地说，"不过，既然你醒了，也没什么了。你们两个都应该尽快离开这里！"

"几点了？"威利眨了眨眼睛。

"天刚亮，外面还黑着。让村民看到你们可不太好。你明白我的意思吗？"

威利点点头。他一跃而起，熟练地生起了火，让屋子暖和起来。他在炉火上放了一锅水,这样即使他们不准备吃早饭,也可以喝上一杯热茶再赶路。

"你和猫头鹰说了吗?"他问道,转身看着斯图,"他捎去口信了吗?"

"嗯——"斯图支支吾吾地说,"他当时不在家。我等了他一会儿,然后就回来了。"

"什么?!"威利吓坏了,拼命地摇晃着莉莉,"醒醒!我们得赶紧回家!没人知道我们在这儿!"

莉莉迷迷糊糊地揉了揉眼睛,威利已经把一杯热荨麻茶递到了她的手里。

"快点喝,喝完我们就走!"

热饮下肚让他们稍微暖和了一些,却没有打消他们的负罪感。他们匆匆穿上外套,向刚睡醒的格里姆一家人告别,接着便上路了。为了防止他们遇到清晨散步的格里姆人,斯图提出要把他们送到芦苇丛旁边。但村民们此时还在酣睡,街上空荡荡的,所以他们走到湖边的时候没有被任何人发现。

"如果我们拉着雪橇绕着岸边走,可能要好几个小时才能到家。"威利想了想说,"从芦苇丛穿过去会快一些。我们可以找个地方把雪橇藏起来,以后再回来取。"

莉莉点了点头。他们向斯图道了别,斯图再次感谢了他们(这已经是他第一百次致谢了)。之后,他们把雪橇藏在树根之间,开始朝芦苇海跑去。虽然他们都是经验丰富、身手敏捷的芦苇丛跑步高手,但跑完全程还是花了三刻钟。当这两个疲惫的孩子气喘吁吁地跑进温暖的过冬居所时,初升的太阳已经用苍白、微弱的光线唤醒了整个世界。

他们以为所有的威尔第人应该刚刚睡醒,还待在大柳树洞里,结果却发现卫队正在警戒,大人们都匆忙地来回走动着。等威利和莉莉进了树洞,威尔第人便聚到一起,他们各自的妈妈分别紧紧地抱着自己的孩子,因为人们都以为他俩迷路了。肖恩的父亲找人点燃了大柳树顶上的火把。

"您为什么要点燃火把?"威利问道,"我们只在发生紧急情况,必须向远处的巡逻队发出信号时才会这么做!"

"正是这样。"他的妈妈说,"巴里出动了巡逻队去找你们。他们整夜都在外面,我们必须给他们发送信号,告诉他们,你们回来了。"

野鸭们已经醒了,其中几只出发去通知那些寻找走失孩子的人。他们很快就回来了,冻得瑟瑟发抖,而且精疲力竭。

"怎么回事？他们回来了吗？"巴里说着，夺门而入。他看到威利和莉莉时松了一口气，接着便命令他们详细交代他们去了哪里。威利和莉莉面面相觑。

莉莉的表情似乎在说："我们必须把一切都告诉他！"

威利把前一天发生的事情告诉了巴里，从发现水鼠的脚印，到遇到布宁、去格格利湖边，再到在斯康家留宿了一晚。

听到这一切，威尔第人都震惊了。巴里的喉咙里不时发出吓人的隆隆声，而他的眼睛里则不时闪烁着赞许的光芒。威利讲完后便默不作声了。每个人都把目光集中在巴里身上，他们急切地等着听他会说些什么。

巴里严肃地看着两个孩子。"你们让我很为难！"他开口说，"一方面，你们非常勇敢，乐于助人，这一点值得表扬。你们救人一命，还带回了有关水鼠的重要情报。另一方面，你们把所有能违反的法律都违反了：你们骑在鹿背上，你们离开了芦苇海周围的安全地带，你们还走进了敌人的村庄，甚至在那里过夜。我很欣慰你们想捎口信回来，但我们还是整夜都在担心！所以，你们值得奖赏，也应该受到惩罚。我会和国王讨论这件事，然后一起决定如何处置你们。现在你们应该吃点早餐！如果我没猜错的话，你们从昨天晚饭后就没吃过东西了吧？搜索人员也应该一起吃点！"

威尔第城堡的居民长舒了一口气。他们原以为巴里会对两个孩子发火，看到他如此宽宏大量，大家都放心了。负责做早餐的威尔第人冲到厨房准备食物，其他人围在威利和莉莉身旁，向他们打听格格利湖的情况，最重要的是打听格林布伦德和斯康一家住的房子的情况。尽管威尔第人是技术娴熟的鸟背骑士和芦苇海的勇敢守护者，但他们中的大多数人都不敢冒险靠近格里姆村。

吃早餐时，威利重重地打了好几个喷嚏，后来又突然打了个寒战。妈妈给他洗了个热水澡，但在热水里，他的体温急剧升高，几分钟后全身烫得像火炉一样。

莉莉说道："看到了吗，威利？你感冒了，因为你没穿外套！"

"可能是因为昨天晚上斯康妈妈给我们的毯子太薄了。你没事吧？"

"我没事。"莉莉点点头，"我只是

担心国王会怎么说。"

此时，玛洛国王正在他那用柔软的毛皮和垫子装饰的宫殿里听着巴里的汇报。他头上戴着冬天的槲寄生王冠，肩上披着一件用山雀羽毛做衬里的斗篷。听汇报的时候，他只是轻哼着、思索着，摇摇头。最后，他同意了巴里的意见：那两个大胆鲁莽的年轻人确实应该得到奖赏，也应该受到惩罚。

"真是两个勇敢的孩子，更确切地说，应该是两个鲁莽的孩子！"国王说，"即便如此，我也不能允许他们违反威尔第自古以来的法律。"

"陛下，我们该怎么处置他们？"巴里问道。

"我们要向他们表示祝贺，并授予他们金柳勋章，以表彰他们的勇敢无畏。但是他们触犯了法律，也应该被关在家里。一个星期之内，他们不得离开大柳树！"玛洛国王说。

巴里鞋跟啪地一并，向国王致敬。"陛下赏罚分明！我会把您的旨意传达给他们的。"

"不用，不如传他们入宫。我倒想亲自跟这两个小淘气聊聊。"

巴里离开了，但很快又回来了，还带来了威利因发烧而卧床不起的消息。不过，莉莉很快就会向国王讲述他们的冒险经历。

就这样，威利卧病在床的时候，莉莉和这位公正、睿智而又严格的威尔第国王进行了一次长谈。

这是一个秘密任务

第二天早上,威利还在发烧。他咳嗽得很厉害,喉咙痛,鼻子也堵住了。他醒来时觉得头晕目眩,而房间里又闷又热,让他感觉更糟了。他爬下床,打开窗户,冰冷的气流刺痛了他的皮肤。很快,他又钻回被窝,一边听着从芦苇海传来的欢快呢喃,一边看太阳什么时候升起来。

"这个时候,会有哪种鸟生活在芦苇丛里呢?"威利满心疑问。不过,他很快就知道了,因为妈妈端着一盘烤面包、一大杯蜂蜜茶进来了。

"你猜怎么着,威利,蓝冠山雀今天拂晓时分就到了!"她告诉威利,"他们的数量很多,现在正在芦苇茎秆里找幼虫呢。他们会在这里待上一阵子。"

威尔第人总是很乐意看到蓝冠山雀,因为他们黄色的马甲和蓝色的帽子会让芦苇海充满活力。更重要的是,他们还能赶走在植物中发育的昆虫幼虫,这样一来,植物在春天就会更美丽、更健康。

妈妈出去后,威利偷偷地走到窗前,把面包屑放在窗台上——也许路过的蓝冠山雀会注意到这些小点心呢！没等多久，一只活泼的小鸟就飞到了窗前。她从敞开的缝隙中小心翼翼地窥视着，还用嘴敲了敲玻璃。"有人在吗？我可以吃面包屑吗？"

"可以，吃吧！"威利说，"你介意我靠近一点吗？"

"如果你是威尔第人，我才不怕呢！"山雀叽叽喳喳地叫着。

威利穿上外套，然后慢慢地走到窗前，以免惊扰到山雀。

"我叫威廉·威斯尔。"他自我介绍说，"我不太走运，现在生病了。"

"我是丽奇，我从来没生过病。"

"我也不是经常生病,这次感冒只是一个意外。我没穿外套在外面冻了好几个小时。"

"为什么呀?"丽奇惊奇地问道,"难道你不知道那样会生病吗?"

威利咂了咂嘴,甩了甩脑袋。"我当然知道了!听我说,如果你有时间,我就告诉你是怎么回事!"

说着,他把所有威尔第人都听过的故事又讲了一遍。快讲完的时候,丽奇已经把所有的面包屑都啄完了,开始愤愤不平地在窗台上跳来跳去。

"把你关在房间里就因为这个!"

"我无所谓的。"威利笑着说,"反正我一时半会儿也起不来!我只是觉得对不起可怜的莉莉。"

"这不是重点!"丽奇说,"威尔第法律完全不讲理!为什么不能认识陌生的动物呢?"

"我不知道。我觉得和鹿或兔子结盟是个好主意。"威利说。

"还有,为什么不准离开巴布利湖呢?要不然你们怎么能知道水鼠的计划?"

威利觉得山雀说得对,他还加了一句:与其和格里姆人作对,不如和他们讲和,也许这样做更明智。

"斯康和她的家人都很友好。"他说,"他们根本没打算伤害我们。"

"我想认识斯康!"丽奇说着,两只脚交换着跳了一下,"不知道她是不是也生病了。我从来没见过真正的格里姆人!威尔第人有一张漂亮的绿脸,可我无法想象红脸的格里姆人是什么样子。他们长得像玫瑰果吗?"

"更像蔓越莓，或者草莓。"威利笑着说，接着他便陷入了沉默。他侧耳听了一会儿，然后迅速跳回床上："有人来了！你还是走吧！"

丽奇答应过一会儿再来看他，然后就飞去找同伴了。威利以为会是妈妈拿着一匙药或一支温度计进来，没想到是莉莉在门外张望。

"你怎么样了？"莉莉看着威利脖子上围着的暖烘烘的围巾，问道。

"很好。"威利低声说道。

莉莉笑了："没错，你看起来是挺好的。对了，开着窗户不冷吗？"

威利把他和爱管闲事的蓝冠山雀丽奇见面的事告诉了莉莉，但莉莉几乎没让威利把话说完。

"我整个上午都在想斯康。"她着急地说，"我很担心她。我怕她可能病了，她的父母没有办法给她治病。他们连吃的都没有，更别说用来泡花草茶的蜂蜜了！我有一个想法。"

莉莉说完压低嗓门，又小声说道："我可以去看她。我给她带一罐蜂蜜，带一些糖浆和一点百里香茶。这些都是治咳嗽最好的东西！"

"是，你说得没错，可是你还在被关禁闭，你该怎么去呢？格林布伦德很远，如果你消失几个小时，会被其他人发现的。"

"如果我让丽奇驮着我飞到那里，来回一个小时就够了！是你说她对斯康和格里姆人感兴趣的，也许她愿意带我去！"

威利笑了笑。"莉莉，要是被巴里发现，他会说你跟我学坏了。"

"他不会发现的！"莉莉眨眨眼睛。

威利笑得更大声了："你瞧！我早就告诉过你！我会把你带坏的！"

尽管他们知道偷偷去格林布伦德是不对的,但他们都觉得有必要去。如果斯康真的病了,没有莉莉送去的药,她是不可能康复的。莉莉是威尔第女孩,她了解草药疗法,她知道哪些药液可以治愈哪些疾病。她甚至亲自采过草药。在莉莉看来,她偷偷带点花草茶到格林布伦德去治好斯康,这件事对住在柳树洞里的威尔第人真的不会有什么害处。

问题是，丽奇是否会在午饭后回来？她是否愿意让莉莉骑在她的背上？莉莉决定把一切先准备好，如果丽奇及时回来，她们就可以当天出发。她把给斯康和她的家人准备的礼物打包好，又准备了几件暖和的衣服，还在窗台上撒了一把松子。中午，她下楼到餐厅和其他威尔第人一起吃午饭，然后用托盘把威利的午饭端了上来。她来的时间刚刚好。丽奇很快就厌倦了在芦苇丛里寻找食物，于是又飞回了威利的窗口。她一边愉快地啄着松子，一边絮叨起外面发生的事情。

　　听到莉莉和威利的计划，她兴奋得几乎翻了个筋斗。

　　"你想让我带你去格林布伦德吗？"她兴奋地叫着，"当然可以呀！等我吃完这几颗美味的坚果，我们就出发。我可不希望这几颗坚果被别的鸟儿发现！"

　　"嘘，别那么大声！"威利低声对她说，"有人会听到的！这是一个秘密任务！"

　　"我知道，这是一个秘密、秘密、秘密的任务！"丽奇叫道。

　　莉莉看着威利，她希望丽奇以后不要把秘密泄露出去。小蓝雀看到了她欲说还休的眼神，变得严肃起来。

　　"别担心，莉莉，我会守口如瓶的！我只是很兴奋。反正坚果都吃完了，我们可以走了！"

　　威利点了点头。如果她们现在动身，那么天黑前就能回来。他会说莉莉在他的房间里看故事书，陪他聊天。在晚饭之前，没有人会找她。此时，莉莉已戴上了帽子，穿好了外套，把打包好的东西背在背上，爬上了窗台。她仔细地观察了四周，没发现任何人影，这才爬到了鸟背上。

威利看着莉莉骑着蓝冠山雀飞向天空，不由得觉得胃里一紧。

"祝你们俩好运！"他低声说。因为喉咙痛，这是他能发出的最大声音了。

好心医生

飞到格林布伦德时，蓝冠山雀丽奇已经累瘫了。虽然她飞行速度很快，身体又壮实，但她一点也不习惯背着重物飞行。莉莉想避开村民，于是她领着丽奇直接飞向斯康的家，让她在门前的院子里降落。丽奇筋疲力尽地扑倒在雪地上，莉莉从背包里掏出了几颗葵花子。

"吃吧，我给你带的！"

"哈，你连我也想到了？"丽奇欣喜地说，狼吞虎咽地吃了起来。

这时，莉莉敲了敲房门，可是无人应答。她拉了一下把手，门开了。莉莉小心谨慎地叫了一声"有人吗"，然后就走了进去。房间里不像昨天那么冷，火炉旁的柴火堆表明，在此期间，菲戈和他的父亲斯图曾经去过树林边。

小房间里，斯康躺在床上，红彤彤的脸蛋因为发烧变得更红了。她的母亲守在床边打瞌睡。莉莉进来时，她吓了一跳，一脸疑惑地揉了揉眼睛。

"我只是打了个盹儿。我们一晚上没睡,整夜都在拼命帮她把体温降下来。"斯康妈妈打了个哈欠。

"我给斯康带了一些药茶、糖浆和蜂蜜。"莉莉说着,把所有东西拆开放在小桌子上。

斯康含泪笑了笑,突然咳嗽起来,咳了好长时间。

"哦,亲爱的,你不太舒服,是吗?"莉莉惊恐地说,"你必须马上喝点糖浆,然后再喝点花草茶!"

她跑到厨房拿来一把茶匙，又烧了一些水，泡了茶。"你把药吃了，然后可以吃一些蜂蜜蛋糕，是我和我妈妈一起烤的。"她一边把黑色的糖浆倒进勺子里，一边笑盈盈地说。

斯康拉着脸，尽量顺从地咽下了药。喝完之后，她高兴地大口嚼起了蜂蜜蛋糕。此时，斯图和菲戈回来了，他们带回来一堆柴火。

斯图揉了揉自己的后背。"背这些柴火把我的背都拉伤了！我觉得背上一阵阵刺痛！"

"那你最好喝点猫薄荷茶！"莉莉说，"或者你也可以洗个柳树皮澡！"

"你知道的，我们这儿既没有茶，也没有别的药。"斯图低下了头。

"如果丽奇愿意再飞一趟，我可以从家里送一些过来！"莉莉的眼睛闪亮起来，"你可以去湖边捡一些柳树皮，把它们泡在热水里，一个小时后把汁液倒进洗澡水里。说真的，效果很不错的！"

"我不知道草药和树木能创造这样的奇迹！"斯图惊讶地说。

莉莉笑了笑："湖边的草地上长满了草药，几乎所有的草药都能医治某种疾病。你只要认得它们就可以了！"

"隔壁的罗斯希普叔叔多年来一直有胃灼热的毛病，罗斯希普阿姨也总是肚子疼。"斯康的妈妈说，"这些病也有草药茶可以治吗？"

"当然有了！白鲜和大蓟汁！他们也可以喝几口刺槐汁。"

这对格里姆人夫妇面面相觑。

"我也送一些过来，好吗？"莉莉说。

斯康的父母不停地向她表示感谢，莉莉打断了他们。"我们有麻烦的

时候,药用植物会帮到我们。这个理由就能让我们去采草药,再把它们晾晒干!"

这时,莉莉发现太阳很快就要落山了,威尔第人就要聚在大柳树洞里吃晚饭了。共进晚餐时姗姗来迟会犯下大错,因为到那时所有人都会发现她从自己的房间里逃跑了!她赶紧和斯康的家人告别,并向他们交代了什么时候喝糖浆和花草茶,然后便跑到了院子里。丽奇答应第二天早上把莉莉的包裹带过来。接着,她们又开始了长途飞行。

"一切多谢了！替我们向威利问好！"斯图喊道，朝着她们的背影挥舞头巾。

丽奇飞得很稳，这样她们就能尽快赶回小岛。她们很幸运，那天的天气也在帮助她们。格林布伦德后面的山上刮起了风，气流直接把她们吹到了威尔第人的家。丽奇累了就趴在气流上，任自己随风飘移。

威利等她俩等得都不耐烦了。他心急如焚，没办法静静地躺在床上。于是他把扶手椅拉到窗边，裹上被子，整个人蜷缩在椅子里。他正要拉开紧闭的窗户，丽奇和莉莉就出现在窗台上。莉莉冷得发抖。尽管她裹得严严实实的，但在高空中，她还是感觉到处都是刺骨的寒风。

"我们办好了！"她打消了威利的疑虑，"我要去泡个热水澡，免得像你一样病倒。你能喂丽奇吃点东西吗？"

"当然可以！"威利眉开眼笑，在蓝冠山雀面前撒上了他在等待时就准备好的种子。饿得发慌的小鸟立即狼吞虎咽起来，边吃边给威利讲述这次旅行的经过。

"所以，你明天还要飞去格林布伦德？"威利问道，"你能给斯康带个小礼物吗？我在秋天的时候刻了一支芦笛，说不定她会喜欢。"

丽奇答应第二天过来带走所有的包裹，接着便道别去休息了。第二天一大早，丽奇就在窗台上摇摇晃晃地走来走去。她匆匆吃完莉莉为她做的早餐，便背着包裹飞往格林布伦德。

丽奇直到下午才回来，她带来了斯康的感谢信，还有斯图的一封信。斯图在信中说，用柳树皮洗澡对他的背痛很有效，他感觉好多了；还说他有一个住在村子另一头的兄弟,他的腿上长了溃疡,想问问莉莉该怎么治疗。

莉莉想了一会儿,然后说:"他应该在溃疡上涂一层用亚麻子和马兜铃做的药膏!我们这里有很多。丽奇,如果我把药膏打包好,你能送过去吗?"

"我很乐意。"丽奇叽叽喳喳地说,"格里姆人也很照顾我!斯图家的花园里长着几株向日葵,他答应我,只要我帮他的忙,他就把所有的葵花子都给我。"

接下来的几个星期里,丽奇每天都在老柳树和格林布伦德之间来回奔波。在格里姆人的村子里流传着这样一个说法:斯图能在一个不知名医生的帮助下治疗各种疾病。于是,被寒冷和饥饿折磨得虚弱不堪、脾气暴躁的格里姆人一个接一个地找到了村子里那间摇摇欲坠的房子。斯图每天都给莉莉写信,请求她帮忙解决眼睛肿胀、四肢疼痛、皮疹、抽筋、生疖、长疣和消化问题。而这位性情温和的威尔第女孩则把最重要的草药装成小包,并写下服用方法和说明,然后由丽奇把所有药材都送到生病的格里姆人手里。

威尔第人根本没发现食品储藏室里的草药快要用完了,因为运动和健康美味的食物让威尔第人几乎从来不生病。如果有人感冒了,他们就会在温暖的老柳树洞里待上一天,喝着加了蜂蜜的玫瑰果茶,第二天就恢复健康了。就这样,莉莉在被关禁闭的那些日子里,不知不觉地成了格林布伦德的好心医生。

- 363 -

等解禁时，外面的世界发生了更大的变化。某一天早上，当威尔第城堡的居民醒来时，发现巴布利湖水已经冻住了，湖面上覆盖着一层薄薄的冰。

巴里带领几位年长的威尔第人检查了闪闪发亮的湖面。他发现，要不了几天，冰层就会变厚，厚到足以让一整支水鼠军通行。

"危机将至！"巴里宣布，"从现在起，我们必须提高警惕！"

村民大会

格格利湖的水鼠首领戈高尔和格里姆人的首领格里留斯在秋天成了好朋友。他们一起策划了秋天进攻威尔第的行动,被击败后,他们都恨死了威尔第人。戈高尔知道,他可以一直利用格里留斯的贪婪和对威尔第人的怨恨,随时劝说格里留斯对芦苇海的守护者开战。此时,他觉得是时候找格里姆人的首领谈一谈,共同制订一个全面的作战计划了。

天一亮他就出发了。当格里留斯擦去眼睛里的睡意时,戈高尔已经在敲打厨房的窗户了。格里姆人的首领不情不愿地让不速之客坐在凳子上。他更希望戈高尔吃完早饭再过来,因为现在他不得不和他分享为数不多的食物。当然,水鼠接过了蛋糕,他甚至在嘎吱嘎吱地吃完一大份格里留斯最喜欢的食物后,又要了第二份。

"如果你听我的话,你就不用再担心下一口吃的从哪里来了!"他咬了一口蛋糕,对满脸愁容的格里姆人首领说,"威尔第人的食品储藏室里全都是美味佳肴!"

"他们的箭袋里也装满了箭。"格里留斯不屑一顾地说,"要接管他们的柳树,根本不可能办得到。"

"再过两天,冰层会变得非常坚硬,到那时候,我们就可以从四面八方发起进攻了。"戈高尔说得兴致盎然,"巴布利湖再也保护不了这座小岛了。就算没有船和天鹅,我们也能轻而易举地攻破他们。"

"可是,要是他们把自己关在洞里不出来,我们就永远也抓不到他们。他们的柳树就像一座堡垒。"

"我们此次进攻必须出其不意!我们要整晚待命,第二天一早,他们一开门,我们就攻进去!他们肯定来不及关门。"

格里留斯还是犹豫不决。他害怕再次失败。就算是在格林布伦德忍饥挨饿,也比战败要好。但是戈高尔已经下定了决心。

"听我说,格里留斯,我的子民需要食物和住所!即使你不来,我们也会进攻。为什么食品储藏室要被我们独占呢?我们可以分享所有的好东西!想一想那些蜜饯、榲桲果酱、干果和一桶桶的蜂蜜吧!而且威尔第人还有一袋袋的面粉!他们正是用面粉做了饼干和蛋糕!"

格里留斯使劲咽了咽口水。他的脑海中出现了一个刚出炉的果酱甜甜

圈，他已经能感觉到了，要接管那棵柳树是轻而易举的事。

"算我一个。"他说着，朝水鼠首领伸出手。

"这才对嘛！"戈高尔说着，紧紧地握住格里留斯的手，"我们后天晚上行动。这几天要做好战斗准备！"

"你说得对！"格里留斯挺直了身子，语气坚定地说。他已经能闻到椴梓果酱甜甜圈的香味了。

戈高尔走后，这位格里姆人的首领宣布，正午时分要在集市广场召开村民大会。他还向信差们暗示，几天后，大家就能领到免费的食物了。正因为这样，格里姆人不到十二点就拥进了集市。所有人都来了，老老少少都在。格里留斯最后才到。

"朋友们！"他开口了，"这将是一个漫长而寒冷的冬天。我们的食品储藏室已经空空如也！不过，如果你们听我的，那么这个冬天所有人都不用挨饿！"

"有免费的食物咯！"米尼翁欢呼道，他是一个圆脸的壮汉。

"没错！"格里留斯点点头，"戈高尔和其他水鼠准备去攻打威尔第人的过冬地，我已经安排好了，我们也要分一杯羹！两天之内，我们要随时待命。我们要拿下那棵大柳树，这样一来，我们整个冬天都可以吃得饱饱的！"

"我们又要进攻了？"斯图开始担心起来。

"没错！傲慢的威尔第人要完蛋了！我们要赶走他们！"

几个格里姆人爆发出欢呼声。

"打倒威尔第人！"他们怒吼着，其中就有斯图的邻居，也就是那个得了胃病的罗斯希普叔叔。

"我不想打威尔第人！"斯图突然举手发言。

"别这么胆小怕事！"格里留斯生气地说，"我们完全有机会打赢！"

"我知道，但我还是不想伤害他们。正是因为两个威尔第小孩救了我的女儿斯康，她才没有冻死。"

大伙儿议论纷纷。许多人都知道，小斯康得了重感冒，幸亏有人及时把她带回了家，但没有几个人知道事情的原委。

斯图继续说道："我们还从威尔第人那里得到了草药茶和药品，而且全都是免费的！他们是真心实意在帮我们。"

"什么？你怎么敢这么说话？你背叛了我们！"格里留斯怒吼道。几个格里姆人开始叫嚷着要把这个叛徒关进地牢，但斯图没有妥协。他从人群中挤到台上，站在格里留斯身边，愤怒地对着格里姆人吼道：

"你们都听说了，过去几天，我一直在救治病人！你们很多人抱病来找我！我给你们中的一些人服用了草药，给一些人涂了药膏，还给一些人喝了药汁。如果这些药物对你们是有效的，就把手举起来！"

几个格里姆人犹豫地举起了手。斯图环视着人群，四分之三的村民都举起了手，就连格里留斯的胳膊也抽动了一下。

"对，格里留斯，别犹豫了，也把手举起来吧！"斯图转身对他说，"就在昨天，你还拿到了干甘菊和鼠尾草，要用来漱口。你的牙痛好点了吗？"

"嗯，已经好了一点。"格里姆人的首领哼哼唧唧地说。

"好了，你们也该知道了，这些药草和药膏都是一个威尔第女孩送来的。她出于好心，暗中帮了我们。我有求于她，她就送来各种草药，还给我提供建议，告诉我服药方法。我当然不会去攻打她！"

"你没必要这么做！"格里留斯摇摇头说，"如果她那么信任你，也许你可以使用一些计谋，让她替我们打开柳树洞门。那样我们就可以自己接管它了！哪里还用得着水鼠呀？"

"你听不明白吗？"斯图生气地说，"那个威尔第女孩是我们的朋友，她帮了我们。我们不能伤害她！我们欠她太多了！我们应该感谢她的帮忙！"

"绝不可能！"格里留斯气急败坏地说，"到头来，我们还是要自己干所有的活儿！还有捡柴火的事。威尔第人已经把柴火都堆起来了，难道你还打算去森林里自己捡吗?"

"我就是去捡了!上个星期,几乎每个人都来过我家,你们都很惊讶我家里为什么那么暖和。我所做的无非就是带着菲戈走到树林边上,一

个小时后,我们就背着柴火回到了家。这真的没什么大不了的!反正天寒地冻,我们也没有别的事可干。"

"他说得对!"一位老妇人突然喊道,"我们别去招惹威尔第人了!"

所有人都转过头看向她。是罗斯希普阿姨,她弯着腰、驼着背,正在人群中挥手。

"那个威尔第女孩治好了我的肚子疼。而罗斯希普自从喝了花草茶,身体也好多了。如果我们不伤害他们,也许他们以后还会帮助我们!"

"我眼睛上的肿块也不见了!"努多的妻子喊道。

"我儿子用了石莲花滴剂,耳朵也不痛了!"一个矮胖的女人补充道,"我也很感激那位女医生!"

人们一个接一个地讲述着自己受益的经历,很快,整个村庄都响起了和平共处的呼声。努多

立刻组织了一队人去捡柴火。罗斯希普阿姨则决定，等来年春天，她要让那个威尔第女孩教自己采集草药。格里留斯站在台上，觉得丢脸极了。他耸耸肩，拖着脚步走开了。米尼翁和几个好战的格里姆人跟在他身后。

"软蛋，懦夫！"他们咬牙切齿地嘟囔着，但是没有人理睬他们。村民们正兴奋地计划着如何和平共处，他们迫不及待地想让威尔第人教他们过上不偷懒、不偷窃的快乐生活。

野猪的承诺

　　天气越来越冷，在巴布利湖的另一头，备战工作进行得很快。威尔第人正在加强防御。他们从雪地里挖出了秋天采集的所有橡果，以便随时充当弹弓的弹药。

　　雪球大战让巴里有了一个新的想法，那就是在他们认为水鼠会发起进攻的路线上修建防御工事。威尔第人在山坡上建造了雪堡，他们可以在那里随时向敌人发射滚好的雪球。卫兵和孩子们齐心协力一起建造，几天之内，他们就建成了三座雪堡。这些堡垒不但方便防御，而且是安全的掩体。年龄小的威尔第孩子们做了结实的雪球，把它们堆放在雪堡内。

　　此时，威利已经康复了。禁闭期结束后，他和莉莉一起爬到山上巡逻。他检查了高大雪堡厚厚的墙壁，看了看已经备好的弹药，以及瞄准灌木丛的弹弓——水鼠想突破威尔第的防线，肯定不会很轻松！

　　午餐时分，巴里把建造堡垒的人员叫走了。忙碌了一上午后，他们获准休息一下。威利和莉莉被巴里留下来站岗。两个年轻人挤在橡树低处

树枝上的岗亭里，监视着周围的情况。莉莉告诉威利她是如何治愈格里姆村民的，而威利则扫视着山坡上茂密的多刺灌木丛。突然，他举起食指示意莉莉安静，因为他发现了可疑的东西。莉莉取出望远镜，但没用上，因为透过树枝，她看到了两个巨大的黑色身影。

"是野猪！"莉莉惊讶地小声说，"他们正朝我们走来！"

"我看到了！"威利小声嘀咕，"放心，我们在高处，他们够不到我们。"

威尔第人不常遇到这些毛茸茸的巨型动物，但每个威尔第小孩很早就知道，和这些重量级的动物发生争执可不是什么好事，因为他们只需要耸一耸肩，就可以压扁体形微小的芦苇海守护者。

两只野猪走到橡树下，开始热烈地讨论起来。不过，他们没讨论多久，就直接干起活儿来。一只野猪在雪地里翻找，另一只跑向橡树，用力撞击，两个威尔第小孩差点被撞出岗亭。

"嘿！你们在干什么？"威利冲他们喊道。

"我们要找橡果！"在雪地里翻找的那只野猪哼哼了一声。

"这里没有橡果了！我们在秋天就把它们全收走了！"威利说，"我们要用它们当弹弓的弹药！"

"给我们一些吧！"一只野猪咕哝着，抬头用渴望的眼神望着威尔第人的岗亭。

"不行，那样的话，我们就没有弹药射击了！"莉莉喊道。

"如果你不给我们，我们就把雪堡推倒！"第一只野猪说着，怒气冲冲地朝最高的雪堡走去。

"不，等一下！我们商量一下！"莉莉拼命地尖叫着，从安全的藏身处爬了出来。威利紧跟在她身后。他唯一的武器是手弩，但他担心这对于两只愤怒的野猪根本不管用。不过，唯一的武器还是给了他信心，让他觉得自己并非完全没有招架之力。

"没什么好商量的！"另一只野猪哼了一声，"你们把什么都拿走了，这不公平！"

"可你们知道的，我们需要弹药！"莉莉急忙说，但两只野猪还是迈着沉重的步伐朝雪堡走去。

莉莉想都没想就朝野猪扑了过去。她扑向后面那只野猪，抓住了他的尾巴，爬到了他的身上，沿着他的后背一直跑到他的耳朵旁。

"停！"她对着野猪的耳朵吼道。

听到意想不到的声音，野猪停了一下，转身以最快的速度逃跑了。另一只野猪看见同伴被吓坏了，也跟在他后面跑。等威利回过神来时，他们已经消失在灌木丛中。还有莉莉，她拼命地抓着野猪的耳朵，必须用尽全力才能让自己不摔下去。

"哦，不！"威利生气地跺着脚，"我敢打赌，我们又得被关一个星期的禁闭了，但我们只是想把事情做好而已啊！"

在完全陷入恐慌之前，威利听到身后传来了蹄声。他转过身，看到一张亲切、熟悉的面孔正从高处凝视着他。

"怎么了，威利？我好久没有见到你了。"小鹿布宁说，他想知道那些叫喊声是怎么回事。

"有两只野猪,他们把莉莉带走了!"威利疯狂地挥舞着手臂解释道。

"他们往哪边去了?"

"那边!我们去追他们吧!或许还能追得上!"

布宁低下头,威利跳了上去,在老位置——鹿角底部——坐了下来。追逐开始了。布宁顺着威利指的路,飞快地穿过灌木丛。一开始,威利靠的是自己的记忆,因为他一直在观察野猪的行踪。但过了小山,他只能跟着野猪的脚印走。好在下了一上午的雪,很容易就能在雪地里发现两只野猪的蹄印。

"快点,布宁!"尽管布宁已经跑得相当快了,但威利还是催促他继续加速。

"冷静点,莉莉不会受伤的!"布宁安慰他说,"野猪很容易受到惊吓,但他们很快就会冷静下来。除非莉莉在路上摔倒了,否则她会平安地坐在野猪背上。"

事实证明,布宁说得一点也不错。几分钟后,他们找到了那两只野猪,他们正在雪地里安然地翻找食物。莉莉站起身,抓着野猪的耳朵,正试图说服他们把她带回岗亭。

"想都别想!我们饿了!你自己回去吧!"野猪嘟囔道。

"这里也有一棵橡树,也许还有一些橡果可以让我们吃呢!"

布宁和威利走了过来,两只野猪抬头看了看,确认自己没有危险后,就继续低头翻找。

"嗨,莉莉!我们是来接你的!"当他们又走近了一些时,威利喊道。

"看见了没有?"野猪哼了一声,"有人来带你回家了。烦扰我真是浪费时间。"

"你们这些猪从来不帮助别人吗?"莉莉不以为然地问道,"你们只考虑自己吗?"

"我们还应该考虑谁呢?"个头小一些的野猪叫道,"我们总要把肚子喂饱才行。"

"其实,我们很乐意帮助别人。"另一只野猪补充说,"只要他们事后能奖励我们足够多的美味食物就行!"

"你们俩真是臭味相投!"莉莉说,但在内心深处,她并不会生这两只诚实又笨拙的野猪的气。"行了,好好享受你们的美食吧!"她边走边说,"还有,请不要破坏我们的雪堡!"

"行,我们走着瞧。"一只野猪说着,朝另一只使了个眼色,但莉莉确信她可以把这句话当成一个承诺。

她爬到布宁的脑袋上，对威利笑了笑，告诉他们可以走了。小鹿转身带他们跑回了岗亭。他们回来得正是时候，因为远处出现了一队威尔第人，他们刚吃完午饭回来，准备继续把雪堡建好。

威利的作战计划

第二天，初升太阳那苍白的光辉在湖面薄薄的冰层上跳跃。

"难怪湖水会结冰，没有一丝云彩。"爷爷点点头说，"满天星辰的话，夜里就要冷多了。"

威利扫视了一眼地平线。湛蓝的天空万里无云。天冷得要命。

"中午前后会暖和起来，到了下午又会结霜。晚上冰层会变得更厚。"爷爷解释说。

野鸭们聚集在岛上，向威尔第人告别。

"你们就不能多等几天吗？"巴里问道，"水鼠随时有可能发起进攻。"

"敌人一直在伺机行动，等待着能跨越坚硬的冰层抵达大柳树的那一天。"鸭子首领说，"而等到那时，我们就没办法钻到冰层下面捕食了。我们必须走！"

巴里理解他们的难处。鸭子要想挨过漫长的冬天，只能靠充足的食物和一个遮风挡雨的居所。如果巴布利湖结了冰，他们必须去别的地方，否则就会没命。

　　短暂的告别之后,鸭子们振翅向南,飞往人类居住的地方,希望能在公园或动物园的养鸭池里挨过最寒冷的时光。

　　最后一只鸭子的背影消失在天空中后不久,丽奇落在一根柳树枝上,大声呼叫莉莉和威利。

　　"莉莉在湖边的橡树上站岗。"威利爬到她的身边问道,"发生什么事了?"

　　"我带来了格林布伦德的消息,是斯图写的。十万火急!"丽奇叽叽喳喳地说完,便从翅膀底下取出一张皱巴巴的纸。威利马上念了起来。

亲爱的莉莉和威利:

　　今天早上来了几只水鼠,叫我们明天去攻打威尔第城堡。村里的人投票后决定不去,因为我们很感激你们帮我们治病,又给我们草药。格里留斯都气疯了。但就算我们不参与,水鼠还是会发动进攻。

　　保重!

　　另:代斯康和菲戈向你们问好。

斯图

威利没有耽搁时间,他对丽奇道了谢,便匆匆赶到巴里那里,向他报告了水鼠第二天的袭击计划。

"小家伙,你凭什么认为他们会挑明天进攻呢?"巴里皱起眉头,"他们也可能会再等几天,等到冰层变得非常坚硬再动手。"

威利深吸了一口气,默默地把信递了过去。巴里看了三遍才恍然大悟。

"什么?"他轻哼了一声,说道,"格里姆人写的信?你们一直在和敌人通信吗?"

"这个现在并不重要。"威利说,"明天水鼠就要来了。不过,我们不会被他们和格里姆人双重夹击,因为格里姆人不会再攻打我们。"

"那我就应该相信吗?"巴里吼道。除了意料之外的进攻，他更震惊的是，威利和莉莉已经暗中和格里姆人成了朋友。"这肯定是个陷阱！他们想转移我们的注意力！"

"哦，拜托！"威利很生气，"莉莉和我救了斯康的命，在那之后，莉莉又治好了许多格里姆人。他们很感激我们，不愿意再伤害我们了！"

"我一个字都不信！"巴里喊道，"现在就跟我来，我要带你去见国王。"

"我会去的。"威利回敬道，他暗暗希望国王能更理智地权衡形势。

玛洛国王问了威利搭救斯康的经过，还问了莉莉给格里姆人治病的事。他支吾了半天，然后又想了想。最后，他宣布自己确信格里姆人不会进攻威尔第人。

"小伙子，我们改天再好好说说你们暗中通信的事。"他严肃地盯着威利，"当务之急是如何对付明天来突袭的侵略者。"

"我忧心的是，如果他们突破湖岸上的那排雪堡，我们将无法用雪球或橡果子弹阻击他们，那么他们很容易就能跨过冰面，占领整座小岛。"巴里说。

"那样的话，我们可以躲进柳树洞！"玛洛国王说，但巴里仍然不满意。

"水鼠的牙齿非常尖锐。他们能在几个小时内咬穿一扇门，或者爬上树干，从高空进攻。"

"那我们就必须在冰面上阻击他们！"威利插嘴道。

"说起来容易，做起来难！"巴里不悦地说，"正面交锋的话，我们太弱小了。而且鸭子都飞走了，这次我们没法儿从空中还击。"

"那我们就让他们掉进湖里吧！"威利回应道，"虽然他们不会被淹死，但我敢打赌，他们肯定不喜欢掉进冰冷的水里。"

"这样行不通的，小伙子，湖面刚刚结冰！"国王摇摇头，"根本没办法打破这么厚的冰层。"

"确实，要打破冰层是不可能做到的。"威利沉思着，"唯一的办法就是把它融化掉。"

"只有春天的阳光才能做到这一点。"国王悲哀地笑了笑，但这并没有让威利打退堂鼓。

"今年没人来砍芦苇，我们可以把干枯的芦苇都利用起来！我们可以自己砍下一些芦苇，用芦苇在冰面上筑一道堤坝。一旦水鼠突破雪堡，我们就放火烧了那些芦苇！燃烧的火焰有可能会把他吓跑，如果没有的话，芦苇烧起来后，冰层肯定会融化，水鼠就会掉进水里。等他们拼命挣扎着想从冷水里爬出来的时候，我们再一个接一个地把他们抓住。"

"你疯了，威利！"巴里轻蔑地笑了笑。但玛洛国王仔细地斟酌了一下，最终宣布这是一个绝妙的机会，他们绝对应该试一试。

于是，当天下午，一些威尔第人又做了很多雪球，并把它们和之前做好的雪球堆放在一起，其他人则开始用锯子或斧头收割芦苇。所幸寒冷持续了一整天，所以不用担心薄薄的冰层会在他们的脚下裂开。时间一分一秒地过去了，冰层变得越来越厚、越来越硬。芦苇一被砍倒，就被穿着溜冰鞋的威尔第人拖走了。他们把芦苇堆成一条直线，尽可能地堵住水鼠突袭小岛的路。

只有蓝冠山雀不喜欢这个计策。他们没法儿在砍倒的芦苇里大快朵颐，而此刻芦苇海已经变得非常稀疏了，他们想要躲藏起来就更困难了。

"如果你们再这样砍下去，我们都得到别的地方去了！"领头的山雀威胁道，但巴里只是耸了耸肩。保护芦苇海比迁就山雀的需求更重要。许多山雀气得不行，就把夜间藏身的窝搬到了岸边的树林里，还有几只干脆一路飞进了森林。

"由他们去吧。"巴里挥挥手说，"等他们饿了，还是会回来的。"

直到深夜，威尔第人才把长长的芦苇堤坝筑好——必要时他们可以点燃这些芦苇。当天，一部分威尔第人在雪堡和橡树的瞭望塔上过夜。而卫兵们则每两小时轮岗一次，大伙儿一起分担任务，这样一来大家都有时间休息了。

❋ 大战水鼠 ❋

天刚破晓,在橡树上站岗的威尔第人就听到了脚步声。小鹿布宁从山坡上跑了下来,速度之快,足以赢得一场滑雪比赛。

"威利、莉莉!快醒醒!"他大老远就开始喊,"水鼠已经出发了!"

威尔第人瞬间从睡梦中惊醒。所有人都冲向指定的隐蔽处,有的跑向橡果弹弓,有的跑向雪堡,冲到用来发射雪球的巨大弹弓前。

莉莉站在一座雪堡的顶上扫视山坡。

"威利在哪儿?"布宁左顾右盼地寻找。

"他们选派他去了芦苇丛,那里是第二道防线。"莉莉解释说,"你能不能去岸边把情况告诉他?就到你们喝水的地方。威利和其他人就藏在附近。"

布宁忙着去完成莉莉交代的任务,所以他没有看到山顶上的情况——大约有一百只水鼠正沿着山坡朝巴布利湖赶来。

"准备攻击!"每个岗哨都接到了命令。

水鼠们悄无声息地逼近,他们没有想到芦苇海的卫兵们早已醒来,而且时刻警戒着。他们一靠近橡树,岗哨就向他们发射了一拨橡果。一些水鼠落荒而逃,还有一些则痛苦地哀号着跑向岸边。但他们没能跑远,因为没跑出几步,他们就被从雪堡里滚出来的雪球击中了。水鼠们被打得晕头转向。他们只是准备袭击那棵大柳树,而且以为会把毫无戒备的威尔第人打个措手不及,根本没想到会在路上遭到阻击。坚实的雪球狠狠地砸在水鼠的鼻子、耳朵和后背上。威尔第人互相喊着振奋的口号,湖边的战斗声在宁静的黎明中听起来格外恐怖。

胆小怕事的水鼠们往更安全的格格利湖逃去,而那些好战的水鼠则打着喷嚏,满身是雪地继续前进。威利和其他人站在芦苇顶端,观察着水鼠大军。

"他们太多了!"米奇有些惊慌。

"布宁,你能赶走几个吗?"威利对着在岸边踱步的小鹿喊道。

布宁狂奔起来。他纵身一跃,正好闯进鼠群中间。他用蹄子左踢右踢,像一匹受惊的马。但水鼠并没有放弃,他们试图用锋利的牙齿咬他的腿。水鼠的首领戈高尔成功地把牙齿深深刺进了布宁的肌腱。布宁痛得大叫起来,然后一瘸一拐地朝森林跑去,腿还在流血。

水鼠继续前进,但他们的数量更少了:布宁成功地赶跑了一些。这些黑皮水鼠一踏上冰面,威利和他的同伴们就套上溜冰鞋,滑到芦苇堤坝后面约定的点火处。干燥的芦苇一点就着,火势迅速蔓延,几分钟后,水鼠的必经之路就

被浓烟和熊熊的火焰堵住了。

水鼠们完全不知所措。看到大火燃起,他们大多都转身逃走了。威尔第守卫们又给他们来了一轮雪球攻击,确保他们再也不敢觊觎巴布利湖。但还是有一些一意孤行的水鼠,他们克服了恐惧,靠近燃烧的障碍物。看到威尔第人穿着溜冰鞋在冰面上奔跑,他们气得快发疯了。

"你们会后悔的!"戈高尔悻悻地喊道,"火很快就会熄灭,到时候我们就去抓你们!"

"来呀,有本事你过来!"威利大喊道,"谁敢从火堆里跑过来?"

在冰上跳跃是完全不可能的,所以戈高尔根本不可能越过火堆。而且他们可能也不敢这么做,万一自己的毛皮着了火,怎么办?他们只好在燃烧的芦苇堆旁跺着脚,气愤地等着火熄灭。

但冰层不够厚,无法长时间承受高温。很快,冰开始融化,再也承受不住水鼠们的重量——冰层坍塌了。戈高尔和他的同伙知道,掉进水里可能会淹死,因为在冰层下面,他们无法抬起头呼吸空气,而且也不可能通过游泳逃生,所以他们必须想办法从冰冷的水里爬上来。很快,威利和其他威尔第人就赶来了。他们甩着棍子和芦苇棒,击打落水的敌人。最后,戈高尔和其他水鼠爬到了坚硬的冰面上,但他们都被打得半死。他们浑身青一块紫一块的,伤痕累累地仓皇逃走,但又遭受了新一轮的雪球攻击。

要是他们的耳朵没有进雪的话,他们一定会听到威尔第人的呼声:"不要再回来了!我们誓死保护巴布利湖不受侵犯!所有入侵者都会是这

样的下场!"

战败的鼠军逃跑了。看样子,他们在未来很长一段时间内都不会再入侵巴布利湖了。

等最后一只水鼠的身影消失在山顶之后,威尔第人开始打扫战场,检查受损情况。他们惊讶地发现,他们成功地顶住了进攻,没有造成严重的伤亡。在橡树和雪堡上战斗的守军安然无恙,因为水鼠并没有停下来和他们对抗,他们只想快速通过雪球雨。点火的那组成员危险性更大,因为水鼠面对火焰会做出什么样的反应是无法预料的。

如果戈高尔和他的同伙敢及时跳过火堆,那么威利和其他穿着溜冰鞋的威尔第人就会有危险。他们手里的棍棒对付水鼠的尖牙可没有多大的用处。幸运的是,威利的计划非常成功,大火阻止了袭击者。战斗中唯一受重伤的是布宁，莉莉很担心他。

"也许他的腿流了很多血。我们应该尽快给伤口涂上药膏，然后用绷带包扎好，好让伤口愈合。"

"可我们怎么才能找到他呢？"威利问道，"他被水鼠咬伤后就冲进了森林。"

莉莉想到了一个主意："我们可以请丽奇帮忙！她没和那群蓝冠山雀一起离开。"

"你坐在她的背上，如果她飞得足够低的话，你们就能一路跟着血迹找到布宁！"威利说。

莉莉点了点头。

"我去准备一些绷带和药膏。你去把丽奇叫到这儿来！"

等莉莉把要带的东西都装进背包后，丽奇也到了。莉莉跳上她的背，她们立即朝森林飞去。

威利若有所思地望着她们离去的背影。他欣喜地发现，莉莉居然没有想过巴里知道了会说什么。

莉莉和丽奇沿着血滴往前追踪，没费多大力气，她们就发现布宁在森林边上的灌木丛里伤心地吃着草。

"疼吗？"莉莉问道。

布宁没有回答，而是痛苦地呻吟着。莉莉察看了伤口。

"伤口很深，好在血止住了。"她喃喃地说，"我涂点儿药膏。"

她从包里掏出一个罐子和绷带，布宁看起来有些担心，不过他的担心是多余的。莉莉在处理伤口时非常仔细,直到缠上绷带,布宁才有了点感觉。

"明天早上你到湖边来,我把绷带取下来,再给你涂点药膏!"莉莉提醒他,然后就跟他分别了。

趁巴里还没有发现她失踪,她应该回到岛上去。尽管巴里肯定会准许她给布宁包扎伤腿,莉莉也知道自己这么做是对的,但她还是不应该未经允许就离开。幸好,其他威尔第人已经在准备庆贺胜利了,混乱中,没有人注意到莉莉失踪了半个小时。

援助宿敌

第二天早上,威利和莉莉起得很早。他们穿好衣服,穿上溜冰鞋,来到湖边的饮水处,因为他们很想见到布宁。在路上,他们很高兴地看到,一群蓝冠山雀在没被砍掉的芦苇茎秆上摇曳着,叽叽喳喳地鸣叫着。这些鸟儿很快就平息了怒气,因为他们意识到,威尔第人必须保护巴布利湖。而且,虽然芦苇被烧掉了不少,但仍然有足够的芦苇为他们提供食物。丽奇也在那里,她紧抓着一根芦苇摇来晃去。看到朋友们在冰面上滑行,她拍拍翅膀飞了过去。

他们同时来到岸边,布宁正在那里等着他们。

"你的腿怎么样了?"莉莉问道。

"好多了。我现在可以跑了。"小鹿说,"但那些水鼠就是控制不了自己。他们想不惜一切代价,为昨天的失利复仇。"

"他们是不是又要进攻了?"威利慌了。

"他们已经出发了。"布宁点点头,"他们要攻打格林布伦德。"

"什么？！"莉莉喊道，"那斯康有危险了！我们必须帮忙！"

"是的，可要怎么帮呢？"威利问，"穿着溜冰鞋和他们对抗，简直就是疯了。我们没有鸟可以骑行，也没有在格林布伦德边上建过城堡。赤手空拳的话，我们没有任何胜算。"

"你是说，你想一个人去？"布宁惊恐地问道。

"当然不是。"莉莉坚定地说，"我们去向其他威尔第人求助吧。"

"你以为，巴里和其他威尔第人会为了格里姆人参战吗？"威利冷笑道。

"我们要争取所有能争取到的力量！"莉莉主意已定，她跺了跺脚，"也许跟他们讲和的时机终于到了。格里姆人拒绝和水鼠一起谋害我们，作为回报，我们可以保护他们。也许这种永无休止的敌对状态会因此终结！"

"可是，如果我们只靠双腿的话，战斗力还是太弱了。"威利摇摇头说。

"我可不会再冲进鼠群了！"布宁说，"他们还会咬我的！"

"你的腿太细了。"莉莉点点头，"我们需要用强壮结实的腿把他们吓跑。我知道了：野猪！"

"呃，得了吧。莉莉，你忘了他们有多自私吗？除了填饱肚子，还有什么东西对他们来说是重要的吗？"威利摇了摇头。

"也许我能说服他们。"莉莉说道。

"如果你要救斯康，可以骑在我的背上。"丽奇插了一句，"我觉得，有好几只山雀都愿意参加空袭！其实，我的朋友们都很羡慕我，因为我能带着威尔第人到处转悠。"

经过几分钟的讨论，他们就作战计划达成了一致意见：莉莉坐在布宁的背上飞奔去找野猪，看看能不能说服他们帮忙；威利溜回家，尝试号召威尔第人参战；丽奇则去招募蓝冠山雀来运送威尔第人。

威利在冰面上呼啸而过。他可以想象巴里打断他的话时，会摆出一副什么样的表情。突然，他意识到最好还是不要和巴里发生争执，他应该直接去找国王！

卫兵们看到威利如此紧张不安，便立刻把他带到了宫殿里。可玛洛国王并不是孤身一人，他正在和巴里商讨加派冬季卫队人手的事宜。他们看到小威利气喘吁吁的样子，都沉默了。巴里好奇地扬起眉毛，最后，国王让威利告诉他发生了什么。

威利匆匆地讲述了布宁带来的消息，其间巴里试图打断他的话，但这次威利不顾礼节，继续说了下去。

"我们必须帮格里姆人，陛下！如果我们这次不袖手旁观，也许将来他们会开始自食其力。我们要教会他们如何照顾自己，这样他们就不会再偷我们的食物和柴火了！"

"胡说八道！这是格里姆人自找的！"巴里吼道，"他们活该受罪！"

"我宁愿和他们做邻居，也不愿和水鼠做邻居！"威利反驳道。

"威尔第的法律禁止我们浪费资源。我们不需要外国人，也不需要陌生人！"巴里说。

"威尔第的法律规定我们必须保护住在巴布利湖的居民！"威利生气地跺了跺脚，"格里姆人也住在这里，现在他们的处境非常危险。我和莉

莉去过几次格林布伦德,他们中有些人已经成了我们的朋友。我们不能让他们失望!"

"陛下,我们该拿这野小子如何是好呀?"巴里眼神一闪,看向国王。

"依我之见,我们应该听从他的建议。"国王心平气和地表态。

"什么?"巴里结结巴巴地说,"陛下认为——"

"没错。威利说得很对。如果有人需要帮忙,那我们就必须帮他们,即使他们以前是我们的敌人。我们不能让水鼠占领格林布伦德!"

"可是……我们连一只鸟都没有。"巴里抗议道。

"陛下！一支蓝冠山雀队伍说他们被传唤到了王宫，还说要参战。"一名卫兵走了进来，表情有些困惑。

"做得好，我的小伙子！"玛洛国王严肃地点点头，"通知下去，蓝冠山雀必须做好战斗准备！"

五分钟后，一小队蓝冠山雀从岛上起飞，背上是全副武装的威尔第人。威利破例获准加入——事实上，坐在丽奇背上的威利是这支威尔第队伍的首领，因为没有人比他更了解格林布伦德了。他脸颊通红，心跳加速，投入生命中的第一次战斗。

威利从高处看到，水鼠们已经包围了格林布伦德，差不多就要占领它了。少数几个格里姆人退到居住地中央的议事堂，还在奋力抵抗，但大多数人已经逃离了村庄。威利可以清楚地看到哀号着的格里姆人拖家带口地向森林逃去。女人们背着孩子，佝偻着身子；而男人们则手持棍棒，惊恐地不断回头，准备随时保护对他们来说最重要的人。

威尔第巡逻队径直冲进了议事堂，他们从蓝冠山雀的背上瞄准屋外的水鼠，发起雨点般的扫射。戈高尔和其他水鼠用手护头。一开始，他们想不明白箭是从哪里射来的。当更多的箭落下来时，他们才发现敌人是从空中进攻的，他们只能寻找掩体躲避箭矢。

"我们必须落地。"巴里十分恼火，"如果他们躲起来，我们就只能永远围着他们打转了。"

蓝冠山雀开始下降，寻找合适的降落地点。

"准备！"巴里命令道，"组队攻打每一只水鼠！威尔第人单打独斗根本不是水鼠的对手。"

即便是两三个人一组，面对这些体形庞大的灰黑色动物也是很可怕的。

一场激战开始了。要不是一群野猪突然从灌木丛里蹿出来，这场战斗很可能以威尔第人的溃败告终。莉莉坐在野猪首领的背上，用她那尖细的嗓音指挥着野猪群。他们像一列快车一样猛冲过来。野猪的獠牙和粗壮的四肢把水鼠吓得魂不附体。当水鼠发现那些狂奔的野猪想踩在他们身上时，他们转身便离开格林布伦德，逃命去了，就好像他们从来没有靠近过巴布利湖一样。几只野猪一直在后面追赶他们，一路追到了格格利湖。

格里姆人战战兢兢地从议事堂里走出来，心里充满了恐惧。他们简直不敢相信危险已经过去了，更让他们不敢相信的是，他们的宿敌——威尔第人——竟然赶来营救他们。等回过神来，他们眼里噙着泪水，激动地和威尔第人握手。有些胆大的格里姆人还拍了拍威尔第人的背，搞得威尔第人有些不知所措。只有威利和莉莉畅快地欢呼雀跃着，喜不自胜。当斯图蹑手蹑脚地溜出议事堂时，他们冲过去抱住了他。

"斯康呢？"放开斯图后，莉莉问道。

"所有的女人和孩子都逃到森林里去了！"斯图说，"我去找他们。"

"我们也去！"威利喊道。于是他们几个出发去寻找那些逃往安全地带的人了。

❄ 签订和平条约 ❄

要找到那些拖家带口的格里姆人并不费劲，他们并没有跑多远，就躲在山坡上的灌木丛里。斯图一行人大声叫嚷着，告诉他们危险已经过去了，那些人慢慢有了信心，便陆陆续续从藏身处走了出来。

斯康不仅看到了父亲，还看到了威利和莉莉，她喜出望外地跳了起来。

"我就知道你们俩会来！"她高声叫道，"危难之际，你们总是会保护我们！"

"不只是我们俩。"莉莉笑着说，"威尔第人一起保卫了格林布伦德！"

当发现那个指挥野猪群的威尔第女孩不是别人，正是给他们治病的莉莉时，红脸的格里姆村民们惊讶得张口结舌。

"莉莉医生万岁！"罗斯希普阿姨大声喊道。其他人也加入进来，为莉莉欢呼。

一群兴奋叫喊着的红脸格里姆人和莉莉、威利一起回到了村子里。

在此期间，其他威尔第人四处搜寻，察看是否还有水鼠藏匿在某个地方。等逃命的格里姆人回到村里时，威尔第人确信水鼠已经全部逃之夭夭。

格里姆人的领袖格里留斯在议事堂的台阶上发表了演说。他首先感谢了威尔第人的勇敢无畏和过人的战斗力，接着又对自己的子民大加赞赏，称赞他们拼命保卫村庄的壮举。在听演讲的过程中，威尔第人就站在格里姆人当中。除了莉莉和威利，其他威尔第人从来没来过格林布伦德，所以他们想好好看看这里的一切。

"这里没有我想的那么大、那么漂亮。"罗里打量了一下那些破旧的棚屋后，对汤米低声说道。

"我还以为这个村庄会像个堡垒呢。"汤米点点头，"看起来，这些格里姆人生活挺贫困的。"

"他们是不是有可能根本不知道怎么建造宜居的房子呢？"米奇很不解。

"等来年春天，我们可以教他们如何盖房子！"罗里说，"你说呢，威利？"

"嗯，我可以设计一些图纸。"威利的眼睛里闪着光，"这样一来，我们就可以帮格里姆人建房子了。"

"我们还可以把蛛网网络延伸到这里，这样的话，要是水鼠再出现，他们就能通知我们。"莉莉小声对威利说。

在演讲的最后，格里留斯问巴里是否愿意和格林布伦德的居民结盟。巴里回答说，还没有征询过玛洛国王陛下的意见，他不能擅自做主。于

是，他们达成了一致意见：威尔第人先回自己的过冬住所，然后再回到格林布伦德进行和平谈判。

接下来的几天着实令人兴奋。在大柳树洞里，成年的威尔第人谈论着格林布伦德和那里贫穷、饥饿的村民。他们很想知道玛洛国王是否会与宿敌讲和；如果会的话，那将意味着什么。女人们很乐意在春天来临时向格里姆人解释哪些草药可以医治哪些疾病，以及如何制作蜜饯和果酱。男人们打算把建造城堡的所有技术都传授给格里姆战士，这样一来，万一水鼠来袭，他们就可以保卫村庄。而孩子们争论的则是格里姆人是否会举办牛蛙竞技比赛或其他体育比赛，以及他们能和格里姆小孩玩什么游戏。

威尔第人在大柳树洞里闲聊的时候，玛洛国王和巴里在思考更严肃的事情。

"这不是威利第一次触犯法律了，"国王说，"但他这次确实没做错。巴里，你还记得夏天他溜进格林布伦德，把被囚禁的牛蛙解救出来，并且破坏掉格里姆人战舰的事吗？这次我们赢得胜利，是因为莉莉和威利未经允许和鹿、野猪交上了朋友，还暗中帮了格里姆人。"

"他们简直是无法无天！"巴里吼道。

"但我觉得没有理由惩罚他们。"国王摇摇头，"实际上，结交生活在芦苇海周围的动物算不上什么大罪。"

"越界去了敌人那里也不算吗？"巴里板着脸问道。

"正因为这样，我们才能发现格里姆人并没有那么坏。如果他们学会如何照顾自己，并且还愿意劳动的话，我们就可以成为友邦！威利和莉莉虽然触犯了法律，却把他们从敌人变成了盟友。"

"我不明白您的意思，陛下。"巴里咕哝道。

"不是两个孩子不好，是我们的法律有问题。直到现在，法律还规定我们只能动用资源保护芦苇海和生活在芦苇海的居民，不得与外族结盟。可目前的情况是，多亏了野猪和布宁，我们才保护了格林布伦德，才保护了自己和巴布利湖的居民。试想一下，如果水鼠赶走了格里姆人，我们就会永远处于战争状态。"

"也就是说——"巴里眨了眨眼睛。

"也就是说，我们必须改变威尔第古老的法律。我们必须了解其他民族，与他们结盟，这样我们才能保护任何需要帮助的人，哪怕他们并没有生活在芦苇海。"

"依我说，陛下，跟外族人搭上话是很危险的。这之后，格里姆人动不动就

会来找我们帮忙!"

"如果他们来求助,我们可以帮忙!"国王答道,他看到巴里忧心忡忡的表情,笑了笑,"听我说,我亲爱的准将大人,朋友越多,敌人就越少!现在,去把大伙儿都叫来,我想说一说与格里姆人结盟以及修改法律的事。"

虽然此时正值午后,可外面漆黑如夜。寒风凛冽,狂风呼啸着掠过结冰的湖面。会议在冬季住所温暖舒适的餐厅里举行,那里空间很大,足够容纳所有的威尔第人。人们把长桌推到墙边,在餐厅中央留出一大片空地,所有的威尔第人都挤了进来。孩子们获得了特殊优待,可以坐在国王扶手椅周围的地毯上。

国王回顾了过去几周发生的事情。他讲到了威利和莉莉如何触犯了法律，以及他们的行为如何让芦苇海受益。最后，他提出了修改法律并与格里姆人结盟的建议。许多威尔第人都欢呼附和，但也有一些人，比如巴里，担心修改法律会带来危险。他们一直争论到深夜，每个人都发表了意见。他们认真地思考、推理、讨论，累了就喝一些接骨木花糖浆，嚼几块加了蔗糖的水塘草饼干。最终，他们做出了决定：威尔第城堡的居民要和格里姆人结盟。

　　第二天，威尔第人的一个代表团动身前往格林布伦德，把他们的共同决定告诉格里姆人。威尔第人表示，他们愿意与格里姆人和平共处，条件是格里姆人必须学会劳动，学会照顾自己。作为交换条件，他们会教授格里姆人各种技术，比如如何建造房屋和城堡、制作蜜饯、使用草药等。

　　格里姆人听到这个消息非常高兴。罗斯希普阿姨兴奋地拥抱了巴里，还在他的脸颊上狠狠地亲了一口，亲得他脸都红了，还打起了嗝。聪明的格里姆人阿斯皮克给了他一杯水，想让他停止打嗝，但天气太冷了，杯子里的水都冻住了，巴里根本没法儿喝。斯康、菲戈和威尔第年轻人玩闹在一起，笑个不停。威利把他们领到了一间小屋后面，这样就不会打扰到大人了。

　　双方签订了和平条约。他们在一张干芦苇叶压成的纸上用花体字写下了一句话："两族人民，威尔第人和格里姆人在此永久讲和，并承诺在危险来临时互相帮助。"玛洛国王和格里留斯用接骨木浆果制成的紫色墨水签署了条约，众人自然是欢呼雀跃。

"从现在开始,我们能去威尔第城堡找你了吧?"仪式结束时,斯康问道。

"当然可以!"莉莉笑了,"我去问问妈妈,你们什么时候可以来参观!"

"我希望能快点!我很想知道那里是什么样子的。"斯康高兴地松了一口气。

头发变成棕色了

尽管已经充分讨论过了，但许多威尔第人还是对结盟一事有些担忧，因为他们担心格里姆人有可能又在密谋，企图再次夺取芦苇海。玛洛国王安抚了他的子民，说那些红脸邻居把良好的关系看得比再次发动战争重要得多。还有些人则担心，这种友谊会使威尔第人的生活变得窘困，因为格里姆人没有过冬的物资，从入冬开始就一直饥寒交迫，而现在双方成了盟友，威尔第人就不能坐视不理。是的，如果他们是朋友，就应该互相帮助！所以，威尔第的孩子就带着小格里姆人一起拾柴火，教他们如何用潮湿的木头生火。他们还帮格里姆人采集被积雪覆盖的玫瑰果、山楂和黑刺李树枝上残留的果实。

因为大柳树洞的食品储藏室里有很多食物，所以他们每个星期都会给格林布伦德送去一包美食。有几个威尔第女人哀叹，如此下去，存货很快就会耗尽，但大多数人还是会慷慨地分享他们的好东西。

事实证明，这些红脸邻居非常擅长使用刀具。他们可以将任何一块木头打造成碗柜、小桌子，甚至是一座雕像。其实，在不用担心生存问题的时候，他们很开朗，也很有趣。有时，斯图或罗斯希普叔叔会给威尔第小孩讲故事，逗得他们笑得满地打滚。

威尔第人最初的担忧慢慢消散了，当狂欢节到来的时候，几乎所有人都同意邀请格里姆人参加他们准备在冰上举办的大型派对。只有巴里抱怨说，如果邻居来了，那所有的蛋糕都会被他们吃掉。玛洛国王驳回了他的反对意见，叮嘱厨师们做出比前一年多一倍的蛋糕和烤饼。

莉莉和威利决定装扮成格里姆人。他们找到一个有洞的麻袋，把它缝起来做成了衣服。威利制作了格里姆人的棍子，还用一张旧的兽皮做

了两顶皮帽。莉莉则花了几天时间和斯康学会了几首格里姆歌曲，当然，她也教会了威利。唯一的问题是用什么把皮肤涂成红色。起初，威利想用草莓酱，可莉莉不同意。

"我打算做一罐可以涂在身上的药膏。"她提出了建议，"如果在里面调入红色的色素，就能涂满我们的整张脸。"

"那我的绿头发怎么办？"威利面有难色。

"你可以把皮帽戴紧一些。"

狂欢节终于到了。人们醒来时，发现天气晴朗，没有一丝风。威尔第的孩子们用丝带和纸风车装饰了岛上的灌木丛和附近的芦苇丛，还把灯挂在大柳树的枝条上。大人们则搭建了一个小舞台，这样，竹子乐队就可以在那里演奏踢踏乐了。

主题活动是从下午开始的。他们把蛋糕和糖果放在长桌上，并把加了蜂蜜的马尾草茶倒进一个大水壶里保温。当第一批装扮好的狂欢者出现在冰上时，乐队正在调音。米奇和泰丝打扮成一对野鸭，摇摇摆摆地走了过来；罗里穿着海龟装，看上去光彩夺目；汤米则踩着高跷，装扮成巨人。肖恩和他的几个朋友穿上了水蛇皮，在嗞嗞作声的间隙，他们会从蛇巨大的嘴里伸出一条用红丝带做成的像叉子一样的舌头。

大人也盛装打扮，用羽毛、芦苇叶和彩色浆果装饰他们的服装。但大家关注的焦点并不是这些服装，大多数人一心盯着格林布伦德方向，想知道客人什么时候来。不一会儿，两个看起来没有任何装扮的家伙欢快地从冰面上滑了过来。

"嘿，我们跟他们解释过什么是狂欢节啊！"身着骑士盔甲的巴里吼道。但当这两人走近时，他一时语塞了。

"这……原来是莉莉和威利！"

其他人围着这两个假扮成格里姆人的家伙，嘲笑他们黏糊糊的红脸、宽松的衣服和手里的棍子。

"真正的格里姆人呢？"人群中有人问道。

"他们来了！"莉莉向远处指了指。

她说得没错，远处有东西在移动。等近了一点时，威尔第人吓了一跳，他们看到一只巨大的白天鹅正从格林布伦德缓慢地走过来。

"他们又和敌人密谋了吗？"巴里问道。他急忙冲出去，拿哨子发出警报。

目光敏锐的爷爷平静地说道："那不是真的天鹅。你看看它是怎么走动的，天鹅走路可不是这样。"

那只巨大的白天鹅慢慢地走过来，盛装的威尔第人小心翼翼地去迎接它。他们走得越近，就越觉得这只天鹅奇怪。他们既好奇又担心，但逐渐相信这家伙不可能是真正的天鹅。当他们靠近时，天鹅低下头，张开嘴，大声叫了起来。几个威尔第人吓得往后一跳，莉莉却放声大笑起来。

"真不敢相信！所有村民都能装进去！"

大家这才明白过来。原来，格里姆人一起做了这只巨大的天鹅，在它身上盖了白色的羽毛。然后，他们钻进了天鹅的大肚子里——老老少少全都进去了。威尔第人对这只假天鹅复杂的构造惊叹不已，从远处看，它确实非常真实。

"到岛上来吧！"威利喊道，"狂欢可以开始了！"

盛装的狂欢者围着这只天鹅，陪着它来到岛上。与此同时，竹子乐队开始演奏，大家心情大好。到了岛上，格里姆人从天鹅的肚子里钻了出来，这样他们就可以四处看一看、聊聊天、吃吃蛋糕了。巨大的天鹅被留在冰上，好像一只大鸟在光滑的水面上游泳。

斯康的母亲有些害羞地把一个托盘放在长桌上，里面堆满了好吃的东西。

"我们的点心没有你们的好吃，"她说，"不过我还是给你们带了一些。尝尝吧，树皮海绵蛋糕，这是我们家孩子最

爱吃的。"

威尔第人看了看棕色的面包卷，礼貌地道了谢，但他们谁也不想去品尝。威利担心如果他们都不吃的话，斯康的妈妈会不高兴，就主动要求品尝。这种硬硬的、带点酸味、有树皮味道的蛋糕很难咬，但威利还是强迫自己笑了笑，说味道不错。

"看，你变成一个真正的格里姆人了！"斯康高兴地说。

斯康的妈妈笑着认可了这种赞美，当威利终于咽下整块蛋糕后，她又劝他再吃几块。

"好吧，再吃一块！因为今天我是一个格里姆人！"威利骄傲地说，因为其他人仍然不愿意碰那个托盘。

他又往嘴里塞进一大块蛋糕，然后咽了下去，又喝了一些马尾草茶来冲淡树皮海绵蛋糕的味道。之后，他什么也吃不下去了。虽然威尔第人的点心闻起来很香，但威利感觉格里姆蛋糕已经完全填满了他的胃。很快，他的头皮开始刺痛，身体也开始发烫。在红色药膏的映衬下，他的脸色显得非常苍白。

"怎么了，威利？你看起来有些怪怪的。"莉莉说着走到他跟前。

"我觉得不太舒服。"威利呻吟着。

"进屋去吧。"莉莉提议说，"试着躺下来休息一会儿。"

因为大家都在外面参加聚会，大柳树洞里空无一人。壁炉里暖融融的火噼里啪啦地响个不停。威利和莉莉脱下各自的皮帽和外套,莉莉给威利倒了一杯水,然后他们就在壁炉前的地毯上坐了下来。

"感觉好点了吗?"莉莉看了看威利,然后拍着手大叫起来,"你的头发变成棕色了!"

威利像是被黄蜂蜇了一样,猛地蹿起来。他一下子跳到镜子跟前,惊讶地打量着自己。半小时前,他的头发还是亮绿色的,此刻却变成了深棕色。威利冲进浴室,洗掉了脸上的红色药膏——他担心只是这种不寻常的颜色让

自己的头发看起来像是棕色的。无论洗了多少遍，他的头发都没有变色：比莉莉和其他年轻人的颜色深一些，更像他父亲的头发。

"树皮海绵蛋糕。"威利喃喃自语，接着便笑出了声，"太有意思了，在我拼命把自己吃成一个格里姆人的时候，我竟然成了一个真正的威尔第人。"

"太好了！看起来棒极了！"莉莉欣喜地跳了起来，然后在威利的脸上重重地吻了一下，"快，我们让其他人也看看！"

威利完全忘记了肚子疼这回事。他兴冲冲地跑向围着柳树跳舞的人群。威尔第城堡的居民难以置信地看着这个奇迹。起初，他们以为威利又在搞恶作剧，最后他们终于相信了，相信威利等待了这么久的事情终于成真了。巴里和威利握了握手，朋友们拥抱了他，绿头发的孩子们也欢呼起来。莉莉向格里姆人解释了为什么所有人都在庆祝。

罗斯希普阿姨说，在如此重要的时刻，必须要唱首歌。她让格里姆人围成一个圈，大家一起唱了一首关于一位忍耐而坚定的骑士的长歌。格里姆人起了头，威尔第人跟着唱了起来，很快，所有的狂欢者都用歌声向威利表示祝贺。

威尔第男孩骄傲而欣喜地站在圆圈的中央，心里感叹着生活的美好。他的梦想实现了，他终于也能成为一名卫兵了。然后他意识到，漫长的等待是一件好事，因为如果他的头发和其他人一起早就变成了棕色的话，他就不会像现在这么开心。最后，他开心地笑了，因为他想到了当他的朋友耶利米从冬眠中苏醒过来时，会有多么惊讶。

"春天快点来吧。"威利自言自语道,"我等不及了!"

但他很快就把一切都抛到了脑后,因为莉莉和斯康一人一边拉起了他的手,其他人围在他们身旁,大家随着音乐在小岛上跳起了欢快的舞蹈。

后记

芦苇海终于迎来了和平。春天再度降临，牛蛙、蛇、蝾螈和归来的候鸟听到他们不必再害怕格里姆人的消息时都惊讶不已。当苇莺再次悬挂在芦苇茎秆上编织威尔第城堡的房间时，威尔第人也帮助格里姆人开始了格林布伦德的建设工作。他们清理了被污染泉水的周边区域，修复了摇摇欲坠的房屋，还把蛛网网络接了进来，并集中力量在山坡的一侧建造了一座城堡。从那以后，天鹅和水鼠再也不敢进犯巴布利湖了。

格里姆人非常喜欢牛蛙竞技比赛，并在春天观看了第一场比赛，见证了威利和耶利米的第一次胜利。威利成了一名出色的威尔第卫兵。当他骑上苇莺时，会在空中表演惊险的动作。他的矛和箭也总是能命中目标。整个芦苇海的居民都知道他的大名，还有传言称，等巴里退休后，玛洛国王会任命威利接替巴里的位置。

图书在版编目（CIP）数据

在冬天感谢夏天 /（匈）朱迪特·贝格著；（匈）蒂姆科·比伯绘；胡敏译. — 北京：北京联合出版公司，2021.10（2022.11重印）

ISBN 978-7-5596-5445-8

Ⅰ. ①在… Ⅱ. ①朱… ②蒂… ③胡… Ⅲ. ①儿童故事—图画故事—匈牙利—现代 Ⅳ. ①I515.85

中国版本图书馆CIP数据核字（2021）第141870号

Lengemesék – Tavasz a Nádtengeren © Berg Judit 2012
www.bergjudit.hu
Illusztrációk © Timkó Bíbor 2012
www.bibor.org
Lengemesék – III. © Ősz a Nádtengeren © Berg Judit 2015
www.bergjudit.hu
Illusztrációk © Timkó Bíbor 2015
www.bibor.org

Lengemesék – Nádtengeri nyár © Berg Judit 2013
www.bergjudit.hu
Illusztrációk © Timkó Bíbor 2013
www.bibor.org
Lengemesék – IV. A Nádtengeren télen © Berg Judit 2016
www.bergjudit.hu
Illusztrációk © Timkó Bíbor 2016
www.bibor.org

The simplified Chinese translation rights arranged through Rightol Media（本书中文简体版权经由锐拓传媒旗下小锐取得，Email:copyright@rightol.com）

在冬天感谢夏天

作　　者：（匈）朱迪特·贝格　　绘　　者：（匈）蒂姆科·比伯
译　　者：胡　敏　　　　　　　　出 品 人：赵红仕
责任编辑：夏应鹏　　　　　　　　特约编辑：王周林
产品经理：于海娣　　　　　　　　版权支持：张　婧
封面设计：U·有态度 设计工作室 L'Attitude Design Studio　　内文排版：任尚洁

北京联合出版公司出版
（北京市西城区德外大街83号楼9层　100088）
北京联合天畅文化传播公司发行
天津丰富彩艺印刷有限公司印刷　新华书店经销
字数 247千字　787毫米 × 1092毫米　1/16　27印张
2021年10月第1版　2022年11月第4次印刷
ISBN 978-7-5596-5445-8
定价：128.00元

版权所有，侵权必究
未经许可，不得以任何方式复制或抄袭本书部分或全部内容
如发现图书质量问题，可联系更换。质量投诉电话：010-88843286/64258472-800